异人崛起

7

辰东 著

时代出版传媒股份有限公司
安徽文艺出版社

图书在版编目（CIP）数据

异人崛起. 7 / 辰东著. -- 合肥 ： 安徽文艺出版社，2019.7
ISBN 978-7-5396-6620-4

Ⅰ. ①异… Ⅱ. ①辰… Ⅲ. ①长篇小说－中国－当代
Ⅳ. ①I247.5

中国版本图书馆CIP数据核字(2019)第045222号

YIREN JUEQI 7

异人崛起7

辰东 著

出 版 人：段晓静
责任编辑：李 芳 秦 雯　　装帧设计：田星宇 曹希予

出版发行：时代出版传媒股份有限公司 www.press-mart.com
　　　　　安徽文艺出版社 www.awpub.com
地　　址：合肥市翡翠路1118号 邮政编码：230071
营 销 部：(0551)63533889
印　　制：湖南天闻新华印务有限公司 (0731)88387856

开本：710×1010 1/16　印张：18　字数：300千字
版次：2019年7月第1版　2019年7月第1次印刷
定价：32.00元

异人崛起 7

CONTENTS

/目 录/

CONTENTS

/目 录/

第151章

救人

楚风的拳头威力太大，就连自诩肉体坚实、力量绝世的虎鲸王也承受不住，一条手臂直接断落在地。虎鲸王翻飞出去，撞在一座火山上，那里顿时龟裂开来，而后“轰”的一声，岩浆喷涌而出。

这个场面有些骇人，两大强者相互搏斗，打到活火山内的岩浆在这片地带汹涌澎湃，并冒出浓厚的黑烟。

“楚风！”虎鲸王一声大喊，面露痛苦之色，像是一只绝望的困兽。而后，虎鲸王腾跃而起，远离活火山，想要就此遁走。

虎鲸王虽然嚣张，却不想枉死，他分明打不过楚风，再死磕的话，就是自取灭亡。

“我为斩你而来，你还想走！”楚风冷幽幽地开口，而后腾空而起，截断了虎鲸王的去路。

虎鲸王一言不发，掉转逃跑的方向，依旧想逃离此地。此外，虎鲸王想拖延时间，只要他的那些同伴赶到，他与同伴一起围攻楚风，就足以将楚风除掉，所以他现在一定要坚持。

可惜，虎鲸王遇上的对手是楚风，难以遁走。从速度上来说，两者差距不小；从战力上来讲，两者已经分出高下。现在虎鲸王断了一条手臂，满身是伤，自然更加不敌楚风。

“轰！”

这一次虎鲸王被楚风追上时，挨了楚风一记重拳。

楚风与虎鲸王的距离足有三里远，楚风从后方跃起，俯冲过来，十分迅疾。他从半空中快如闪电般落下，挥出光芒璀璨的一拳，释放出无比恐怖的能量，让日月山河都因之失色。在他挥出这一拳时，地面被能量震得龟裂开来，裂痕迅速蔓延，岩浆因此沸腾！

虎鲸王避不开楚风的攻击，因为他向另一边逃跑时，锋利的赤色飞剑朝他激射而来。在这种情况下，他只能躲避，所以耽搁了时间。

“咚！”

楚风这惊世一拳落下，发出的光芒简直比太阳光还要耀眼，瞬间照亮整片火山地带。这是他全力以赴的一击，蕴含着强大的肉体能量。

虎鲸王拼命抵挡楚风的攻击，他抬起仅有的左臂，也挥出一拳，他的拳头发出可怕的能量光芒，让人无法直视。

可惜的是，虽然这么可怕的一拳足以威胁到绝世强者，力压诸王，但在楚风这里没有用。

“噗！”

楚风这一拳的力量太大，让虎鲸王仅有的左臂也断落了。

“砰！”

虎鲸王横飞而起，撞塌了一座活火山，岩浆四溢，硫黄的气味刺鼻至极。

此时，虎鲸王已经被楚风的拳头打蒙了，失去了锐气，没了先前的自信，万念俱灰。

虎鲸王的一双手臂消失，下一刻，他回过神来，痛苦大叫，楚风更是像拎小鸡般一把将他拎起。

“轰！”

几股惊人的气息传来，虎鲸王呼唤的海族强者就要到了！

事实上，虎鲸王和楚风从交手到现在根本没多长时间，一切都在电光石火间完成。这么短的时间内那些海族强者已经接近此处，是因为那都是挣断了六道枷锁的海族生物，能以超声速赶路。

虎鲸王看到了活下去的曙光，双目中流露出求生的欲望。他释放出旺盛的血气，并张嘴咆哮，催动鲸鱼特有的声波，银色涟漪宛若海浪般冲出。即使失去了双臂，他依旧发狂进攻，只为活下去。

“当当当——”

可惜，楚风体外的能量大钟坚不可摧。在这么近的距离内，如果换成其他王级强者，一定会被冲击得身负重伤。可形意十二真形凝结出的能量大钟称得上是护体神器，能让楚风万法不侵！

“砰！”

楚风一拳打中虎鲸王的胸膛，让虎鲸王的心脏瞬间受创。

三道身影在地平线尽头出现，三个海族强者大声嘶吼着奔过来，一个比一个凶狂，身上散发出的气息离得很远都能感受到。

三个海族强者的速度显然比声速还要快，还未听到声音，便已经看到了其身影。

看到虎鲸王的帮手到来，楚风拎着虚弱的虎鲸王，很冷静地盯着不远处，而后猛然跃起，在半空中将虎鲸王掷向一个火山口。

此时，虎鲸王身体太虚弱，化出了本体，这是一个小山般的庞然大物，它没有一丝挣扎，笔直地朝着火山口坠去。

那座火山巨大，火山口内的岩浆翻腾不已。只听“轰隆”一声，岩浆四溅，虎鲸王头朝下，掉进火山口内。

虎鲸王体形太庞大，上半截躯体进入火山口内，下半截躯体却还在外面，它无力地甩动尾巴，那种场面简直前所未有。

“你敢！”一个披头散发，身上血迹斑斑的海族强者大喝。

在三个海族强者看来，楚风当面这样出手，是在向自己下战书。

可是，楚风根本不把那三个海族强者放在眼中。

那个披头散发，身上血迹斑斑的海族强者的速度比声速快太多了，刹那间便跑到楚风近前，脸上带着冷酷与狰狞之色。

“找死，我们一起斩了他！”另一个海族强者开口。那是一只挣断了六道枷锁的海蟹王，长着一对大钳子，身上赤光腾腾。

第三个海族强者也距离楚风不远，快要逼到楚风近前。

三个海族强者身上都有血迹，但那血不是海族强者自己的，而是陆地上的强者的。

楚风很冷静，直到三个海族强者快要踏进锁龙桩圈着的区域，他才扬起发出炽烈光芒的拳头。

“轰！”

楚风发起了冲击，如同一道闪电般穿透活火山，爆发出的力量无比恐怖。

“轰隆！”

活火山爆炸，岩浆四溢，半截身子在火山口中的虎鲸王也随之殒命了。

楚风冲过活火山后，站在火山岩上，如标枪般一动不动。他盯着冲来的三个海族强者，还故意对三个海族强者勾了勾手。

三个海族强者目光森冷，楚风当着自己的面让虎鲸王殒命，实在太嚣张。

“嗖嗖嗖！”

原本打算包抄过来的三个海族强者，此时直冲而来，不愿意耽搁一点时间，恨不得立刻除掉楚风。

“嗯？”冲在前方的两个海族强者突然大吃一惊，因为火山瞬间倒转，让这两个海族强者几乎迷失方向，直接倒在地上，进入锁龙桩圈着的区域。

第三个海族强者见状，心惊不已，急忙止步。身为挣断了六道枷锁的生物，其有着十分敏锐的神觉，见情况不妙，反应极其迅速。

可还是晚了，这个时候，楚风已经绕过锁龙桩圈着的区域，疾速朝第三个海族强者冲了过去。

“砰砰砰——”

数次对拳后，楚风将第三个海族强者逼入了锁龙桩圈着的区域内。

楚风有意将虎鲸王的命留到最后一刻，就是为了吸引三个海族强者前来救援，使其踏入锁龙桩圈着的区域内。

此外，他想进一步了解和检验锁龙桩的威力，显然，将挣断了六道枷锁的强者困在锁龙桩圈着的区域内，看其在里面的反应如何，是最好的办法。

现在，三个海族强者彻底晕头转向，虽然拼命跑动，却始终无法脱离锁龙桩圈着的区域。因为这是专门针对进化者的小型场域，身陷这样的场域之中，进化者总以为自己的判断是正确的，其实错得离谱，只会在原地不停打转。

楚风面露异色，暗自感叹古代大能果然都是厉害的人物，研究出来的东西拥有欺骗人心的力量。

他不知道那本关于场域的古册中是否有菩萨级进化者的研究心得，菩萨级进化者研究出来的场域应该会更加恐怖。

此时，雪豹王从十几里之外赶到近前，瞬间目瞪口呆，异常震惊。当初进化层次还没有雪豹王高的楚风，现在不仅除掉了虎鲸王，还困住了三个海族强者，楚风的实力提升得太快了。

“真是出人意料，我以为你要和海族强者进行一场惨烈的搏斗，结果这场战斗竟这么快就落幕了。”雪豹王叹道。

“夔王怎样了？”楚风问道。雪豹王和夔王同是昆林山一脉的兽王，他觉得雪豹王自然会跟着夔王过来。

“我不知道。”雪豹王声音低沉，简单讲述了事情的经过。

据雪豹王所说，登山时，无论是海族还是陆地上的异类王级强者都受到了压制，但是诸王破开山上的一块石碑后，半山腰以下的压力竟然消失了。

“海族狼子野心，想消灭我们陆地上的绝世强者。其实，夔王等也在设局，准备对付一干海族强者，不过不知道哪里出了纰漏，海族在我们之前动手，我们这边的绝世强者损失惨重。”

那是绝世强者之间的战斗，以雪豹王的实力而言，雪豹王自然无法参与，所以不知道具体发生了什么，也不知道后续情况。

楚风大致了解了一下情况，猜测海族应该有威力巨大的武器，并且陆地上也许有投敌者。他目光森冷，真要有勾结海族的陆地上的绝世强者，那威胁肯定很大，只要其临阵反戈，海族自然胜券在握。

“楚风，你算什么东西，有种与我堂堂正正一战，我一只手就能灭了你！”锁龙桩圈着的区域中传来斥骂声。

听到斥骂声，楚风相当平静，只是捡起虎鲸王丢在地上的黑色长矛，猛力掷出。

“噗！”

血花溅起，光芒迸放的黑色长矛刺中一个海族强者，让其当场丧命。

楚风观察一段时间后，发现锁龙桩完全能困住挣断了六道枷锁的生物，这让他无比喜悦。如果寻到有利的地势，埋下锁龙桩，着实会有惊人的效果。不过，满足条件的地势并不好找。

“楚风，其实我们可以谈一谈，没有必要成为敌人。”锁龙桩圈着的区域内，海蟹王开口。海蟹王简直快要疯了，无论做出怎样的选择与判断，他都无法脱身。

楚风没有拒绝，向剩下的两个海族强者一一询问，黄牛在哪里，普梦山的太极老宗师及夔王到底是生是死。

然而，很诡异的是，场域中的海族强者可以对外传音，场域外的楚风的声音却无法传到海族强者的耳中，可以想象其神觉受到了多么严重的干扰。

“噗！”

楚风没有丝毫犹豫，立刻祭出赤色飞剑，将另一个海族强者劈死了，只留下海蟹王的性命。当然，海蟹王也被他重创，几乎失去了一身的战力，两只大钳子都被削掉，坠落在地。

直到这时，楚风才拔出四根黄铜柱子，将其收进玉瓶中。

海蟹王获得自由后转身就跑，想要从此地遁走。只是，化成人形的海蟹王也是横着跑的，令楚风有点无语。

楚风迈开脚步，朝海蟹王追去。

“砰！”

海蟹王遭到楚风重重的一拳，直接被打飞，而后化成如同小山般的本体。

海蟹王性情相当刚烈，没有屈服，而是想拉上楚风一起死。海蟹王浑身发光，瞬间释放出体内蕴含的能量，最后“砰”的一声炸裂开来，比活火山喷发的场面还要惊人。

楚风早已躲了过去，不过，这只螃蟹这么有气节，不由得让他刮目相看。

“我是南域海黑龙宫的蟹将，今天死在这里，他日南域海老龙王必会为我复仇，你一定活不了！”海蟹王咆哮着，最后的精神体随之瓦解。

雪豹王在一旁看着，不禁目瞪口呆。那可是三个挣断了六道枷锁的海族强者，竟然被楚风一个人除掉，楚风的实力实在太可怕了。

雪豹王告诉楚风，自己跟黄牛、大黑牛照过面，两头牛的确负伤了，但没有性命之忧。雪豹王猜测，两头牛应该没有闯进神秘空间最深处，可能还在外围，因为最深处有正在大战的绝世强者。

“雪豹王，你赶紧退出这片神秘空间吧，这里太危险，实力不够的话只能白白送死。”楚风说道。

雪豹王点头道：“现在我应该可以离开了。”

说完，雪豹王走到海族强者的尸体前，从死去的海族强者身上寻找葫芦籽。

楚风见状，一脸愕然。

“你也是从那株葫芦藤上方天穹上的大窟窿进入此地的吧？”雪豹王问道。

“是！”楚风答道。

“上来容易下去难，得有葫芦籽才行。天穹上的大窟窿处有神秘力量，阻挡我们回归。”

据雪豹王所说，海族在虎泷山收获不小，可能得到了一些威力巨大的古器，包括一个干瘪的黄皮葫芦。

最终，雪豹王走了，带着一粒晶莹的葫芦籽。

楚风再次上路。通过跟雪豹王一番交谈，他了解到了不少情况，海族那些可怕的武器有的就是从这里得到的，掌握在海族重要人物的手中。他全神戒备，万一碰上的话得加倍小心。

在前行途中，他发现了一些异树，但异树上的果实都已被采摘一空。

楚风心头一动，这片神秘空间深处说不定有可以让绝世强者再次进化的果实，或许还会有足够惊人的能让石盒中的种子再次生根发芽的异土。

他想接应黄牛等，在外围仔细寻觅了很久，却始终没有任何发现。最终，他向着这片神秘空间的深处进发。

不得不说，这片神秘空间真的很大，他即使已经深入了数百里，也还是远远没有走到尽头。

“嗯？”终于，在前行了数百里后，楚风在一些战斗痕迹中看到了驴蹄子印，这些驴蹄子印应该是驴王留下的，看样子驴王正在被海族强者追击。

毫无疑问，驴王这个软骨头很惨，连尾巴都被削掉了半条。

楚风一路追寻。这里早已远离火山区域，有一片片茂密的森林，生机勃勃。

不久后，楚风再次发现了驴蹄子印，还染着血，看来驴王又负伤了。

楚风已经从雪豹王那里了解到，驴王没跟两头牛在一起，驴王和两头牛被打散，分开逃跑了。驴王仰仗速度快，不比挣断了六道枷锁的生物跑得慢，算是险而又险地逃过了几次劫难。

"先救老驴吧。"既然发现了驴王的踪迹，楚风自然要出手相助。

他一路追踪，走进山脉深处，终于有了发现，因为隔着很远的距离，他就听到了驴王的叫声。

"轰！"

楚风提速，在山脉中疾速穿行，沿途的山石与草木等顿时炸开。

他刹那间便奔行了二十多里，在一片山林中发现了海族强者，也听到了驴王的骂声。原来，驴王正在被海族强者围攻，左冲右突，就是无法走脱。

"海里的土包子，你们知道本王的小弟是谁吗？楚风！楚魔王！你们若是敢害本王，等本王的小弟来了，他肯定会狠狠地收拾你们！"

隔着一段距离，楚风就听到驴王正在跟一群海族强者叫板，又是威胁又是恫吓。这让他哑然失笑，这个软骨头什么时候变得这么硬气了？同时，他的脸色有点难看，这头驴胆子真不小，还敢认他做小弟！

"死驴子，如果不是白鲨王吩咐我们活捉你，用你和那两头牛诱惑楚风前来，你早就死了！"有海族强者断喝。

"该死的大白鲨，我如果挣断了六道枷锁，绝对会一蹄子踹死你！"驴王叫道。接着，驴王闷哼一声，显然身受重伤。

"轰！"

楚风没有耽搁，腾空而起，一跃就是一千五百米远，落在了山林中，令树木碎裂开来。

现场有四个海族强者，虽然不是挣断了六道枷锁的强者，但实力都不弱，足够对付驴王。

这时，无论是海族强者还是驴王都吓了一大跳，向楚风这边看来。

"你……"驴王怪叫着，惊喜万分。驴王原本还打算拼命突围，没想到楚风突然从天而降。

“无上而伟大的楚魔王，我日盼夜盼，终究将您老人家盼来了。”驴王口风转得很快，哪里还敢提什么小弟，同时，驴王有点心虚，怕楚风听到了自己刚才夸口的话。

楚风本想教训一下驴王，但看到驴王满身是伤，尾巴少了一截，臀部有一道十字裂痕，还在流血，便没有多说什么。

驴王太惨了，还好没有性命之忧。

“你不要紧吧？”楚风问道。

“要紧，被海族强者欺负惨了，尤其是那该死的大白鲨和虎鲸，我恨不得一脚踩死那两个家伙。”驴王一把鼻涕一把泪地说道。

“砰砰砰——”

那些海族强者想逃跑，结果楚风出手，将其全部消灭。

驴王不得不服气，让自己走投无路的几个海族强者，在楚风面前简直不堪一击。

“那只虎鲸被我解决了，大白鲨在哪里？”

“真的？太好了！虎鲸王那个王八蛋伤了我的尾巴！”驴王欢喜地道。

楚风知道白鲨王是谁。进入神秘空间前，他曾在虎泷山上看到一个手里提着一柄滴血长刀的白发男子。山脚下的人说，那个白发男子正是白鲨王，白鲨王曾参与围攻并重创了普梦山的太极老宗师，在他后背上留下了一道可怕的伤口。

“跟我来，我知道那只大白鲨在哪里！”驴王说道。

“老驴，没想到你这次居然这么硬气，没有向海族投降啊。”楚风诧异地看着驴王，道。

“我本来想投降的，所谓好死不如赖活着，可是这群海族强者一个比一个嚣张，根本不接受我的请求，我只能选择跑路。”驴王一本正经地说道。

楚风无语，这个家伙脸皮真厚，竟毫不掩饰地说出自己不光彩的事迹。

“两头牛呢？”楚风一边赶路，一边询问。

“两头牛用金身罗汉纸除掉了海族的一个绝世强者，不过在突围的过程中，我们走散了，我也不知道两头牛现在在哪里。”

楚风惊异，两头牛竟除掉了绝世强者！

驴王道："两头牛应该找了一个地方躲了起来，小黄想依靠自己的力量挣断枷锁，从而成为绝世强者，好跟海族的绝世强者对抗。"

楚风皱眉，感到两头牛处境不妙。黄牛想靠自身的力量挣断枷锁实在是太难了，黄牛虽然天资过人，而且掌握着特别的呼吸法，但是年纪太小，血气不是很旺盛，根本不适合霸道冲关。

"大白鲨，本王又来了，赶紧过来接驾！"驴王大喊。

此时，楚风和驴王来到了这片山林深处。

第152章

相见

这里很安静，没有人回应。

山地破碎，血迹斑斑，看得出这里曾有过一场大战，有些山头已被削掉，断面非常平整，应该是绝世高手所为。

“大白鲨，本王又来了，有种你出来，看本王打不死你！”驴王叫嚣。

有楚风站在身后，驴王很是胆大，毫无顾忌地叫板白鲨王，因为白鲨王曾折磨驴王，驴王对白鲨王恨之入骨。

这里有很多带着血的落叶，但没有绝世强者的身影，看来那些绝世强者已离开多时。

“带路找到那些绝世强者。”楚风说道。

“行，不除掉那只大白鲨，我也难出心中一口气。”驴王点头答应，难得没有想逃走。

驴王知道，那些挣断了六道枷锁的绝世强者都到神秘空间深处去了，只要沿着战斗痕迹向深处找，肯定能找到。

驴王估计白鲨王在外围找不到两头牛，可能放弃了搜索，进入了神秘空间深处。

“海族最强的几个绝世强者都有可怕的武器！”驴王提醒楚风。在路上，驴王得悉楚风竟要只身闯进神秘空间深处，不由得心惊肉跳。

驴王告诉楚风，海族的几个绝世强者中，海神虎尤为可怕，那个金发男子简直神勇无敌，给陆地上的绝世强者造成了极大的困扰。黄牛耗去一张金身罗汉纸都没有除掉他，大黑牛的一只犄角就是被他斩断的，两头牛都险些死在他手中。

除此之外，还有一只十分凶残的章鱼王。章鱼王如山峰一般巨大，曾使整片山岭裂开，引出岩浆，他在岩浆海中遨游，跟海族的其他绝世强者联手重创了史地剑宫的白鹤。

可惜，驴王对这些海族绝世强者的了解并不多。

“我们这边除了绝世强者被重创，逃进了这片神秘空间深处，还有其他强者进入这片神秘空间吗？”楚风询问。

驴王点头，说不久前看到了昆林山的几只兽王，还看到了嘉西境内不少王级生物。

“在哪里？”楚风对昆林山诸王比较关心，因为许多兽王都跟他有交情，他自然要施以援手。

驴王道：“像我们这样没有挣断六道枷锁的，只能东躲西藏，不敢露面。”

楚风和驴王速度很快，很短的时间内就奔行了两百多公里，这时才放慢脚步。

这是一片丘陵地带，植物稀疏。

“嗯？”不要说楚风，就是驴王都鼻翼翕动，心头一动，因为有沁人心脾的香气飘来。

“异果！”驴王立刻来了精神。这种香气太诱人了，隔着很远都能闻到，那异果绝对了不得。

楚风也有些期待，感觉那异果应该很不凡，他自己虽然不愿服食，却可以送给身边的人。

楚风和驴王前行了数百米，还没有发现异果。驴王更加振奋了，觉得那异果绝对非凡，起码能让生物进化到王级领域，因为，异果的香气竟然可以飘出这么远。

“我的神觉被压制了，这里有点古怪。”楚风皱眉，而后霍地抬头，感觉这里有绝世强者，赶紧让驴王噤声。

这片地带有无数的小山，存在天然的场域，不过只是干扰人的神觉，倒不是多可怕。至少，这里的场域远远比不上楚风用锁龙桩布下的场域。

楚风与驴王左转右转，眼前景物猛然变化，只见在一片丘陵后方出现了一片树林，异果的香气正是从那片树林里飘来的。

“大白鲨！”驴王咬牙切齿，神色不善，直直地盯着前方。

只见一个白发男子手上提着一柄带血的长刀，正在树林中寻觅着什么。

这个地方果然古怪，相距这么近才能发现对方，可见场域对神觉的干扰还是很强的。

白鲨王进入树林深处，转眼已经看不到他的身影了。

“他果然一路追进了神秘空间深处，我们算是追对了方向。”驴王说道。驴王现在胆子很大，没有一丝逃走的念头。

楚风没敢大意，这个白鲨王绝对不简单，在登虎泷山时，他就已经知道白鲨王曾给普梦山的太极老宗师一刀，可见其心狠手辣，毫不留情。

树林深处有一棵一人多高的石质怪树，无论是用手去触摸，还是去敲打，感觉跟石头没什么区别，就连叶片也跟石雕一样，坚硬而冰凉，风吹来也不会摇动。

现在，这棵怪树上结着一颗果实，果实灰扑扑的，跟怪树颜色差不多，却散发出浓郁的芬芳。

正是这颗果实的香气飘出去很远，吸引了白鲨王前来。

这里早就来了几个强者，那几个强者一直想去采摘怪树上的果实，但一直没有成功。因为，怪树周围像是有一层无形的力量，阻挡着所有生物靠近。

仔细看的话，可以发现地上有一些奇异的符号，那是场域文字，正是它们形成的力量阻挡生物靠近这棵怪树。

不过，由于年代久远，这里的地面龟裂开来，地上的场域文字严重受损，几乎所有的场域文字都被裂痕贯穿。可以想象，如果这些场域文字完好无损，这里的强者根本不可能靠近怪树。

昆林山的几个王级强者也在这里，都是楚风认识的，有一心想将女儿嫁给楚风的马王，有盘丝洞的盘王，还有曾被楚风砸断犄角的羚羊王。这几个王级强者百般尝试，此时终于快要触及那颗果实了。

“呵呵——”就在这时，一阵令人心惊胆战的笑声传来，几个王级强者回头，看到了一个最不愿见到的海族强者。

“白鲨王！”马王倒吸了一口凉气。马王曾见识过白鲨王可怕的刀法，这是一个真正的绝世强者，即使在挣断了六道枷锁的同阶者中也罕有敌手。

白鲨王手中的那柄长刀曾在普梦山的太极老宗师后背上留下了一道深深的伤

口，正是那一刀让太极老宗师陷入了生死之劫。

当然，太极老宗师中刀也因为当时还有章鱼王纠缠他，对他发起猛攻。

“都给我滚开！”白鲨王淡淡地说道。白鲨王看起来很年轻，一副懒洋洋的样子，根本没有将昆林山的王级强者们放在眼中。

马王、盘王和羚羊王艰难尝试，终于快要触及那颗果实，却在此时看到了白鲨王，心都沉了下去。马王、盘王和羚羊王闯到这里，原本是为了避难，没想到只因一颗异果，竟然将大敌引来了。

白鲨王言语相当随意，道：“先滚到一边去，待采摘完这颗果实，本王再收拾你们。”

“你们聋了吗？”见马王、盘王和羚羊王没动，白鲨王向前挥刀，虽然没有用力，但是刀气纵横，发出爆鸣声。

与此同时，马王、盘王和羚羊王全都快速躲避。这不是这几个王级强者所能对抗的，即便没有撄其锋，只是稍微触及刀光而已，几个王级强者还是大口咯血。

“一群小杂鱼而已，我原本都不屑于出手。”白鲨王懒洋洋地说道。白鲨王的确很强，场域文字形成的无形的力量没能阻挡他，此时他已经临近怪树。

“如果你们告诉我那两头牛在哪里，我便放过你们，不然，我虽然不屑于出手，但还是会一刀斩了你们。”白鲨王年轻的面孔上带着淡淡的笑，仍旧一副懒散的样子，却没有人敢轻视他，他可是海族中的佼佼者。

“可惜，我师父不在这里！”马王低语。马王已经看出，只有老僧人那种强大无比的绝世强者才能压制海族的绝世强者。

“你师父根本入不了我的眼，陆地上的绝世强者大多数过不了我一刀。”白鲨王面带轻蔑之色，道，“原本我都懒得动你们这群小杂鱼，也不屑于对付那两头牛，但是蚌仙子请我出手，你们只能去死。”

白鲨王扬起手，举起发光的长刀，准备横扫马王、盘王和羚羊王。他没有什么耐心，既然这几个王级强者都不说两头牛在哪里，他便准备直接解决这几个王级强者。

“轰！”

突然，强大的能量涌来。

白鲨王猛然转身，瞳孔骤然收缩，只见一杆黑色长矛正化成一道黑色光束飞来，如同一道惊世雷电，瞬息而至，若非他反应迅速，他的身体早就被黑色长矛洞穿了。

同时，白鲨王也看到了站在远处出手的那个年轻人。

“当！”

白鲨王猛然挥刀，将黑色长矛劈得飞了出去。

“嗖！”

远处的那个年轻人一招手，动用精神能量，将黑色长矛牵引过去，再次握在手中。

“楚兄弟！”马王大叫。

盘王、羚羊王也惊喜万分。

马王、盘王和羚羊王没有想到楚风会在这种生死关头出现，这简直是绝境中的生命之梯，能让这几个王级强者远离死亡的旋涡了。

“大白鲨，本王又来了，快过来受死！”驴王跳到楚风身边，向白鲨王叫板。

“这杆黑色长矛是虎鲸王的，难道你斩了虎鲸王？”白鲨王收起懒洋洋的姿态，神色凝重，严阵以待。

“马王、盘王、羚羊王，你们都躲远一点。”楚风示意，而后他盯着白鲨王，道，“一只虎鲸而已，早已死在我的手中，现在轮到你了！”

“蚌仙子呢？”白鲨王问道。

“不堪一击。”楚风答道。

“我斩了你！”白鲨王震怒，目光如同刀子般锋利，双手举起那柄长刀，对准楚风。

“轰！”

白鲨王化成一道白光冲向楚风，刀气极其骇人。

驴王吓得转身就逃！

楚风则根本不惧，静静地站在那里，手中的黑色长矛如同一道黑色的闪电，迅速朝白鲨王刺去！

“当当当——”

火星四溅，杀气冲天。

这是楚风在神秘空间中经历的第一场值得他认真对待的大战。

白鲨王实力很强，超过虎鲸王。片刻间而已，楚风与白鲨王便已交手百余次，白鲨王的刀光宛若成百上千道雪白大浪拍击而来，只要触及刀光，肯定会丧命。

“哧哧哧！”

一道又一道雪白的刀光飞出，转眼间，楚风与白鲨王便已打到树林之外，来到丘陵地带。

“轰隆！”

白鲨王的刀光绝世无敌，一刀就可以劈开一座小山，时间不长，十几座小山便被劈开了。

楚风虽然是第一次使用黑色长矛，却相当熟练，他手中的黑色长矛相当于蛟魔拳的延伸，仿佛一条上下翻飞的黑色蛟龙，跟白鲨王的长刀相互碰撞，不时刺向白鲨王。

到了他们这个层次，任何一击都会非常可怕，有无武器都很致命。

“砰！”

楚风一矛刺出，白鲨王躲避过去，矛锋刺在后面的一座小山上，这座小山顿时整体崩裂开来，乱石穿空。

两大强者交手足有两百招后，只听“噗”的一声，楚风一矛刺中了白鲨王的右肩，让白鲨王的整条右臂和长刀全部坠落在地。

“你袭击普梦山的太极老宗师，我要为他复仇！”楚风喝道，同时逼问白鲨王太极老宗师等人是否还活着。

“哼，陆地上的绝世强者都死了，过不了多久，你也要死！”白鲨王眼中凶光毕露，一副不怕死的样子。

“噗！”

最终，楚风一矛刺中白鲨王的胸膛，让白鲨王彻底毙命了。

马王、盘王和羚羊王都很震惊，神色复杂，而后快速冲了过来。仅一段时间不见，楚风竟已变得这么强大了。

“你们知道黄牛在哪里吗？”楚风问这几个王级强者。

“知道！”马王重重地点头。

楚风大喜。

楚风一直很担心两头牛的安危，他从驴王口中得悉黄牛要强行冲关，这让他的心都悬了起来。

黄牛表面上看着狡猾，其实只是一个小孩子，筋骨还没有发育好，依靠自身力量挣断枷锁耗费血气的行为，对黄牛身体的伤害可能会非常大。

哪怕在域外那些辉煌的大世界中，各大圣地精心培养的接班人，在这么小的时候也不敢这么莽撞。

“黄牛，你千万不要乱来啊！”楚风在心中默默祈祷，希望黄牛不要冒这个险。他知道情势危急，黄牛与大黑牛没得选择，才想破釜沉舟。

怪树上的那颗果实早已熟透，芬芳扑鼻。果实看起来灰扑扑的，跟石头没有什么区别，可是当熟了时，只听“咔嚓”一声，果实出现裂痕，露出了里面鲜红的果肉。

“这是什么果实？石头可以开花结果，也算是一件稀奇事。”楚风诧异不已。

楚风不怕场域文字形成的那种无形的力量，他直接走到怪树近前，将那颗果实采摘下来，然后递给马王、盘王和羚羊王。

昆林山的几个王级强者虽然在昆林山见过不少奇花异果，但绝对没有见过石质的果实。

马王、盘王和羚羊王都不好意思接受那颗果实，如果没有楚风，这几个王级强者早就死在白鲨王手中了。

楚风见状，便不再客气，收起了那颗果实。

楚风看了看怪树下的场域文字，琢磨了片刻，在此地挖掘一番后，并没有发现什么异常，便对其他强者道：“我们走吧！”

楚风准备去接应黄牛和大黑牛。

马王曾在一个山谷中见过黄牛和大黑牛，只是不知道两头牛是否已离开那里。

当赶到那个山谷时，楚风失望了，因为黄牛和大黑牛早已离去。

“看样子，两头牛退走了。”楚风皱眉。

“海族铁了心要抓到小黄和老黑。”马王告知楚风。马王能明显感觉到，追击他们的不过是海族的普通王级强者，而追击两头牛的则是虎鲸王、白鲨王等挣断了六道枷锁的绝世强者。

“你斩了黑鰧，得罪了南域海龙族，这么多海族的绝世强者出手，无非是想俘虏小黄和老黑，引你前来救援。”盘王说道。

楚风点头，海族是为了他才追击两头牛的，这是事实。他既然来了，而且实力大进，就容不得海族张狂，必须尽快寻到两头牛。

“楚兄弟，你要小心啊，我们怀疑这次海族有挣断了第七道枷锁的绝世强者出现，不然，陆地上的几个绝世强者怎么可能会身负重伤？”马王提醒道。马王一丈多高，大光头锃亮，看起来五大三粗，却粗中有细。

“非常有可能。”盘王点头道。盘王穿着一身宫装，这次来虎泷山非常狼狈，满身是血，若非楚风及时赶到，盘王肯定命丧于此了。

楚风神色凝重，挣断了第七道枷锁的绝世强者出现？这绝对很恐怖！当然，这不一定是真的，现在只是怀疑而已，无论是马王还是盘王，都没有真正见过。

“希望虎泷山的这片神秘空间中真的有惊人的异土！”楚风心中有些期盼。如果他挣断了第六道枷锁，哪怕海族真有挣断了第七道枷锁的绝世强者出现，他也根本不惧。

楚风将几粒晶莹的葫芦籽递给马王、盘王和羚羊王，让他们先离开这片神秘空间，现在战场后方的海族绝世强者都被他给解决了，正是退出这里的最佳时机。

这片神秘空间是绝世强者的战场，弱一点的强者在这里，很容易招来灭顶之灾，所以楚风让马王、盘王和羚羊王离开此地是一个最佳的选择。

“楚兄弟，你要小心啊，希望不久的将来，我们还能与你在昆林山一同畅饮！”马王说道。

“放心吧，我们立刻就走，然后请老僧人来支援你！”盘王说道。在盘王等的心中，老僧人是无敌的存在，能够帮楚风一把。

“好，你们自己也要小心！”楚风叮嘱道。哪怕战场后方的海族绝世强者都被他解决了，也还是谨慎一些为好。

“我呢？”驴王急了，也想离开。驴王一向贪生怕死，不愿意在这里待下去，尤其是斩断驴王尾巴的虎鲸王和不断追击驴王的白鲨王都死了，大仇得报，驴王更不愿意久留了。

“老驴，你速度足够快，能跟挣断了六道枷锁的绝世强者比肩，你跟我一起去寻找黄牛和黑老大。”楚风将驴王留下。

“不要——”驴王气得大叫，当看到楚风神色不善，赶紧压低声音发泄心中的不满，“凭什么啊，我在这里一不小心就会惨死啊。”

“别离我太远就行！”楚风说道。他有一定的把握保驴王周全，实在不行的话，可以将驴王收进玉瓶中。

最终，驴王耷拉着脑袋，无精打采地和楚风一起上路了。

“用点心，我们尽早找到黄牛和黑老大，你也就可以尽早离去。”楚风告诫驴王。

楚风和驴王分头行动，扩大搜索范围，楚风甚至不惜长啸，哪怕引来强敌都无所谓，只为早点找到黄牛和大黑牛。可惜的是，楚风始终没有发现两头牛，驴王也一无所获，跑来跟他碰头。

“我觉得有一种可能，老黑等冒险行事，跟在神秘空间深处那批绝世强者的后面躲着，所谓最危险的地方就是最安全的地方。”驴王忽然说出这样一个想法。

“你确定？”楚风狐疑。

“我是最惜命的逃跑专家，而按照我对老黑的了解，估计老黑也会这样做，因为天才的想法总是相近的。”

“就你们还号称天才？贪生怕死没节操，这方面倒是很相近。”楚风虽然这样说，却也猜测两头牛可能真的跟着进了神秘空间深处，跑到了最危险的地带。因为白鲨王、虎鲸王等绝世强者专门在外部区域寻找两头牛，而神秘空间深处的海族强者的目标不是两头牛，相对来说，神秘空间深处或许更加安全。

八百里外，神秘空间深处。

黄牛盘坐在一个山谷中，衣服破碎，身上血迹斑斑，小脸通红，周身血气蒸腾，体内能量翻涌。

大黑牛有些焦急，在山谷内走来走去，保护黄牛。此时，大黑牛很惨，一只犄角已经断裂，身上也有不少伤口。

黄牛等不断被白鲨王、虎鲸王等海族的绝世强者追击，有几次被逼到了绝境，险些死掉。哪怕冒险行事，进了神秘空间深处，摆脱了白鲨王、虎鲸王等绝世强者，黄牛等依旧处于很危险的境地，稍有不慎，就会被神秘空间深处的海族强者发现。

神秘空间深处的海族强者虽然不会专门追击两头牛，但如果遇到了，也会出手。而来到这里的都是绝世强者，实力非凡。

不久前，西伯利亚虎王为了让黄牛安心闭关，没有临时变节，而是以身犯险，不惜拼命，将接近山谷的两个挣断了六道枷锁的海族强者引走。

“嗷！”

虽然和大黑牛相距数十里远，西伯利亚虎王愤怒的嘶吼声还是传到了大黑牛的耳中，显然，西伯利亚虎王正在与海族强者进行一场恶战。

“本王跟你们拼了！”大黑牛低语，而后一把抓住禅杖，大步向山谷外走去，准备去支援西伯利亚虎王。

走了几步后，大黑牛回头看了一眼精神不振的金雕王，道：“保护好小牛犊子！”

事实上，金雕王也很惨，翅膀差点被海神虎扯断，都快飞不动了。金雕王难以忘记那只海神虎的可怕之处，海神虎一跃而起，一巴掌险些将金雕王从空中拍落下来，凶猛无比。

若非黄牛在关键时刻动用了金身罗汉纸，黄牛、大黑牛、西伯利亚虎王和金雕王全都会死在海神虎的手里。

大黑牛冲出山谷，然而，刚冲出数里远，就神色大变，因为一阵激烈的搏斗声从远处传来，离这片区域越来越近。

“惨了！”大黑牛脸上露出一个比哭还难看的笑容，看来海族强者跟陆地上的强者在决战，有的打到附近来了。现在黄牛正在闭关的关键时刻，需要全力以赴，分心不得，根本不能动弹。

“那些进入神秘空间最深处的绝世强者怎么又出来了？”大黑牛愤懑不已。

“虎哥，你坚持住，希望你能逃走，我得在这里保护小黄！”大黑牛手持禅杖，躲在山林中，随时准备发动攻击。

很快，大黑牛的心就凉了，因为这一次来了四个海族强者。一只展翅凌空、无比凶猛的海鹰王正在阻击一只准备逃跑的白鹤，那正是史地剑宫的白鹤。还有一只体形庞大的海鸥王配合海鹰王的行动，突破声障，跟海鹰王一起压制白鹤。地上还有两个已化成人形的海族强者，不时跃起，攻向白鹤。

“这么多海族强者！”大黑牛真的绝望了。

“轰隆！”

地动山摇，只见远处一条白蛇满身是血，在海族强者的攻击下败下阵来。那正是卫城山的白蛇。白蛇曾经受伤，还没有完全恢复，如今被两个化成人形的海族强者追击。

“怎么会这么倒霉？”大黑牛脸色变了，万念俱灰。

这么多海族强者，大黑牛根本挡不住。万一这些海族强者进入黄牛藏身的那个山谷，黄牛必然会遭受极大的冲击。黄牛现在血气滚滚，正在拼命挣断枷锁，到了冲关的关键时刻。

“轰！”

空中，白鹤遭受重击，躯体倒转，而后一头栽落下来，撞在山地间，满身是血。白鹤在这之前就被威力巨大的武器重创过，现在又被海族强者围攻，眼看就要不行了。

“嗯？山谷中有漏网之鱼？”黄牛正在冲关，无法掩藏自身的气息，被追击到这里的海族强者发现了。

一个化成人形的海族强者仰头大笑着，准备闯进去斩了漏网之鱼。

“本王跟你们拼了！”大黑牛咆哮着，手持禅杖跳了出来，浑身发光，禅杖更是无比璀璨。

“轰！”

大黑牛以横扫千军之势，用禅杖打向海族强者。

远方，楚风隔着很远都能看到禅杖发出的刺目光芒，隐约间还能看到一尊金身罗汉现于山林之中。

“轰！”

空气发生了大爆炸，楚风提速，第一时间冲了过去，他知道那是大黑牛等正在动用禅杖拼命。

临近后，楚风看到大黑牛口鼻流血，横飞而出，禅杖已经脱手。

居然有这么多海族强者，楚风吃惊不已。

“你们都在找死！”楚风大喝，一跃就是三里地，简直是凌空而行。

第153章

所向披靡

楚风飞渡长空，势不可当。山林炸开，山石和巨树等但凡与他触碰，全部会破碎，而后形成土石大浪，涌向四面八方。

这不像是一个体形修长、面孔清秀的男子，简直像是一枚炸弹飞来，要将这片山林夷为平地。因为楚风速度太快了，而且肉体力量无比强大。

楚风看到了大黑牛的惨状，情绪激动，疾速冲到。

不远处，大黑牛不仅口鼻流血，双目与耳朵也都在流血，禅杖已脱手飞出。大黑牛刚才拼尽力气打出禅杖，重创了一个海族强者，但自身的力量已被抽干。

大黑牛原以为自己凶多吉少，可能会死在这里，却发现楚风突然到了，震惊的同时无比喜悦。

被禅杖重创的那个海族强者刚才根本无法挡住禅杖释放出的强大能量。如果不是在关键时刻飞快地横移而出，那个海族强者多半就丧命了！

“我的！”那个海族强者虽然披头散发，身受重创，却对禅杖志在必得。刚才那个海族强者随手给了大黑牛一巴掌，就让大黑牛七窍流血了。

事实上，其他几个海族强者也都眼神炽热，想抢夺那杆禅杖。

“滚！”楚风落到地面后，一声大喝，同时迅速出手。

不过，被禅杖重创的那个海族强者很果断，动作极快，径直向前扑去，想抢在所有人前面夺走那杆禅杖。

大黑牛瞬间变了脸色。禅杖脱手后的位置离大黑牛不远，但大黑牛现在浑身无力，瘫软在地，动弹不得。现在楚风赶到了，如果还被海族强者夺走禅杖，那真是太可惜了。

被禅杖重创的那个海族强者向大黑牛冲来，不仅想要拿到禅杖，还想给大黑牛补上一击，斩灭大黑牛。

“哧！”

楚风动用精神武功，祭出赤色飞剑向前劈去，阻止那个海族强者。

那个海族强者哪怕已被禅杖重创，身手依旧不凡。只见他横移躯体，避过了赤色飞剑的攻击。虽然他没有坚持要斩灭大黑牛，但是，他伸向禅杖的手方向不变，誓要将禅杖握在手里。

“噗！”

此时，楚风的赤色飞剑又到了，在那个海族强者的肩头留下了一道伤口。事实上，刚才如果不是那个海族强者反应迅速，一闪身避过了要害，赤色飞剑可能会命中他的头颅。

“你找死！”那个海族强者猛然转身，面向楚风，防备着那柄赤色飞剑。他知道自己得先解决这个人类，不然，他根本没有机会捡起那杆禅杖，因为这个人类实在太危险了。

“你该不会就是那个楚风吧？”那个海族强者问道。

其他几个海族强者也停了下来，分散在不同的方向，截断了楚风的退路，包括空中都有海鹰王和海鸥王在盘旋。

天空中，那只海鹰王叫道：“楚风，果然是你！南域海老龙王已经下旨，谁能提着你的头颅送去，就奖励谁一颗蜕凡果。哈哈，我们有口福了！”

“真是没有想到啊，原来除掉黑螣的人就是你！你也不是三头六臂啊，啧啧，可能有两下子，但是你这样莽撞地闯来，难道是急着送死吗？”海鸥王也笑道。

“别说了，咱们先解决他！”被禅杖重创的那个海族强者喊道。他对楚风有些忌惮，因为他刚才已经领教过楚风的赤色飞剑，知道楚风的厉害，而且他离楚风最近，担心自己最先遭到楚风的攻击。

“嘿嘿嘿，可以卖南域海老龙王一个人情，还可以得一颗蜕凡果，真是划算！”另一个海族强者笑道。

下一刻，四个海族强者一起攻向楚风，有的从半空中俯冲下来，有的则从楚风的后面进攻。

“小心！”史地剑宫的白鹤在远处提醒楚风。白鹤已身负重伤，几乎失去了战力，身边的飞剑都变得暗淡无光了。

这里共有六个海族强者，除了远处围攻白蛇的两个，其他四个全都向楚风狂暴出击。

“轰！”

楚风神色冷峻，从玉瓶中取出黑色长矛，强力出击，刺向被禅杖重创的那个海族强者，长矛顿时光芒大盛。

“虎鲸王的兵器！”这一刻，有海族强者警醒过来，虎鲸王的战矛易主，其结局自然明了。这些海族强者觉得自己低估了楚风的实力，不过倒也不惧，难道他一人还能对抗四个海族强者吗？

“当！”

被禅杖重创的那个海族强者手中出现一柄锋利的泛着寒光的阔剑，击在黑色长矛上，顿时火星四溅。

起初，那个海族强者还面带冷笑，心中暗自思忖，如果自己挡住楚风这一击，其他三个强者也到了，他们可以一起围攻楚风。

然而，下一刻那个海族强者就惊骇不已，因为他手中的阔剑被黑色长矛释放出的巨大力量震得断裂开来，他的虎口也发麻，流出血来。

“嗖！”

那个海族强者快速倒退，楚风则避开其他三个海族强者的攻击，迅速追击他，释放出强大无比的能量。

楚风追击时速度非常快，此时，他把手中的黑色长矛当作棍棒使用，双手抡动黑色长矛，向前砸去。

“咔嚓！”

那个海族强者试着用手中的断剑阻挡黑色长矛，结果剑体崩碎。而且，那如同黑色闪电般的黑色长矛已经砸落下来，势不可当。

“噗！”

“啊！”

这个挣断了六道枷锁的海族强者直接殒命了。

“好！”大黑牛非常兴奋地叫道。大黑牛之前一直东躲西藏，躲避海族强者的追击，现在终于感觉出了一口恶气。

半空中的海鹰王、海鸥王和地上的另一个海族强者瞬间神经紧绷，觉得自己低估了楚风。难道楚风还能比肩海神虎不成？简直太勇猛了！

“哧哧哧！”

三个海族强者虽然心生忌惮，却没有收手的意思，瞬间发出一道又一道能量光束，攻向楚风。

只见光芒一闪，楚风将黑色长矛插在地上，从玉瓶中取出一柄雪亮的长刀，横在身前，对抗三个海族强者的攻击。

其实，楚风只是想试试哪件兵器最称手。

“白鲨王的兵器！”这一刻，海鹰王等心惊不已，体内生出一股寒气，脸上现出一丝惧怕之色。因为，白鲨王可是海族的一位顶级强者，比其他挣断了六道枷锁的海族强者更强大，连海神虎这种绝世勇者都会对白鲨王高看一眼。

“嗖！”

海鹰王第一个冲霄而起，它非常忌惮楚风，不敢硬拼，而是选择临阵退后。

“你……”海鸥王吃惊不已，攻击力自然也跟着减弱。

“你们的胆子呢？”地上的那个海族强者气得不行，难道让自己只身对抗这个人类吗？

雪亮的刀光迸射，这里杀气冲天。

地上的那个海族强者没有被禅杖击中过，不像之前那个海族强者负有重伤，因此战力并不弱。

一瞬间，两者激烈碰撞，山林因之破碎，甚至，附近的山峰都被楚风的能量刀光斩断了两三座，那个海族强者则满身是血，伤痕累累。此时，那个海族强者坚持了数十招，已经达到其能力的极限了。

“轰！”

半空中，海鹰王张嘴喷吐剑芒。

与此同时，海鸥王张开翅膀，无数羽毛激射出去，像是有上百支神箭落下，一同击向楚风。

“当——”

钟声悠悠，楚风的体外迅速浮现出能量大钟，护住他的身体，让外物难以伤到他。

就在这时，空中的两只禽王一只冲向大黑牛，一只冲向史地剑宫的白鹤，想趁机掳走大黑牛和白鹤。

冲向大黑牛的海鸥王遭到楚风的赤色飞剑一击后，直接被挡了回去，连它射下的漫天羽箭都被剑光绞碎了。

楚风体内的血气如同汪洋般，全身毛孔都在向外释放能量，通体变得无比璀璨。他手中的长刀化成一道绚烂的光束，向着地上那个苦苦挣扎、满身血迹的海族强者劈去。

这是楚风全力以赴的一击，速度快如闪电，对方根本躲避不了，只能奋力对抗。

“噗！”

刀光绚丽，楚风劈开那个海族强者手中的兵器时，那个海族强者立即殒命。

下一刻，楚风提着长刀，一冲而过，直接奔向白鹤那里，对白鹤施以援手。

史地剑宫的白鹤若非之前被威力巨大的武器重创，根本不会落到这一步，毕竟白鹤是一位真正的绝世强者，驭剑术使得出神入化。

“当！”

看到海鹰王扑来，在最危急的关头，白鹤勉强动用飞剑发出最后一击，阻挡敌人的攻击。

这就足够了，白鹤争取到了时间，楚风冲来，手中雪亮的长刀向海鹰王劈去。

海鹰王长鸣，而后奋力展翅，冲霄而起。它不敢硬撼长刀，但还是被刀光触及，刹那间羽毛纷飞，同时，它的腹部负伤了。

“楚风，你等着！”海鹰王怒鸣。

“哧哧哧！”

刀光迸射，楚风转身攻向海鸥王。不远处，他的那柄赤色飞剑正压制着海鸥王，令海鸥王不能展翅冲上高空。

大黑牛擦了一把额头上的冷汗，刚才海鸥王伸出爪子几乎要将大黑牛的脖子抓住，幸亏楚风的驭剑术很强大，精神武功高绝。

海鸥王奋力冲击，想要遁走。但是，楚风一跃而起，冲上半空中，手握长刀直接向它猛劈，一道又一道如同白色闪电般的能量刀光实在太恐怖，海鸥王根本抵挡不住。

此时，楚风运转精神能量移动身体，几乎悬在半空，跟空中的海鸥王大战，同时用赤色飞剑压制它，不让它借机逃走。

数十招后，楚风一刀劈中海鸥王，伴着惨叫声，海鸥王从空中坠落下来，而后彻底毙命。

“你敢！”这时，大黑牛又惊又怕，在原地大叫起来。

原来，海鹰王发现黄牛盘坐在不远处的山谷内，它知道黄牛和楚风是莫逆之交，想寻找时机除掉黄牛。于是，它去而复返，俯冲向山谷，落下成片的能量光束。

此时，不要说山谷内，就是山谷四面的山壁都在龟裂，而后“轰隆隆”地开始倒塌，仿佛要将山谷淹没。

“海鹰，你死定了！”楚风大吼。他早已感应到黄牛在附近的山谷中，所以提前让驴王过去了，但现在他还是无比担忧。他斩了海鸥王，解除了大黑牛的危机后，迅速地冲向山谷，并且取出黑色长矛。

山谷中，驴王手持楚风交给自己的玉瓶，将盘坐在青石上的黄牛连同青石一起收进了玉瓶内。驴王不敢触碰黄牛的身体，怕正在冲关的黄牛受影响，只能整体迁移。

驴王和受了重伤的金雕王在山谷中左闪右躲，避开天空中落下的能量光束。

此时，山谷四面的山壁都崩塌了，破碎的山石滚落下来，如同江河决堤，渐渐将这里淹没。

“哧！”

这一刻，楚风猛力掷出黑色长矛，黑色长矛化成一道黑色的闪电，迅速地冲向高空。

海鹰王虽然极力躲避，但一只翅膀还是被黑色长矛刺中。它剧痛难忍，引颈长鸣，拍打翅膀，逃向远处。

“死！”楚风怒吼，根本不想放过海鹰王。他疾速奔跑，从地面追上高空。这只禽王原本已逃走了，还敢回头来害黄牛，这让他怒不可遏。

楚风浑身像是有光焰在跳动，他速度太快，先是向一座大山上冲去，而后从山顶腾空而上，就要追上海鹰王了。

海鹰王振翅向天穹飞去，吓得心惊胆战，魂不附体，它从来没有见过速度这么快的人类。

“下来！”楚风大喝，同时祭出赤色飞剑。只听“噗”的一声，赤色飞剑击中海鹰王的躯体，它哀鸣一声，猛然向下坠落一截。

与此同时，楚风也冲到了他所能到达的最高点，接着就要向下坠落了。他猛力挥动手中的长刀，能量刀光瞬间大盛。

“噗！”

最终，海鹰王被楚风一刀劈中，立刻生机全无，直接向下坠去。

山林中，两个海族强者看见刚才的交战经过，都心惊胆战。楚风实在是太可怕了，在这两个海族强者的印象中，只有海神虎这样的天纵之才才会有如此厉害的手段。尤其是看到楚风如魔神一般纵横高空，最后竟然一刀斩了海鹰王，两个海族强者全都脸色发白，一言不发，而后转身就逃。

要知道，这两位可都是挣断了六道枷锁的绝世强者，现在竟然如此恐慌，可见刚才那一战对其触动有多大。

山谷中，巨石翻滚，大片地带被倾塌的山壁埋住。

驴王骂骂咧咧，被砸了个鼻青脸肿，身上的一些伤口裂开，鲜血渗出。不过，海鹰王打下来的能量光束都被驴王一一避开了。

金雕王也被砸得不轻，原本一只翅膀就几乎折断，现在另一只翅膀被巨石砸到，彻底无法飞行了。

还好，驴王和金雕王都没有性命之忧。

驴王刚才竭尽全力，哪怕东躲西藏，也始终保持玉瓶平稳，没有晃动，怕影响到里面的黄牛。

“砰！”

不远处，海鹰王的尸体坠落下来时，山林剧烈地震动了一番。

只听“嗖”的一声，楚风来到破败的山谷中，心中略有紧张，担心黄牛出什么问题。

驴王在第一时间表功，让楚风看到自己鼻青脸肿的样子，说自己被巨石不断砸到，但始终保持玉瓶平稳，确保黄牛无恙。

楚风接过玉瓶，小心翼翼地将黄牛放出来，看到黄牛周身血气蒸腾，双目紧闭的样子，他特别担心。

毫无疑问，黄牛在全神贯注地运转特别的呼吸法，简直跟外界的一切隔绝开来，精神意志近乎自我封闭。

楚风小心地传音，想唤醒黄牛，告诫黄牛不要再拼命了，毕竟黄牛年纪太小，这样做实在太冒险。他亲身经历过这个过程，知道依靠自身力量挣断枷锁，难度实在是太大了。

然而，黄牛根本没有反应。

楚风想了又想，也运转特别的呼吸法，两者一脉相承，能量律动一致，或许会有一定的效果。

黄牛终于有了反应，缓缓地睁开了眼睛，渐渐收敛血气，让躁动的能量归于平静，而后轻叹一声：“好险！”

黄牛知道自己急于求成，太想凭借自身力量挣断枷锁，险些酿成大祸，说到底自己还是太小了，不适合这样霸道的冲关方式，而且，自己刚才险些迷失，幸好楚风及时地唤醒自己。

“噗！”

黄牛咯出一口血，身体一阵晃动，直接向后倒去——黄牛还是负伤了。

楚风吓了一跳，赶紧扶住黄牛，以为黄牛伤了根基，心中的担忧又多了一分。

此时，驴王也很紧张，担心黄牛凶多吉少。

“我没事，休养一下就好，幸好醒来了，真要一条道走到黑，可能会出大事。”黄牛一阵后怕。

这时，大黑牛的号叫声传来，楚风大吃一惊，以为强敌又来了。

“快去救人！”大黑牛终于能动了，直接跑进崩塌的山谷中，无比焦急地喊楚风赶紧去营救西伯利亚虎王。

此时，史地剑宫的白鹤也缓过了一口气，和白蛇一起进入山谷中。两大绝世强者伤势极重，都需要静养一段时间。

楚风有很多话想问白鹤和白蛇，以便了解内情，但看到大黑牛焦急的样子，便决定先救西伯利亚虎王。

“在那边，不久前还听到西伯利亚虎王的嘶吼声呢，现在却没动静了。”大黑牛焦急地为楚风指方向。

“你们在这里等着，小心一些！”楚风说完，一跃而起，将速度提升到极致，手里提着雪亮的长刀，赶往数十里外的林地。

林地中原本郁郁葱葱，但如今有些地方大树已倒下，有些地方更是光秃秃的，且坑坑洼洼的，像是被陨石撞击过，应该是王级生物对决所致。

楚风心一沉，一口气又奔行了近百里，沿途看到了西伯利亚虎王的少许皮毛，看来西伯利亚虎王负伤了。

这一次，西伯利亚虎王难得有骨气，没有变节，跟海族激战，为黄牛等引开强敌，这让楚风深感意外。现在楚风知道西伯利亚虎王负伤了，心里不禁有点焦急。

终于，追踪了近两百里后，楚风听到了虎啸声。

楚风纵横山岭，每一次跃起都会跃过一座山峰。他临近虎啸声响起的地带后，稍微放下心来，起码西伯利亚虎王还没有死。

那片地带，虎啸声很大。

“真是不容易，西伯利亚虎王也有硬气的时候，竟跟海族强者大战到现在。”以前楚风总觉得西伯利亚虎王太没节操，没有百兽之王的气场，现在他改变了自己的看法。

然而，楚风很快就愕然，脸上的表情瞬间僵住，因为西伯利亚虎王一边被动还手一边叫着。

“别打了，本王投降！”

“本王服了，决定弃暗投明，不要再打了！”

“本王准备投降，跟海族共谋大事，你们赶紧收手！”

“本王跟你们海族有交情，在嘉西境内结识了多位海族王级强者！”

“听到没有啊？本王要投降！”

……

楚风彻底无语，这只老虎还真是本性难移，一点也不要面子，正死乞白赖地要向海族投降呢。不过，两个海族强者显然都不愿搭理西伯利亚虎王，一心想要解决这只老虎。

“没看到本王跟你们海族的海神虎长得差不多吗？本王跟海神虎有血缘关系，你们两个在冒犯我们这一族的尊严！”

“遇上两个傻子，一句话都不说，真是没法沟通，还让不让人活了？救命啊，谁来救本王啊？”

西伯利亚虎王大吼。

楚风实在听不下去了，从树林中走出，向那片被打得光秃秃的地带赶去。

“停战吧，本王带你们去找楚风，本王知道他在哪里！”西伯利亚虎王喊着。

与此同时，楚风面无表情，出现在战场边缘。

“嗷！见鬼了！”西伯利亚虎王看到楚风时，一声惊叫，简直不敢相信，使劲揉了揉自己的眼睛，确定没有看错。

“嗷！”这只老虎跟狼嚎一样，在那里大叫。

“兄弟，你终于出现了，赶紧过来，这两个王八羔子快被我打死了，不堪一击，接下来就交给你了！”西伯利亚虎王迅速朝楚风那边跑去。

“你不是要出卖我吗？”楚风黑着脸说道。

西伯利亚虎王简直要泪流满面，这种事情居然被楚风发现了。西伯利亚虎王急忙解释道：“我是那种虎吗？我绝不会干出卖兄弟的事！我只是为了拖延时间，耍海族这两个王八羔子呢！”

事实上，楚风这次对西伯利亚虎王的印象不坏，如果真投降的话，西伯利亚虎王可以领着两个海族强者直接去抓黄牛等，但这一次西伯利亚虎王为了保住黄牛等，主动引走海族强者，可见其本心并不坏。

对面的两个海族强者都长着一头绿发，连皮肤都是绿色的，同时泛着金属光泽。

“我跟你说，这两个王八羔子身体太结实了，根本打不垮！”西伯利亚虎王提醒道。

“锵！”

楚风拿着闪烁着寒光的雪亮长刀，径直向前走去，根本无所畏惧。

“白鲨王的兵器！”两个海族强者脸上露出几分忌惮之色，但还是出手了，没有丝毫退缩。

“轰！”

其中一个海族强者直接撞来，浑身绿光迸射，跟楚风硬拼。

只听“当”的一声，楚风一刀劈出，直接劈在这个海族强者的身上，却没有伤到其一寸肌肤，这让他大吃一惊。

与此同时，另一个海族强者也动了，化成绿光，跟楚风硬碰硬。

“还真是王八羔子！”楚风无语，原来西伯利亚虎王说“王八羔子”不仅是骂人，这两个海族强者正是海龟王，一般的人还真破不了这两只海龟王的防御，因为其龟甲十分坚固。

西伯利亚虎王在后面喊道：“我之前被其他海族强者追击，元气大伤，所以战力锐减，不然，我早已干掉这两个王八羔子！”

楚风运转呼吸法，口鼻间白雾弥漫，浑身发光，全力以赴，他就不信劈不开海龟王的龟甲。

“死！”楚风断喝，手中长刀的光芒越发耀眼了。

“走！”两只海龟王感到不妙，转身就逃。

“哪里走！”楚风喝道。

不得不说，两只海龟王十分不凡，速度竟然快得惊人，不过他们遇上楚风，终究逃不了。

楚风追上两只海龟王后，又是一番碰撞与搏斗。

“哧！”

楚风手中的雪亮长刀化成一道可怕的光束，劈中其中一只海龟王的身体，这只海龟王当场丧命，而后化出本体。

“我跟你拼了！”另一只海龟王大叫。

“噗！”

楚风更加坚决，竭尽全力地劈出十几刀，终于将另一只海龟王也斩了。

西伯利亚虎王相当吃惊，几日未见，楚风又实力大进，竟然将两只刀枪不入的海龟王都斩了，实在骇人。

脱离了危险后，西伯利亚虎王相当高兴，询问楚风是怎么来的，路上遇到了哪些厉害人物，而后提醒道："我跟你说，我有个本家真的很厉害，叫什么海神虎，非常危险，你一定得注意。"

"一个是海里的，一个是陆地上的，你乱认什么亲戚！"楚风睨视西伯利亚虎王。

一人一虎快速赶路，回到山谷中，跟黄牛等会合。

此时，楚风心里有太多的疑惑，想一一问白鹤和白蛇。

"这一次，东海、南域海和北域海的强者联手对付我们，可谓强者众多！"史地剑宫的白鹤叹道。

此前，来自南域海的黑塍、乾越等挑战陆地上的强者，而这一次三海联手，强者齐出，一同对陆地上的强者出手。

"我们陆地上有强者投靠了海族，坑了我们！"白鹤以非常肯定的语气说道。

海族与陆地上的强者初登虎泷山时虽然有过合作，但也不时发生冲突，彼此间的敌意很强烈。原本陆地上的绝世强者商量后，准备设下埋伏，他们在虎泷山发现了一片天然的场域，想将海族强者引入其中。结果，陆地上有强者去通风报信，加之海族手中握有威力巨大的武器，一切因此而变得不同。

"太极老宗师、夔王……还活着吗？"楚风问道。

"或许还活着！"白鹤说道。

"我要去救他们！"楚风说道。

第154章

决战地

史地剑宫的白鹤也不知道究竟是谁投敌，为海族通风报信，这才是致命的，让陆地上的高手人人自危。因为，你不知道身边哪个人是祸根。

所以这一次即便被围剿，陆地上的众强者也很难一致对敌，都在暗中戒备着，怕被身边的强者袭击。

楚风听闻后不禁皱眉，这不是什么好消息。随后，他想到孔雀王，想到金乌王，又想到形意拳宗师徐清，这几个强者都让他有所怀疑，尤其是徐清，曾经跟三眼族强者乾越走得很近，嫌疑最大。

楚风说出了他怀疑的对象。

“孔雀王曾经遭到海族可怕武器的致命一击，重伤遁走，险些死掉。”白蛇开口。白蛇情况不妙，想要痊愈需要数日。

哪怕挣断了六道枷锁，血气旺盛，也不是每个强者都如楚风般拥有神异的再生术，短时间内身体就可复原如初。

“至于你所说的徐清，他没有来虎泷山，我们根本没有见到这个人。”白鹤说道。

年轻的形意拳宗师徐清即便来了，也没有跟陆地上众强者走在一起，不可能知道众强者准备对付海族的事。

西伯利亚虎王嘀咕着：“想引海族进入场域，结果反而被围剿？这也太憋屈了！”

“当时情况紧急，我们不出手，海族也会伏击我们，所以我们准备得太匆忙，加上被泄密，才损失惨重。”

史地剑宫的白鹤曾被神蛟纸斩中躯体，差点死在当场，艰难逃过一劫。普梦山的太极老宗师、昆林山的夔王等也类似，都是被海族强者手持的可怕武器重创的，不然绝不会落到这一步。

楚风准备出手，去对付海族强者，营救陆地上的那些高手。他受陆通所托而来，同时的确想还玉虚宫、八景宫、碧游宫三大宫主的人情，将他们救出。至于普梦山的太极老宗师等，他更是要救，义不容辞。

史地剑宫的白鹤、卫城山的白蛇跟楚风说了一些注意事项，告诉他哪些海族强者很可怕，哪些海族强者掌握威力巨大的武器，让他心中有数。

楚风点头，这些信息对他非常重要！

“你们离去吧，这片神秘空间深处太危险。”楚风说道。在场的强者全都负了重伤，不能血战了。

“好的，你自己保重！”西伯利亚虎王回答得太痛快了。

大黑牛瞪着西伯利亚虎王，说西伯利亚虎王不讲义气，而后对楚风道：“我跟你去，关键时刻还能挥动禅杖，发出致命一击。”

“我也去吧，也能挥动一次禅杖。”黄牛也不愿离开。

“我跟虎哥一块走，就不去拖累你们了。”驴王“嗖”的一声跟西伯利亚虎王跑到远处。

大黑牛瞪眼，黄牛也威胁着，让驴王同行，说驴王也能挥动一次禅杖，关键时刻能给敌人致命一击。

禅杖这件兵器很特殊，每次动用都会将使用者的肉体能量抽干。黄牛、大黑牛、驴王挥动它，都可以重创甚至消灭挣断了六道枷锁的高手。如果让楚风使用它，威力肯定更大，但他的肉体能量同样会在瞬间被抽干！

最终，西伯利亚虎王也没精打采地回来了。这只老虎其实真不想在这片神秘空间待下去了，觉得太危险。

金雕王受了重创，不宜跟随，楚风给了金雕王一粒晶莹的葫芦籽，让其跟着白鹤和白蛇先行离开，退出这里。

楚风在山林中寻到那杆黑色长矛，带着黄牛、大黑牛、西伯利亚虎王和驴王一起上路。

“放心，一旦有危险，我可以将你收进玉瓶中，只要我不死，你就无恙。”楚风对西伯利亚虎王说道。

事实上，西伯利亚虎王是一个高手，修炼形意呼吸法后，都能以一敌二，对抗两只防御力惊人的海龟王了，但本性难移，总想着溜之大吉，不愿涉险，用这家伙的话说：勇猛能当饭吃吗？没事的话，傻子才去拼命呢。

这话说得楚风等无语，都想教训西伯利亚虎王一顿。

“黄牛，你认识这种果实吗？”楚风从玉瓶中取出石头果实，顿时芬芳扑鼻，果实的香气太浓郁了。

黄牛等都惊异不已，回头观看。石头果实有桃子那么大，形状也与桃子相仿，但是通体灰扑扑的，如果不是上面有裂痕，露出了鲜红的果肉，简直跟石头一模一样。

“这么古怪？让我品鉴一下！”西伯利亚虎王直接伸爪子，被楚风一巴掌拍到一边去了。

“你在什么地方采摘到的？”黄牛面露惊容，随后小脸紧绷，神情非常严肃，追问详细经过。

楚风将经过详细地告知黄牛。

“坏了，一会儿救完人，我们得赶紧走！”黄牛略有紧张，向四周看了又看。

“什么情况？”楚风不解。

大黑牛等也都狐疑，一颗果实而已，至于如此吗？

“这是炼妖果！”黄牛告诉楚风他们石头果实的来历，漂亮的小脸上带着忧虑之色，不时观看周围。

古代一些强大的进化者，降妖后往往将其镇压在场域中，从而炼化。

黄牛猜测，这是一片炼妖地，地下镇压着大妖！而这颗石头果实正是炼妖所致，古代的一些大妖很难死去，血气外溢，从而形成炼妖果。

“会是这样？”驴王心里发毛，左看右看，生怕地下突然蹿出一只大妖。

黄牛点头道：“在域外，那些强大的道统差不多都有炼妖地，用以培育炼妖果。”

“虎泷山是‘道教圣苑’，古代的天师经常降妖，有所谓的炼妖地倒也正常。”楚风说道。

这里可是虎泷山，在某一段时间一直有天师坐镇，那可是古代进化者中的佼佼者。

“根据你的描述，这颗炼妖果不是特意培育出来的，而是场域出现裂痕，大妖血气外溢，从而自然生长出来的。”

按照黄牛所说，这是一种警示。那些大妖如果都在漫长的岁月中死去，被炼化了还好，万一还留有一口气，没有彻底死去，一旦脱困，那么这片地带估计会非常恐怖。被封在炼妖地那么久，就是原先正常的生灵估计也精神错乱了，一旦脱困，可能会引发大祸。

在一些大世界中，这种事不是没有发生过。

“怎么越说越瘆人啊，我是不是要重新考虑远走西方啊？”西伯利亚虎王在那里嘀咕着。西伯利亚虎王听得心里有点发毛，感觉虎泷山太危险，要出祸事，在东方待着可能会有性命之忧。

黄牛道：“古代的天师身为大能，不至于没有后手，我想上一次我们见到的那件神秘兵器多半可以镇妖。”

黄牛提到那件将飞碟截断了的兵器，当时一银一金两朵蘑菇云在虎泷山山顶腾起，化形成一龙一虎，将飞碟都给毁掉了，场面相当惊人。

“不过，我们还是得尽快离开这里。”黄牛补充道。那件兵器疑似埋在虎泷山下，不是在这片神秘空间中，他们得尽快逃出神秘空间才行。

黄牛估摸着，一旦场域破裂，如果有大妖还没咽气，跑出这片神秘空间，可能会被那件神秘兵器压制。

楚风等都严肃起来，越发觉得不能在这片神秘空间中耽搁太久。

“对了，这颗炼妖果有什么用？”大黑牛问道。

“炼妖果是疗伤宝药，能补充生命精气，当中的绝品甚至能起死回生，前提是炼妖地下有恐怖至极的大妖。”黄牛答道。

这是显而易见的事，炼妖地下的大妖越厉害，滋养出的炼妖果也越惊人。

楚风将这颗炼妖果递给黄牛，让黄牛恢复元气。小家伙逞强，想靠自己的力量挣断枷锁，虽然没有伤到根基，但也被重创了。

黄牛没客气，因为不及早养好伤的话，说不定真会出现什么隐患。

黄牛一边赶路一边吞食炼妖果中的鲜红果肉。这是在古代大妖体内精华的滋养下长出来的果实，对于他们这个境界的生物来说称得上疗伤圣药，时间不长，黄牛的元气就恢复了。

“这么神奇？”楚风等都惊讶不已。

这颗炼妖果还剩下大半呢，黄牛没有吃完。

“你们几个都有伤，现在都试试看。”楚风说道。

“好嘞！”西伯利亚虎王直接伸爪子。

大黑牛也颇为期待，大黑牛可是断了一只犄角，的确需要疗治一番。

不久后，西伯利亚虎王、驴王都怪叫起来，感觉浑身发痒，一些伤口快速愈合，敌人留在其体内的那些古怪能量被排出，伤势恢复得太快了。驴王的尾巴在慢慢生长，有可能会复原。

大黑牛也“哞哞”直叫，重伤之躯眼看就要复原了，就连那只断了的犄角根部都酥酥麻麻的，蕴含着生机，最后长出了一小段犄角来。大黑牛知道，只要安心养上一段日子，自己的犄角肯定能恢复如初。

“这效果也太显著了！”楚风很吃惊。

“这是自然，不然，为何那些强大的道统都有炼妖地？炼妖果对于一个道统来说太重要了。”

“这不是很容易出乱子吗？大教的高手为了培育炼妖果去降妖，而那些大妖肯定要反抗。”楚风说道。

“有约束，非罪大恶极的生灵不得被镇压。”黄牛道。

但是，楚风他们还是能感受到，域外的世界肯定少不了大战，那些圣地看着辉煌，其道土下也必有血腥。

“域外的妖太凄惨了。”大黑牛咧嘴，感觉那些地方实在凶险。

“炼妖地下，各种生灵都有，并非都是妖，还有一些穷凶极恶的人类，就看是谁镇压的了。根据一些古代记载，某位妖圣的炼妖地下，什么天师，甚至连菩萨级进化者都有。”黄牛道。

楚风他们听得目瞪口呆，深切感受到域外的强大。

随后，他们又前行了一段路程，闯到了这片神秘空间最深处。

一到这里，他们就听到打斗的声音，看到人影幢幢，剑气激荡，地上血迹斑斑，有强者在大战。

更惊人的是，这片地带的泥土破开，露出一个足有山岳那么高大的青皮葫芦。那青皮葫芦像是破土而出没多久，而且，葫芦嘴那里溢出丝丝缕缕的血气。

最惊人的是，葫芦嘴附近生长着很多石质怪树，每棵怪树上都有炼妖果，果实大小不一，芬芳飘溢。

黄牛见状，头皮发麻，道："炼妖地的场域破裂，炼妖的核心器物出土！"

"死！"半空中，金光迸射，一只生有翅膀的海兽冲上天空，跟满身是血的金翅大鹏王大战。

"轰隆！"

另一边，一只满身银色鳞片的海兽状若鳄鱼，正在跟碧游宫之主决战。

……

这片地带战斗无比激烈。

还有一些海族强者围着青皮葫芦，想要将它占为己有。

前方山地焦黑，更有一些地面因为高温熔化又结晶。

大战很激烈，天空中，山林深处，都有高手在对决，能够深入这里大战的自然都是顶级强者。

"轰！"

楚风他们一接近，就有能量如同浪涛般拍击而来，将他们身边一块巨大的山石掀飞到半空中。

这片地带很开阔，树木稀疏，很适合对决。

宝峦山的山龟、史地剑宫的另一只白鹤、碧游宫之主等全都在血战，每一个强者都满身是血，景象惨烈。

"嗡！"

火光冲天，一只海猴子带着湛蓝色的火焰，攻击陆地上的高手，将仅有的林木焚成灰烬，地上岩浆横流。

这种生物很特别，是上古遗种，数量极其稀少。

海猴子咆哮着，岩浆浪涛冲起数百米高，席卷向天空，要将史地剑宫的那只白鹤卷下来。

“哧！”

剑光如虹，白鹤张嘴间喷出一片雪白的精气，融入飞剑，飞剑威力大增，向下劈去。

岩浆浪涛直接被劈开，那只两米高的海猴子也打了一个趔趄，一个跟头翻了出去，身上的青铜鳞片火星四溅，鳞片间渗出血来。但它的防御力惊人，只有部分鳞片破损。

“砰！”

另一边，一只海兽带着电光在高空中飞行，速度很快。这只长着翅膀的海兽像是豺狼，但浑身密布着紫莹莹的尖刺，加上那一对可以削掉山峰的锋利的翅膀，显得更加古怪与可怕。

它跟金翅大鹏王撞在一起，力量太大了。

一刹那，一些金色羽毛带着血飘落下来，那是金翅大鹏王身上的羽毛。要知道，金翅大鹏王可是东方陆地上排名前十的高手，竟也被撞伤了。

“竟然还有援手，又来了几个送死的！”一只看起来像大狗的海兽大吼。它体形庞大，如同一座小山，此刻正张着血盆大口，带着腥风，呼啸而来。

“哧！”

楚风手中雪亮的长刀发出刺目的光，能量刀光冲起，劈向那血盆大口。

“大狗”反应非常快，迅速向旁边横移，近乎翻滚，避开了雪亮长刀的这一击。即便如此，它的嘴巴还是被刀锋擦中，有血流出。

“大狗”顿时神色难看，它以为自己遇到了软柿子，没想到楚风一道刀光就伤到了它。

“有点棘手，我们一起对付他！”它招呼不远处的三只海兽。

海族最大的优势就是高手数量远胜陆地，现在在场的大部分海族强者都没有参战，正在研究那个足有山岳那么高大的青皮葫芦。

“嗖！”

楚风哪里会等着被海族强者围攻，他果断出手，竭尽全力，想尽快解决那只“大狗”。

他是为救人而来，自然免不了血战，现在既然已经出手了，那就血战到底，占据先机！

雪白的刀光迸射，极尽璀璨，楚风动作非常快，不断挥刀，全身毛孔释放出能量，整个身体都在发光，如同战神下界。

“啊！”

“大狗”惊叫起来，因为一眨眼的工夫，这个人类就劈出了数百刀，这也太恐怖了，它根本挡不住。瞬息间，它身上就出现了很多伤痕。

“嗷！”

不远处，有海兽咆哮着，带着恐怖的气息冲来，想要帮助“大狗”。

然而，楚风没有给那些海兽机会，雪亮的长刀发出刺目的光芒，“噗”的一声，当第五百刀挥出时，“大狗”阻挡在身前的一只大爪子便断落了。

“啊！”

“大狗”惨叫。

“噗！”

第五百零一刀落下时，再也没有什么能够阻挡楚风，只见刀光一闪，“大狗”被斩，丢掉了性命。它那如同小山般的躯体“轰隆”一声倒下，砸得地面烟尘扬起。

“斩了他！”不远处，有些海族强者怒喝，当即就有三个海族强者冲来。那些海族强者没有料到楚风这么勇猛，一上来就除掉了“大狗”。

海族强者不仅对楚风动手，还对西伯利亚虎王等动手，一只海兽探出十几米长的大爪子向着西伯利亚虎王等抓去。

西伯利亚虎王恼了，化出本体，“嗷”的一声大吼，跟那只海兽硬撼。

大黑牛则拎着禅杖，正在寻找目标，随时准备出击，打向最强者。

围攻楚风的是两条海鱼，它们将天空当成汪洋大海，迅疾如闪电，不断对楚风发动攻击。

“锵锵锵——”

楚风挥刀，迎战两条海鱼。它们那密布着紫金色鳞片的身体发光，跟刀锋碰撞时居然发出密集的火花，非常坚韧。更惊人的是它们的身法，它们当真把天空当成了大海，在空中如同电光般滑翔，每次都用刀子般锋利的尾巴攻击楚风。

“这种身法值得我借鉴。”楚风发现两条海鱼在空中画出的弧形轨迹不仅有美感，还很实用，能避敌，更能增强攻击力。它们的发力方式很特别，楚风手中的长刀劈过去，它们竟能直接卸力。

但是，也止于此了！

楚风全面爆发，左掌心电光绚烂，一道又一道闪电刹那间飞出，全部打在两条海鱼的身上。它们虽然强大，此刻却身体一滞，鳞片脱落。

下一刻，楚风挥刀，这一次两条海鱼行动不敏捷了，全被砍中，且没能卸力，直接丧命，坠落在地。

这顿时引发了一阵大乱，海族强者全都心惊不已，片刻间三个高手就死了，来者的强大程度超出了海族强者的预料。

“各位，准备退走！”楚风暗中以精神力跟陆地上的高手交流，告知他们这里是炼妖地，青皮葫芦中可能有恐怖的古代进化者即将脱困，留在这里会非常危险。

陆地上的几个高手吃惊并回应楚风，他们一时间摆脱不了对手，海族强者太难缠，而且有可以飞行的海兽，能够追上他们。

现在大部分海族强者在青皮葫芦嘴那里，正在想办法采摘石质怪树上的炼妖果，还没有出手，不然后果更糟糕。而且，陆地上的这几个高手都被威力巨大的武器重创过，元气大伤，远不在巅峰状态。

青皮葫芦嘴那里，血气一缕又一缕地溢出，散发出的气息让人不安，就连海族强者都觉得有些不对劲。

然而，还是有一批海族强者在葫芦嘴那里逗留，强行接近石质怪树。不过，这片地带有无形的能量阻挡着那批海族强者。

“先对付这个人！”无论是青皮葫芦上面还是青皮葫芦下面，都有海族强者注意到楚风，感觉他是个威胁，纷纷动身，要过来围剿他。

楚风绕着青皮葫芦行走，看到另一侧的远处也有强者在战斗。

“黑老大，我们也准备冲上青皮葫芦，抢几颗炼妖果！”楚风让大黑牛等跟着他，准备发起冲击。

葫芦嘴那里的高手都很强大，是海族强者中的佼佼者。

“嗷！”

与此同时，西伯利亚虎王跟对手分出了胜负。西伯利亚虎王现在处于巅峰状态，且遇上的敌人不是很强，一下就解决了那只海兽。

“走，向上闯！”楚风率先向青皮葫芦上闯去。

炼妖果很重要，万一能夺到两三颗，便可以让陆地上的这些高手恢复元气，改变现在的形势。不过这有些困难，一群海族强者聚集在那里，目前也只采摘到三四颗炼妖果而已，葫芦嘴那里有一股无形的能量。

“轰隆隆！”

楚风势不可当，沿途将几个海族强者震飞，闯到了青皮葫芦上。

“谁敢撒野？”葫芦嘴那里有一个海族强者断喝。

那是一个棕发男子，身高一米八左右，皮肤呈古铜色，显得强健有力。他俯视着下方，冷笑道：“找死！”

“轰！”

他抬起手，直接向下拍来。他的那只手不断放大，瞬间拍落，发出绚烂的能量光，像是佛陀之手拍落，要镇压妖魔。这是一种很恐怖的景象。

其他海族强者的目光中流露出敬畏之色，由此可知，那个棕发男子是海族的一位绝顶人物！

楚风大喝，手中长刀发出的光芒绚烂无比，雪白的刀光冲起百米高，迎向那只淡金色的大手。

“轰隆！”

这里发生大爆炸，刀光迸射开来，能量涌向四周。接着，“咔嚓”一声，楚风手中的雪亮长刀碎裂，这可是顶级王者白鲨王的兵器，却被那只淡金色的大手直接拍碎了。

楚风悚然，知道自己遇上了厉害人物，这才是海族的绝世高手，才是这片神秘空间中的至强者！

“砰！”

间不容发，楚风挥动拳头，跟那只淡金色的大手碰撞在一起。

两大强者间刮起风暴，接着迸发出刺目的光芒，宛若陨星撞击大地，光芒照亮天地，同时散发出毁灭性的气息。

楚风感觉手臂酸麻，拳头剧痛，那只淡金色的大手力量太强大了，十分霸道。

“有点意思。”葫芦嘴那里，棕发男子古铜色的皮肤越发富有光泽，他俯视下方，道，“上来领死！”

此时，大黑牛等都心里发毛，没有人比大黑牛等更清楚楚风有多么强大，可现在楚风却遇上了恐怖的对手。棕发男子徒手就拍碎了雪亮的长刀，那只淡金色的大手得有多坚硬？

楚风继续向上闯，说什么也要抢到几颗炼妖果，只有让陆地上的强者恢复到巅峰状态，他们才能更好地突围出去。

“嗯？”突然，他惊悚不已。

因为，来到葫芦嘴近前后，他正好看到了葫芦嘴中的异常景象，那里血气喷涌，越发旺盛，而且就在此时，一个女子从葫芦嘴里露出头来，虽然脸色苍白，但是拥有绝世容貌。

就这么一瞬间而已，楚风精神一阵恍惚，那女子拥有倾城倾国的容颜是一方面，但那只能让他稍微出神，更主要的是一股无形的能量让他心悸，心神险些被夺！

那是古来罕有的一个绝代佳人，美得近乎不真实，但也让人感觉极度危险。楚风忍不住倒退，想远离她！

第155章

封印破

一群海族强者顿时心有所感，全都回头，凝视葫芦嘴那里。

然而，片刻间，那脸色苍白的女子就不见了，只有血气袅袅蒸腾而起。

楚风汗毛倒竖，确信刚才不是幻觉，的确有一个绝世丽人曾从葫芦嘴里露出头来。他相信，那是古代进化者中的厉害人物，不然何以在炼妖地活到现在？

事实上，西伯利亚虎王等也都被镇住了，只觉眼前一花，匆匆一瞥，便毛骨悚然，当然也有惊艳之感。

“绝色倾城，数百年以来所见女子中，她可跟一人并列第一。”大黑牛居然这么嘀咕着。

驴王刚才被惊得不轻，听到大黑牛的话，便问道：“跟谁并列第一？”

“我十五岁那年在昆林山山脚下遇到的，婀娜多姿，温婉漂亮，美丽绝伦，堪称人间绝色。”大黑牛陷入回忆之中。

“遇仙了？”西伯利亚虎王诧异地问道。

大黑牛郑重点头，道：“嗯，一头藏青色的雌性牦牛王，至今难忘啊。”

西伯利亚虎王、驴王直接翻白眼，无语了。

“胡说八道什么！”对面，一群海族强者喝道。这些海族强者可不想听大黑牛胡言乱语，已经觉察到这地方不对头。正因为如此，这些海族强者想抓紧时间采摘炼妖果，不然早就去参战，对付陆地上的高手了。

“你们不懂，那是一只圣兽……死！”大黑牛前面还语气平和，像是陷入了回忆中，结果下一刻就抡动禅杖，向前砸去！

这自然是有意为之，大黑牛刚才装疯卖傻，仿佛沉湎于过去，其实是在积聚能量，为了致命一击。

这地方有不少海族强者，非常适合动用禅杖。

“轰！”

能量翻涌，这片地带被淹没，一尊金身罗汉浮现，发出诵经声，向前镇压而去。

“你敢！”那个棕发男子一声断喝，“锵”的一声从背后拔出一柄锋利无比的三尺青金剑，向前劈来。

剑光绚烂，照亮葫芦嘴附近的虚空，让这片空间都仿佛不稳固了。更可怕的是，三尺青金剑在对抗禅杖发出的能量，虽有不及，却也没有弱很多。

“轰！”

这片地带发生了大爆炸，棕发男子浑身发光，借助三尺青金剑快速倒退，躲过一劫。

“啊！”

这片地带的海族强者不是每一个都避过了禅杖的攻击，有些海族强者追随棕发男子成功退出了危险地带，但还有些海族强者就没那么幸运了。

最前方的两个海族强者被禅杖发出的能量击中，当即丧命，还有几个海族强者也都遭受了重创。因为葫芦嘴那里空间有限，难以躲避！

这时，驴王接过禅杖，跃跃欲试，大黑牛则快要瘫软在地上了，被西伯利亚虎王扶住。

“嗖！”

楚风将大黑牛收进玉瓶中休养，避免大黑牛发生意外。

“你们当真该死啊！”对面，有海族强者大怒。

那个棕发男子也神色冷峻，手持三尺青金剑，遥指楚风他们，一言不发，散发出惊人的气息。

楚风立刻知道棕发男子来自哪个族群了，海人族！棕发男子手中的三尺青金剑是一件威力巨大的武器，曾经袭击白蛇，一剑便使其遭受了重创！海人数量非常稀少，跟人类形体相似，却靠腮呼吸，但并非传说中的美人鱼。

“不怕死就过来！”驴王叫板。此刻，驴王已经化成人形，手中拿着禅杖，双臂发光，向禅杖中注入能量。

那个海人名叫罗天，此时对身边的海族强者开口道："你们都退后！"他自己则手持三尺青金剑，冲了过来。

驴王见状，果断挥动禅杖。

"轰隆！"

禅杖攻击范围很广，葫芦嘴那里果然又发生了大爆炸，能量翻腾，罗天又被逼退出去。而刚才负伤，没有来得及逃走的海族强者顿时死了三个，同时不远处还有海族强者负伤。

"嗖嗖嗖！"

这一刻，海族强者纷纷跃下青皮葫芦。海族强者被大黑牛等倚仗威力巨大的武器压制，觉得实在憋屈。

事实上，不久前海族强者也是这样袭击陆地上的高手的。

罗天目光冷厉，退到足够远的地方。

"不太妙！"黄牛一直盯着葫芦嘴那里，此时向楚风他们传音，道，"这样对决，可能让封印松动了，锁在青皮葫芦中的古代进化者要出来了！"

按照黄牛所说，刚才那女子成功露头，却不一定能出来，可现在他们在此地战斗，多半会冲击封印！

"嗯？"楚风发现异常，刚才这片地带有一股无形的能量，使他无法临近葫芦嘴旁边的那片石质怪树，可是大黑牛与驴王用禅杖砸了几下后，无形的能量减弱，他能临近了。

"嗖"的一声，他将驴王收进玉瓶中，而后快速向前奔去，打算采摘炼妖果。片刻间，他就冲到了近前，接连采摘到了四颗炼妖果。

"阻止他！"海族强者大叫。那些海族强者努力了很长时间才采摘到六颗炼妖果而已，结果楚风一上来收获就这么大。

刚才跃下青皮葫芦的海族强者再次冲了上来，并且长啸不已，想召唤其他有可怕武器的海族绝世强者，围攻楚风他们。

"嗖嗖嗖——"

楚风动用精神武功，又采摘了十五颗炼妖果，有的有拳头那么大，有的则足有人头那么大，全都散发着浓郁的芬芳。这种收获太惊人了！

那些海族强者已经知道了炼妖果的用处，见楚风片刻间就收获了将近二十颗炼妖果，眼睛都红了。

楚风刚要继续采摘，突然感觉到一股危险的气息，不禁心头悸动，快速倒退。只见一盏青铜灯幽幽地浮现在葫芦嘴那里，跳动着微弱的火光。

“嗖！”

楚风离开葫芦嘴那里，同时，他感觉那无形的能量再次涌现。

“走！”楚风带着黄牛和西伯利亚虎王一跃而起，跳下青皮葫芦。

海人罗天原本想追击他们，但见到那盏青铜灯，脸上露出惊讶的神色，自言自语道：“神灯！”

他在一处海底遗迹中看到过一些石刻图，图中的古代进化者手持神灯，照亮天地，打遍天下无敌手。他当时很向往，没想到在这里看到了一盏几乎跟神灯一模一样的青铜灯！

黄牛回头盯着那盏青铜灯，面露狐疑之色，也感觉那盏青铜灯很非凡，跟某一大世界的辉煌圣地中的兵器很像！

不少海族强者冲到葫芦嘴那里，也有一些海族强者追击楚风他们。

“想死的就过来！”此时，西伯利亚虎王手持禅杖，站在楚风身边。

至于大黑牛和驴王，已经在玉瓶中吃了炼妖果，片刻间就恢复过来，又从里面出来了，就站在楚风身边。

有了炼妖果，大黑牛等可以持续挥动禅杖！瞬间而已，大黑牛等胆气大壮，不怕海族人马多了。

“金翅大鹏王接着！”楚风一下子跃到空中，将一颗拳头大的炼妖果掰了一半扔给谷山的金翅大鹏王。

金翅大鹏王早已洞悉那种果实有什么用处了，此刻毫不犹豫地吞食，很快身体发光，释放出恐怖能量，重伤之体迅速复原，恢复到巅峰状态。

“你找死！”跟金翅大鹏王搏斗的那只海兽带着罡风，俯冲而来，恨不得立刻劈了楚风。它形似豺狼，身上长满尖刺，同时拥有一对翅膀，实力非常强。

“滚！”楚风祭出赤色飞剑，劈了过去。

“当！”

那只海兽遭受了巨大的力量冲击，翻滚出去。它很强，但在楚风的全力一击下险些负伤，越发面目狰狞。

“我马上就要恢复了，你的死期到了！”金翅大鹏王长啸，向那只海兽冲去。

“白鹤王，宝峦山掌教，碧游宫之主！”楚风如法炮制，找到史地剑宫的那只白鹤，又寻到宝峦山的山龟与碧游宫之主，各递给他们半颗炼妖果。

“太极老宗师和獒王在哪里？”楚风问道。

几大强者体力恢复，心脏等部位的伤口快速愈合，重新散发出惊人的气息。

“他们在后面！”碧游宫之主告知楚风。

楚风他们马不停蹄，向青皮葫芦后方冲去，救人要紧，必须赶快寻到太极老宗师等人。

这片地带不能久留，因为，古代被封印的强者随时会破封印而出！

“轰！”

葫芦嘴那里，海人罗天正在疯狂出手，想摘走那盏青铜灯。尽管知道这么做非常危险，他依旧想尝试。

“这个疯子可能会害死我们所有人！”黄牛低语。

果然，葫芦嘴那里血气喷涌，宛若火山喷发般。

“罗天，你给我住手！”有海族强者呵斥罗天。

“你管不到我，怕死的话你们赶紧走！”罗天冷冷地回应。

“你疯了，这里不是善地，采摘一些石头果实就足够了，不要贪心！”远方传来虎啸声，一只猛虎浑身都是金色鳞片，且长着一对金色翅膀，如同由黄金铸成，屹立在一座山峰上，对这边怒吼着。

那是海神虎，海神虎在这批海族强者中是数一数二的高手，地位不在罗天之下。

“獒王！”楚风听到虎啸声，向那边看去，发现了獒王。獒王已经被那只海神虎打得浑身是血，此时重伤垂死。

此外，八景宫之主也在那里，失去了一条手臂。他可是绝世高手，没想到如今也这么凄惨。

他与獒王之前被袭击过，都受伤太重，不然也不至于如此。

“獒王，支撑住，我来了！”楚风大喊。空气瞬间发生大爆炸，虽然相距将近十里，但对楚风来说只是一眨眼的工夫而已。

“轰！”

楚风疾奔而来，简直要将那座山峰撞断。

“滚！”海神虎目光冰冷无情，大喝道，“哪来的人族虫子，不知道天高地厚，滚一边去！”

说话间，海神虎伸出长满金色鳞片的大爪子，猛然向楚风拍去。那只大爪子无坚不摧，释放出的恐怖能量让海神虎所立足的山峰都四分五裂了。

楚风对海神虎不敢大意，一路上，他听到了太多有关这只海兽的传闻，比如史地剑宫的一只白鹤险些被它斩灭，玉虚宫之主的心脏被它重创，八景宫之主的一条手臂被它斩断，连大黑牛头上的犄角都是它隔着很远随意发出的一道能量光束给劈断的。

当时，黄牛、大黑牛若非有金身罗汉纸和禅杖在手，肯定死在海神虎手里了。

这只通体金黄的海神虎威名赫赫，实力骇人，一身战力号称绝顶，是这群海族高手中的至强者！

现在它一爪子拍落下来，顿时让空气发生了大爆炸，不说它的力量，单以速度来论，它都快要赶上楚风了。须知，楚风可是掌握了神足通！

“砰！”

楚风咆哮着，全力施展大力牛魔拳与蛟魔拳，将两种拳法融合在一起，这让他实力大增，他硬撼海神虎。

“轰隆！”

楚风站在山脚下，海神虎立在山峰上，拳头与金色大爪子猛烈地碰撞了一下，迸发出惊人的能量光束，让整座巍峨大山直接炸开。

此时，楚风没有一点保留，可最终的结果却是，一人一虎不相上下。

这里发生了大爆炸，一人一虎伴着绚烂的能量光束，都倒飞出去。

这个时候，西伯利亚虎王动作很快，将随着大爆炸挂在山壁上，且再次咯血的獒王一把抱住，“嗖”的一声远遁而去。

驴王则忍受着大爆炸中冲出的能量，一边骂娘一边将断臂的八景宫之主给扛走了。

驴王之所以这么勇猛，敢来救人，实在是因为尝到了甜头——驴王跟楚风大战到这片神秘空间最深处，共同冒险，经历生死考验，结果被传授了大雷音呼吸法。

驴王觉得，跟着楚大魔王拼命，好处真的不少。现在要救人，驴王自然立刻痛快行动。这个软骨头以前肯定不敢这么冒险。

大雷音呼吸法妙不可言，但现在的只是残法，楚风与黄牛不怕泄露。

事实上，楚风与黄牛早就决定，事后一定要与老僧人联手，去大雪山中的神秘古刹寻求完整的大雷音呼吸法。

黄牛猜测，那座神秘古刹可能是佛门在这个世界上的最重要之地，或许有大雷音呼吸法的线索，甚至是完整传承！因为，那地方虽然被大雪埋着，却有雷音不时传出。

此刻，无论是夔王还是八景宫之主都负伤很严重，已经是强弩之末，马上就要死了。

黄牛见状，掰开一颗拳头大的炼妖果，一人一半让他们服下去。效果显著，两大强者的精气神在迅速恢复，甚至伤口都在迅速愈合。

海神虎身上有威力巨大的武器，楚风也带了一张金身罗汉纸，但都暂时没有动用，一人一虎铆上了。

“轰！”

一人一虎发起了第二次冲击。

楚风超越五倍声速，速度快得可怕，简直像要撕裂长空，一跃而上，就来到了一千五百米高处。

海神虎则在俯冲，金色翅膀一振，达到了五倍声速，虽然比楚风还是慢上一些，但已经比其他挣断了六道枷锁的生物快一截。

“砰！”

天空中，一人一虎撞在一起，能量光迸发，朝着四面八方激荡，景象恐怖。

“嗖！”

楚风快速落在一座山峰上，双脚之下，山峰四分五裂，几乎要崩塌了。

海神虎咆哮着，展开如天刀般的金色翅膀，带着强大的能量，刹那间冲来。

“咔嚓！”

楚风跃起，并挥出一拳，一条蛟龙与一头莽牛同时长啸，在他的拳头前方若隐若现，伴着电光，拳力惊世。

果然，那座山再次炸开了。

一人一虎激烈搏斗，不断碰撞，全力以赴，毫无保留。就这么片刻间而已，一人一虎便交手数百招了。

这是楚风实力大进后遇上的最强对手，这只身体密布着金色鳞片的海兽勇猛无敌，呼啸群山间，仿佛无坚不摧。

楚风在一座又一座山峰间跳跃，有时躲避，有时硬撼，跟海神虎生死搏斗。

“咔嚓！”

海神虎展开如天刀般的双翅，俯冲下来，直接将楚风所在的一座山峰截断。

时间不长，两大高手又交手了数百招。

远方，诸海族强者骇然，那个人类怎么会这么强大，连海神虎都拿不下他？

楚风运转特别的呼吸法，口鼻间白雾弥漫，浑身毛孔张开，跟游离在天地间的能量交融——他在爆发最强力量。

“嗷！”

海神虎拥有传承于上古，专属于虎族的绝世法门，其躯体会自动发出虎啸声。

“砰砰砰——”

两大强者不断碰撞。

此时，谷山的金翅大鹏王、宝峦山的山龟等都吃惊不已，万万没有想到楚风这么强！因为，这些强者深知海神虎有多么恐怖！

“轰隆”一声，远处的青皮葫芦在摇动，血气喷涌，如红色的云烟般弥漫了天空，景象越发可怕了。

“罗天，你找死吗？”海神虎一边跟楚风交战，一边怒喝。那个青皮葫芦一看就是古器，内有乾坤，怎么能乱动？

然而，罗天完全豁出去了，不断攻击青皮葫芦，就是想要得到那盏青铜灯。

楚风焦急万分，海族那边有个疯子，万一让古代进化者脱困，或许在场的强者都要死。他知道不能耽搁了，必须尽快离去。

“兄弟，太极老宗师在那边！”这时，西伯利亚虎王发现了普梦山的太极老宗师，忙唤楚风。

“滚开！”楚风断喝，轰然挥出最强一拳，震退海神虎，而后向着十里地外冲去。那里有能量波动，他也感应到了。

海神虎追击。

楚风冷冷地回头，准备动用金身罗汉纸，但是海神虎神觉很敏锐，略微放缓了脚步，与楚风保持着一定距离。

虚空颤动，楚风三个起落而已，就到了十里地开外，发现太极老宗师果然还活着，但是情形很不妙。因为，他遭到威力巨大的武器攻击后，又被一群海族强者围攻。

现在跟太极老宗师交手的是一个极其厉害的人物——海族的章鱼王，章鱼王不弱于海神虎，也是海族这次行动的领军人物。

楚风深感吃惊，太极老宗师伤势都这么重了，居然以弱击强，在苦苦支撑着，没有立刻败亡。

太极老宗师在施展太极拳，看起来绵软无力，却不断化解杀局，一时间对手难以除掉他。但是，他很惨，身上有几道伤口明显是章鱼王的腕足导致的！

此时，章鱼王是人形，身材高大，足有一丈，却生有八臂，八臂齐出时，震得山地都在轰鸣，能量惊人。

“死！”楚风口中大喝，直接撞向章鱼王。

此刻，他的体外出现了能量大钟，面对这个生有八臂的怪物，他觉得形意拳凝结成的能量大钟最有效。

果然，他一临近，章鱼王便八臂齐动，向前拍击而来，打得能量大钟当当作响。

“前辈，不用担心，我来了！”楚风挥拳，轰开章鱼王，挡在那里，将章鱼王跟太极老宗师分开。

“哪里走！”海神虎咆哮着，追击过来了。

“你们两个都该死！”楚风轰开章鱼王后，又迎向海神虎，拳头挥出时，赤色飞剑也祭出，顿时光华迸射。

与此同时，西伯利亚虎王到了，带着太极老宗师后退，并让他服食炼妖果。

太极老宗师生命气息微弱，目光都暗淡了，但是看到楚风这么勇猛，将形意拳练到如此高的境界后，双目中流露出欣赏之色。

半空中，楚风一会儿动用形意拳，一会儿施展蛟魔拳与大力牛魔拳，同时吞吐天地间的能量，身体越发光芒绚烂。

他跟两大强者搏斗，不时碰撞，令海族强者骇然。就是陆地上的高手也都震惊不已，越发觉得他潜力惊人。

“轰！”

此时，大黑牛出手了，挥动禅杖砸了出去。大黑牛担心楚风遇到危险，因为那两大强者实力太强，任何一个都不比楚风弱。

可惜，无论是海神虎还是章鱼王，一直都在防备，此时第一时间避开，冲出去很远。

“坏了，快走！”就在这时，黄牛大叫，神色无比焦急。

远处，那个大山一般的青皮葫芦在摇动，内部发出一阵阵可怕的雷鸣声，像是炸开了一般。同时，葫芦嘴那里宛若火山喷发，血气直冲苍穹！

“快走，里面封印着的古代进化者要出来了！”黄牛警告众强者。封印快要破开了，到了这一步已经无法阻止了。

那青皮葫芦当中的古代进化者分明还活着，没有被炼死，那个绝色倾城的女子一旦脱困，天知道会做出什么惊天动地的大事！

第156章

混沌钟

高达数千丈的青皮葫芦东倒西歪，葫芦嘴那里喷出的血气如岩浆般，直冲云霄。

动静实在太大了，地动山摇，并且大地上出现了大裂缝，蔓延出去上百里，景象有些骇人，宛若世界末日来临。

“罗天，你想让我们为你陪葬吗？”此时，不要说陆地上的强者，就是海族内部都有很多强者不满了，要跟海人族的王者罗天翻脸。

因为，一切都是罗天导致的，他发疯一般挥动手中的三尺青金剑，想破开那无形的能量，接近葫芦嘴，将那盏青铜灯摘走。

所有人都感到不妙，这里多半会有大杀劫！

“走！”楚风冲着黄牛等喊道，让黄牛等带着太极老宗师先行离去，他来断后，跟海神虎和章鱼王决战。

“我陪你！”大黑牛喊道。大黑牛掰开一颗炼妖果，从里面挖出一块鲜红芬芳的果肉吃下去后，又一次龙精虎猛了。大黑牛手持禅杖，准备在这里进行大决战，跟海族死磕到底。

“不用，你们都走！”楚风拒绝道。再晚的话大家都走不了，而他速度迅疾，不怕逃不出去。同时，他身上还有最后一张金身罗汉纸，关键时刻祭出的话，足以对抗海族的可怕武器。

“想走？真是异想天开，你们都给我留下性命！”海神虎咆哮着，无比凶狂。

海神虎要除掉夔王与八景宫之主时，被楚风所阻。接着，海神虎跟楚风大战，居然没有强力压制对方，反倒让楚风又救走了普梦山的太极老宗师。在海神虎看来，这是一种挑战，一个年轻的人类屡次在自己手底下救人，跟自己叫板与搏斗，还妄想顺利逃走？

“你们都要死！”海神虎大吼着。它通体金黄，密布着鳞片，身体拥有一股无与伦比的力量，双翅击天，宛若要撕裂苍穹。它带着金色光焰，从数千米的高空中俯冲下来，向着楚风而去！

此时，楚风正在力战章鱼王，周身血气翻腾，全力以赴。这等强敌，容不得他有任何保留。

海神虎以五倍声速的速度从高空向下俯冲，借助惯性以及无与伦比的爆发力，伸出大爪子击向楚风。

远处，无论是海族还是陆地上的强者全都骇然，海神虎伸出的那只大爪子发出金色光芒，能量如同山洪暴发般涌出，虚空似乎都要扭曲了。

“轰！”

那只大爪子就这么拍落下来，还没有跟楚风接触，涌出的能量就将下面的山岭冲击得四分五裂，轰然解体了，场面惊人。

可以想象，海神虎这一次的攻击有多么狂暴，它想绝杀楚风。

“当！”

果然，当那只大爪子真正拍下来时，连楚风体外的能量大钟都没有挡住。要知道，现在可是有七种真形刻在能量大钟的钟壁上，能量大钟比之前楚风跟乾越、金乌王等大战时防御力强了很多，这时却“咔嚓”一声，钟壁破裂，那只大爪子穿透能量大钟，伸了进来。

金光闪耀，海神虎这一击有无坚不摧之势，破开了能量大钟，向楚风而去！

楚风深感意外，能量大钟被破开，让他非常被动，他原本还在跟章鱼王激战，没想到护住身体的能量大钟居然被海神虎的大爪子穿透了。

见楚风后背遭袭，前方的章鱼王兴奋不已，八条手臂舞动，一起向前砸去。

“砰砰砰——”

楚风双手齐动，跟章鱼王的八条手臂对抗，惊人的能量风暴迸发出来，向下方破烂的山地席卷而去。

同时，楚风祭出赤色飞剑，向里面注入惊人的能量，并运转精神能量控制赤色飞剑，斩向后方，阻挡海神虎锋利的大爪子。

“当当当——”

赤色飞剑不断劈斩，而后化成一面殷红的盾牌，挡在楚风的背后，同时，楚风自己也在横移身体。

海神虎的那只大爪子太惊人，不惧赤色飞剑，竟震开剑体，拍落下来。哪怕楚风横移身体，大爪子没有抓到他的脊椎骨，也在他的脊椎骨一侧留下了可怕的伤口，鲜血顿时飞溅出来。

“楚风！”地面上，黄牛、西伯利亚虎王等惊呼起来。楚风居然遭受了重创，那只海神虎果然厉害，如果是一般的王级生物，刚才肯定被海神虎抓中，就此殒命了。

西伯利亚虎王汗毛倒竖，同为虎类，西伯利亚虎王更能明白那浑身密布着金色鳞片的海神虎有多么可怕。

“嗷！”

海神虎咆哮起来，扇动着一对翅膀，对楚风发起了疯狂的攻击，恨不得立刻将他除掉。

“我说过你走不了，留下性命吧！”海神虎冷冷地道。

不过，楚风脊椎骨一侧的伤口以肉眼可见的速度快速愈合，同时，他一跃而起，避开了海神虎的扑击。下一刻，他调整了主攻目标，能量大钟再次出现，阻挡住章鱼王，而后他跃起，扑向海神虎。

楚风左手捏龙印，右手捏虎印，施展出形意拳中的绝招——龙虎竞逐！

攻击海神虎这样的绝世强者，不管施展哪种拳法，都必须使出其中的绝招，一般的招数无效。

“嗷——”

龙吟虎啸声响起，这可不是一般的招数，而是古法中的绝杀之术，可怕的螺旋劲出现，猛烈激荡，仿佛要撕裂一切阻挡！

“砰砰砰——”

半空中，楚风跟海神虎纠缠在一起，拳印气势凌厉，不断向前砸去，每次都宛若一座神山压下。而且这拳印一接触海神虎，就自动浮现出螺旋劲，绞杀之力十分恐怖。

可以看到，这片地带形成了淡金色的螺旋飓风，将一人一虎路过的山峰都生生撕裂开来。

“噗！”

有血液溅起，海神虎的大爪子上出现了伤痕。

“轰！”

下一刻，楚风拳印再变，左手蛟魔拳，右手大力牛魔拳，这是他目前攻击力最强的手段，不过他一施展这一手段，能量大钟就消失了。

他用五倍声速的速度纵横山岭，避开章鱼王，主要攻击海神虎，逼着海神虎跟他决战。

蛟魔拳与形意拳有相近之处，都带着可怕的螺旋劲，稍微触及，就会从外面开始向里撕裂，异常霸道。

海神虎躲避出去时，楚风的拳印触及山岭，顿时将山岭撕出巨大的豁口，土石旋转，掀起一阵飓风，那景象有些恐怖。

大力牛魔拳则很特别，能直击攻击目标内部，形成震荡之力，能量会大增，从内部爆发开来。

“噗！”

海神虎的一只大爪子在楚风蛟魔拳的攻击下又裂开了一道口子，鲜血淋漓。同时，大力牛魔拳击来，有几拳击中了海神虎，可怕的震荡之力在它的血肉内部叠加，简直要崩裂它的躯体。

海神虎遭受了不轻的创伤，一声怪叫，彻底发怒了。

“你不是要我的性命吗？来啊！”楚风举手投足间，能量光束迸射，拳意越发可怕。

当然，这对他来说消耗巨大，他竭尽全力，动用最强拳印，发挥出十成的力量，跟对手决战，每一次都消耗大量的能量。他平日根本不这样做，这次只因遇上了强大的海神虎。

唯一庆幸的是，他运转特别的呼吸法，跟游离在天地间的能量交融，能在最短的时间内补充肉体能量。但他这样做还是有点冒险，总有些入不敷出的迹象。

“既然你留不下我的性命，那就让我为你送葬！”楚风喝道，同时举起双拳，向前砸去。

现在，蛟魔拳与大力牛魔拳融合起来，可以随意转换，螺旋劲与震荡之力不时交替，越发显得可怕。

远处，无论是海族还是陆地上的生物，见楚风以霸道的拳意硬撼甚至压制海神虎，都十分震惊。

“打得好，除掉这只虎崽子！”大黑牛喊道。大黑牛等在撤退，准备离开这片区域。

“嗷！”

海神虎嘶吼着，跟楚风硬撼一记后，向黄牛、太极老宗师等所在的方向疾速扑击而去。都战到这个地步了，它还在注意黄牛、太极老宗师等，不想让他们逃走。

海神虎认为夔王、八景宫之主、太极老宗师都是楚风从它与章鱼王手中救下的，它一向很骄傲，不允许这种事情发生。

“你给我滚回去吧！”大黑牛喊道，故意刺激海神虎，同时猛力挥动禅杖。大黑牛原本早就该退到远处了，但不甘心，总想用禅杖给海神虎来一下。

地面崩碎，山峰龟裂，禅杖这一击威力太大，一尊庞大的金身罗汉在虚空中浮现，吟诵经文，攻击海神虎，顿时佛光普照。

“嗷！”

海神虎张嘴间，吼声震动天地，令群山都在震颤，甚至有许多王级强者被那吼声震得快要承受不住了。

同时，海神虎的翅膀中飞出一件兵器，那是一把金色匕首，匕首被海神虎催动起来，不断放大，抵住了禅杖释放出的强大能量。

不过，禅杖还是将海神虎逼退，将金色匕首震得倒飞出去。金色匕首是一件威力巨大的武器，足以消灭绝顶王者，此刻却被禅杖压制。

海神虎目光森冷，却无可奈何！

“走！”半空中，楚风喝道，让大黑牛等不要耽搁了，尽快离开。因为那青皮葫芦看起来越发危险，像是快要爆炸了。

此时，不仅陆地上的强者在撤退，就是海族强者也顾不上围攻陆地上的强者了，都发狂般地向远方遁走。

当然，海人罗天那个疯子还是没有走，还在疯狂进攻葫芦嘴，将其他海族强者都给得罪了。

“海神虎，滚过来！”楚风喝道。他冲向海神虎与章鱼王，想拉着海神虎与章鱼王在此跟他决战。这两个海族强者都没有他速度快，青皮葫芦真要发生爆炸，他可以比这两个海族强者逃得更快。

海神虎很疯狂，杀心非常重，这是藏在该族群血脉中的基因，可是楚风比海神虎还疯狂，现在主动冲来了！

“你找死！”海神虎恼怒不已，浑身密密麻麻的金色鳞片翕张，迸射出成千上万道光束，同时，海神虎“轰”的一声飞扑而来，要跟楚风决一死战。

章鱼王原本已萌生退意，可现在眼中凶光闪耀。章鱼王觉得这是除掉楚风的好机会，有海神虎顶在前方，自己可以寻机会除掉楚风。这个人类威胁太大，趁早铲除比较好！

“凭你也敢挑战我们两个，今日必斩你！”章鱼王冷幽幽地说道，而后冲海神虎传音，“斩了他，不要放走！”

“你们两个合在一起又怎样？来吧，今日我要融合拳法，悟透拳意，跟你们大战到底！”楚风丝毫不惧，喝道。

“放肆，你翻不了天！”身高足有一丈的章鱼王向楚风冲来，八臂齐动，八只手掌全都发光，全力以赴地攻击楚风。

“砰！”

山石崩碎，地面裂开，章鱼王的力量非常大，八条手臂发光，能量激荡，如同雷霆在轰鸣。

楚风运转能量大钟，硬抗章鱼王的攻击。

他目送大黑牛等远去，消失在地平线尽头，没有什么后顾之忧了，他拥有神足通，想走的话很容易。

“嗷！”

海神虎一身细密的金色鳞片翕张时光束冲天，它进入一种莫名状态，蓄力片刻后，从高空俯冲下来。

“死！”海神虎话语简洁。它留下来只有一个目的，那就是消灭楚风，不让楚风活着走出这片神秘空间。不然，它早就离去了，青皮葫芦看起来越发危险，它知道此地不宜久留。

此时，海神虎跟之前不一样了，身上的金色鳞片居然铿锵作响，能量激增，虎骨齐震，声如雷鸣！

云从龙，风从虎。在海神虎的体外，一阵金色的飓风自动出现，席卷着向山岭袭去。

“轰隆！”

一座山头都被卷起来了，在半空中爆碎。

楚风吃惊，他还没有发威呢，海神虎就先一步动用了至强力量，要跟他拼命。可以看到，在海神虎的背后有一道模糊的虎影，跟着海神虎一起在动，释放出恐怖的煞气，冲天而上。

“什么情况？”楚风越发惊异。

“我族掌杀伐，你拿命来！”海神虎咆哮着，十分凶狂。

太古凶虎掌杀伐，跟真龙、朱雀等并列，这是很多人都知道的传说，但是谁又把它当一回事呢，只是当作故事来听而已。可现在，这只海神虎真正动用了这种力量。

一双巨爪扑击而下，再一次洞穿了楚风体外的能量大钟，霸道绝伦。

“你竟让我动用了大绝招，你将死无葬身之地！”那双巨爪搅动虚空，一瞬间，飓风伴着能量，将楚风所在的地方淹没。

更骇人的是，一道虚影从海神虎的背后跃起，正是此前那股恐怖的煞气，此刻化成虎形，扑进飓风中，攻击楚风。

“滚！”楚风大喝。他感觉到了危机，左手施展蛟魔拳，右手施展大力牛魔拳，将两种拳法融合在一起，顿时光芒大盛。

他的拳头间也飞出两种真形，一条黑色蛟龙，一头太古莽牛，并且两相交融，冲向飓风，跟那煞气化成的虎形对抗。

“砰砰砰——”

飓风被震散。黑色蛟龙与太古莽牛纠缠在一起，要融合成一只凶兽，不仅拳印融合，真正的拳意真形也开始融合。

这才是两种拳法融合为一的真谛。

接下来，楚风挥拳时不分蛟魔拳与大力牛魔拳，两种拳法真正融合在一起，力量大增！

“咔嚓！”

就这么片刻间，他的拳头发出光芒，向前砸去时连海神虎都一惊，不过海神虎的杀伐大术第二式也施展出来了。

海神虎身子略微倾斜，恐怖的翅膀斜斩下来，劈向楚风。此时，它全身的所有能量集中起来，蔓延向双翅，使这对金色的翅膀比天刀还炫目。

楚风感觉拳头剧痛，简直像要被割裂一般。不过，他融合了拳意，真形归一，现在的拳法更进一步，能量大增，压制下海神虎双翅的致命一击，将之震开。若是以前，说不定他就危险了。

海神虎的双翅很古怪，集中了海神虎一身的能量，无坚不摧，能轻易劈开大山，斩灭挣断了六道枷锁的王者。

“当当当——”

金属碰撞般的声音响起，海神虎的双翅硬是被楚风砸得暗淡下去，它咆哮着飞快后退。

“可恨啊！”海神虎大怒，它确信自身的实力增强了一大截，理应可以除掉对方才对，没想到楚风的拳法也威力大增。

“只有在战斗中才能体悟拳法的真义。”楚风明悟。

此前，他觉得自己已经将蛟魔拳与大力牛魔拳融合归一，直到生死激战时他才体会到，那只是形式上的融为一体，现在他才算是悟透拳意，更进一步。唯有真形归一，才算升华，才算融合成功。

“死！”海神虎斜飞出去时，那条密布着鳞片的金色虎尾强有力地抽来，在这个过程中，空气发生爆炸，声音巨大，像是雷霆在这里炸开。

更惊人的是，那条金色虎尾上浮现出丝丝纹路，像是蝌蚪文，又像是太古神语，神秘莫测，让整条虎尾散发着煞气。

楚风确信，这只海神虎掌握了神秘传承，这绝对是一种绝杀之术，非常了不得。还好，他悟透了拳意，能从容对抗。

他双手施展拳法，一种真形出现，能像莽牛一样爆发出强大的力量，也能像蛟龙一样腾于九天，天上地下，恣意纵横。他现在的拳法少了些许匠意，多了一种自在真义，施展自如，更加强大。

“砰砰砰！”

楚风的拳头在金色虎尾上一路砸下去，螺旋劲与震荡之力共同作用。

海神虎剧痛不已，那条浮现出神秘纹路的金色虎尾居然渗出丝丝血来，有些金色鳞片脱落。海神虎一声大吼，冲天而上，双翅扇动，罡风猎猎。

海神虎怒气冲天，这个人类居然破解了它的杀伐之术，还那么从容。

“再来！”楚风冲海神虎喊道。他觉得目前状态很好，非常适合进一步领悟自身所掌握的几种拳法。

“嗖！”

楚风霍地横移身体，避过数十支羽箭。

不远处，章鱼王居然在开弓，八臂齐动，动作迅猛，那足以射死王级生物的羽箭一支接一支地飞来。

“拿你练拳也行！”楚风冲了过去，能量大钟再次浮现，这一次他大胆尝试，将蛟魔拳真形融入形意十二真形中，接着，他又将大力牛魔拳融合进来。

“当！”

这一刻，他体外的能量大钟有些不同，虽然依旧以金黄色为主，但是多了一些黑色的纹路，若隐若现。那是黑色的蛟龙真形及太古莽牛真形。

随后，金光与乌光迸发间，相连处变成紫金色。能量大钟仿佛更结实了，也更强大了，摇动时居然有精神攻击的作用。

“死！”楚风向章鱼王扑去。他以超五倍声速的速度，自然可以追上章鱼王，下一刻，他便与章鱼王激烈碰撞在一起。

果然，升级的能量大钟更结实，而且发出的声音可以穿透对方的肉体，攻击对方的精神！

“这是牛魔吼与蛟魔吼带动起来的精神攻击吗？”楚风惊异。他自然知道两种拳法的妙用，可是却没有想到，将两种拳法融合进形意拳凝成的能量大钟时，也能将那种音波融合进来。

章鱼王被那种音波震得头昏脑涨，血气翻腾，非常不适，若换作其他王者，说不定就殒命了。

章鱼王很强，那种音波还不足以使其丧命，只是给其造成了一定的困扰。

下一刻，楚风再次大胆尝试。他依旧施展几种形意真形，举手投足间，姿势标准，蕴含着各种变化，凝结在能量大钟上，但他换了一种呼吸法，换成了黄牛教给他的特别的呼吸法。

可以说，他现在很放松，真正将蛟魔拳与大力牛魔拳融合起来后，他的心境都有点不一样了，他像是处在一种悟道的境界中，敢于进行各种尝试。

“嗯？真的催动起来了？”楚风面露异色，道。以前他没敢尝试，担心自己出问题，现在他发现没什么大问题。

“当！”

能量大钟长鸣，带着蒙蒙雾霭，像是混沌般。楚风以黄牛口中的无上呼吸法催动能量大钟，感觉有了某种莫名的变化。

能量大钟坚不可摧，钟壁上刻着几种真形，更加栩栩如生。

雾霭缭绕，能量大钟像是混沌钟在震动，让那章鱼王忍不住一声大叫，嘴角流血，章鱼王居然被能量大钟震伤了。

“好！”楚风大喜，向前猛攻。

天空中，海神虎面露惊容。远远望去，楚风像是顶着一口混沌钟，压迫得章鱼王即便八臂齐动，也无可奈何。章鱼王的手臂砸在混沌钟上，反倒将自己的虎口震伤了。

楚风大喜过望，这次的尝试非常成功！不过，他的笑容很快凝固了，混沌钟不稳固，从内部开始出现裂痕，而且，竟然快要爆炸了！

“受死吧！”楚风大喝，全力向前冲去，以混沌钟撞向章鱼王。

显然，章鱼王正处在暴怒中，不久前双方还势均力敌，结果转眼间，对方的拳法就变了，让自己吃了大亏。

“轰！”

章鱼王不相信打不碎混沌钟，这一次全力以赴，八条手臂齐震，八只拳头一起砸出。

混沌钟是能量凝成的，发出的波动剧烈得吓人。

这一刻，楚风身形一矮，强行摆脱混沌钟，切断了自己与那股能量的联系。

从一开始战斗，楚风就以能量大钟护住身体，现在他居然摆脱能量大钟，简直是自毁长城，出人意料。

“轰隆！”

这个地方发生了大爆炸，混沌钟爆碎，章鱼王惨叫，身体遭受重创，八条手臂断掉了六条。

这发生得太突然！

事实上，楚风也不好受，感觉体内一阵空虚，他一口气就用掉了大量肉体能量，身体都在摇晃。

不过相对来说，敌人更惨，险些当场丧命。

混沌钟很强，但是不稳固，还需要改进，楚风也是不得已才中途放弃，顺便对付敌人。不过，他看到了混沌钟的潜力，可以融入形意拳，融入大力牛魔拳与蛟魔拳，再以特别的呼吸法催动，显现出混沌钟。

“啊！你给我去死！”章鱼王号叫着，手中挥动一只银色的海螺，海螺发出可怕的涟漪以及呜呜声，像是要磨灭人的精气神。

这是一件威力巨大的武器，是章鱼王从海底带来的，曾给陆地上的强者带来极大的困扰。

楚风毫不犹豫地祭出金身罗汉纸，金身罗汉纸发光，聚集游离在天地间的能量，引发能量风暴，而后轰然炸开。

“轰！”

这个地方被淹没，能量翻腾起来。

海神虎身在半空中，原本要俯冲下去，见状后直接腾起，不敢下去了。

当这里平静下来时，章鱼王脸色难看，手中的海螺四分五裂，被毁掉了。

当然，楚风的那张金身罗汉纸也焚烧成灰烬，彻底消失。

“可恨啊！”一件价值连城的兵器就这么没了，章鱼王的心都在滴血。

楚风不得不叹，古代的金身罗汉级进化者果然恐怖，留下的粗陋制品就有这么大的威力，一张纸而已，就足以重创顶级王级生物！

“嗖！”

楚风扑击，动作敏捷，反应迅速。

现在的章鱼王很惨，被那混沌钟重创，只剩下两条手臂。

“嗷！”

天空中，海神虎俯冲下来，想要阻止楚风。

章鱼王自身也在全力反抗，章鱼王知道自己状态糟糕，很可能会死去，但现在必须支撑住。

然而，楚风速度太快，超越五倍声速，刹那间便已冲到近前，将遭受重创的章鱼王抓起，一拳挥出。

“砰”的一声，章鱼王被楚风扔了出去，摔在远处，化成巨大的本体。

攻打虎泷山的海族领军人物之一章鱼王被楚风强力斩灭！

第157章

弹指一春秋

一个顶级王者丧命，小山般的躯体横于地面上。

天空中，海神虎目光冷厉，咆哮不已，金色涟漪从它的嘴里扩散开来，触及下方的山峰后，砰砰作响，有的山壁直接龟裂，甚至炸开。

这是虎吼音波功!

海神虎有些恼怒，包括它在内的两大强者对付楚风，反被楚风除掉一个，传出去的话只会衬托出楚风的强大。在海神虎看来，这是它的污点，是它非常不光彩的战绩，它很难接受。

“铮铮——”

海神虎的身体如同焚烧起来了一般，烈焰腾腾，接着，一片鳞片脱落，发出金光，激射下来。

楚风起初没在意，不就是一片鳞片吗？轰碎就是！但是，他的脸色很快变了，那片鳞片上有丝丝血迹，形成诡异的纹路，那是某种神秘的符号。

“轰！”

鳞片激射下来的同时，楚风挥拳，这里顿时发生大爆炸。

“蕴含着能量的文字！”楚风吃惊。那片鳞片上的血色纹路是天然蕴含着能量的文字，能引动天地间的能量，发生大爆炸。

他的拳头有些疼痛，甚至渗出一丝血来，可见刚才的冲撞与爆炸有多么可怕。

“人类，我必斩你！”海神虎目光森冷，在空中近乎疯狂地咆哮着，又有一些鳞片从它身上脱落。

海神虎一口气祭出了七八片鳞片，这些鳞片全都有血色纹路，发出光芒，相互交织着，形成可怕的能量风暴。

“砰”的一声，楚风所立足的山峰爆碎，他则在烟尘中冲起，来到另一片山地间。

这种鳞片威力极大。

楚风确信，这只海神虎血统非凡，获得了祖先藏在血液中的文字信息，一般的飞禽走兽很难返祖到这个程度。

“你走不了！”海神虎的声音很冷，它在高空中拍动翅膀，速度非常快，跟着楚风移动。

海神虎一心想要除掉楚风，洗掉身上的污点，自从出世以来它还没有除不掉的对手。

“嗷！”

虎啸震天。

与此同时，远处血云漫天，青皮葫芦剧烈震动，葫芦嘴开始喷出五色光雾，伴着金属链子的声响。

隐约间，可以看到一个女子被一团五色光雾笼罩着，想要从那葫芦嘴里挣脱出来。不过，一条又一条彩色的神金锁链缠绕在她的身上，束缚着她，将她镇压在葫芦嘴那里。

周围血气滔滔，五色光雾氤氲，一片朦胧，这片地带越发诡异！

这一刻，海人罗天终于停止攻击，跃下青皮葫芦，带着不甘和无奈，更有满腔的遗憾，怒吼一声，也向着远方逃去。

这个疯子终于罢手，不敢再强取青铜灯。

那盏青铜灯如今已脱离葫芦嘴范围，升到半空中，洒下点点光辉，笼罩着葫芦嘴，像是在阻止古代进化者脱困。

连那个疯子罗天都逃了，海神虎却依旧没有收手，想在最后的关头除掉楚风。

“哧哧哧——”

金色的鳞片密密麻麻，有数十片，向着楚风飞射而去。

“结束了！”海神虎嘶吼着，声音响彻方圆百里，震得群山都在颤动。

“当——”

楚风运转特别的呼吸法，施展形意拳，并融入大力牛魔拳与蛟魔拳。这种复杂的融合，让那口带着雾霭的能量大钟再现。他极力躲避，尽量不与鳞片碰撞，实在避不开就用混沌钟阻挡。

海神虎身上不少地方都血淋淋的，因为脱落鳞片，等于在伤它自己的身体。

楚风知道，海神虎要跟他拼命，他也全力以赴，迎战最后这位大敌。

他悄然将金刚琢握在手中，只有这最后一位敌人了，他可以放心地掷出金刚琢，不用担心金刚琢会落到海族手中。

青皮葫芦附近的那群海族强者全都逃了，一个都没有留下！

“我给你一个机会，成为我的侍从，如何？”海神虎冲下来时发出冰冷的声音，俯视着楚风。

“为虎作伥？”楚风哂笑，目光冷厉，道，“过来受死吧！”

“不懂得珍惜机会，那你只有死路一条了！”海神虎目光森冷，面目有些狰狞，浑身金光大盛。在它的大爪子中有一把金色匕首，匕首突然发光，像是炽烈的火焰。

“轰！”

就这么片刻间，能量在天空中翻涌，而后席卷下来，刺目的金色光彩淹没了这片山地。

这一切的源头都是那把金色匕首。可以看到，一只朦胧的巨虎从金色匕首中跃出，脚下仿佛踏着星空，咆哮着向楚风扑击而来。

海神虎动用了威力巨大的武器，它等不及了，想尽快解决掉楚风，结束战斗。

因为，青皮葫芦那里越发危险，血气弥漫，笼罩方圆数十里，那个古代进化者即将脱困，让人心悸。

“人类，凭你也敢与我争锋，我抬手间便可压制你，去死吧！”海神虎咆哮着。它看到楚风的金身罗汉纸已经用掉了，不认为他还有这种古代大能的制品，现在正是发出雷霆一击，取他性命的时候。

“轰！”

金色匕首压下来，能量翻腾，像是无尽的汪洋，向楚风拍击而去。

楚风略微有些冒险，他手持金刚琢，迎向那片金色汪洋，吸收金色匕首释放出的能量“浪涛”。

金刚琢可以吸收能量，从而重量激增，这种变化很神秘，让人不解。

楚风以前都是自己给金刚琢注入能量，而后将其掷出去攻击对手。现在他冒险尝试，将敌人的能量吸收进金刚琢中，顿时让金刚琢变得雪白而绚烂。

“嗡！”

金刚琢重量激增，就这么一瞬间而已，就达到了数万斤，而且还在持续变重。

这个过程很危险，因为楚风在用金刚琢吸收对方的能量，稍有不慎，他就会丧命于此。这对能量的掌控要求非常高。

海神虎吃惊不已，原以为自己能轻易除掉这个人类，不料金色匕首释放出的恐怖能量都被那枚雪白的手环吸收了。

此时，楚风受到了剧烈冲击，因为金刚琢不可能吸收所有能量，还有大片能量“浪涛”砸向楚风。不过相对来说，能量已经减弱很多，楚风哪怕嘴角流血，身体剧烈摇晃，也终究是承受了下来。

“死！”楚风大喝。他感受到金色匕首释放出的能量在衰减，巨虎虚影早已消失，显然能量不足。

楚风猛力地将金刚琢打了出去。就是楚风自己都很难说清现在的金刚琢有多重，反正比平时沉重得多，他砸出去时很吃力。为了保证金刚琢的速度，他拼尽全力，手臂都有点酸痛。

他越发觉得，这枚金刚琢十分特殊，根本不是什么废器。

“轰！”

天穹发生了大爆炸，金刚琢能量爆发后太恐怖了。

海神虎早已意识到不对劲，转身就逃，只是金刚琢速度太快，瞬间就接近了海神虎。

“哧哧哧——”

海神虎身上脱落下鳞片，向金刚琢激射过去，想要阻挡金刚琢。它没敢动用金色匕首，担心金色匕首现在能量不足，被那恐怖的手环砸断。

数十片带着血色纹路的鳞片发光，而后爆炸开来，但也不能阻挡金刚琢。金刚琢蕴含着的能量很可怕，加上金刚琢现在沉重得骇人，又被楚风全力砸出，那股力量惊天动地。

楚风确信，就算一座高耸入云的大山拦在前面，被现在的金刚琢砸中的话，也会被砸碎。

在激射出鳞片之际，海神虎横移躯体，想要避开。

楚风也跃到高空，几乎是追着金刚琢跃上来的，他竭尽全力，动用精神能量，在空中轻轻一拨金刚琢。

金刚琢现在太沉重，楚风没有办法完全驾驭它，但是可以微调，让它改变方位。

“轰隆！”

空中发生了大爆炸，金刚琢带着炽烈的光芒压向海神虎，快要触及它的尾部。

“当！”

海神虎愤怒不已，用精神力祭出金色匕首，阻挡金刚琢。

“咔嚓”一声，金刚琢果然被阻，但是金色匕首没有足够的能量保护，光芒很暗淡，最后更是直接断裂了。

“啊！”

海神虎怒吼着。一件威力巨大的武器就这么被毁掉了，而且，危险还没有解除。金刚琢来势很猛，虽然刚才稍微受阻，但依旧旋转着，此刻已经触及它的尾巴，它根本躲避不开。

海神虎猛力甩动尾巴，抽在金刚琢上，结果“噗”的一声，它的尾巴被绞断了一大截。

鳞片、匕首、尾巴都是海神虎强大的武器，如今都已受损。不过，经过三次碰撞，金刚琢终于放缓了速度，且改变了方向。当然，它依旧在旋转，速度极快。

“噗！”

改变了方位的金刚琢触及海神虎的后腿部，直接震开那里的鳞片，在那里留下了很深的伤口后，才与海神虎擦身而过。

“啊！”

海神虎气得发狂，它遭受了重创，这对它来说不仅是痛苦，还是耻辱。

楚风对金刚琢进行微调后就落向地面，此刻全力追赶，去取金刚琢。

海神虎目光冷厉得吓人，一边怒吼，一边追赶，它也想追到并夺走那枚手环。

这里地势开阔，没有山峰阻挡。楚风以五倍半声速的速度超越海神虎，冲入密林中，散开强大的精神力，发现了金刚琢。

海神虎也不慢，迅速赶到，但终究晚了一步，它怒吼着，疾速转身而去，怕再挨上一击。

楚风手持金刚琢，估量了一下自己与海神虎的距离，有点远，担心打不中它。

海神虎果断撤离，向神秘空间外冲去，再也不敢耽搁，不仅因为它遭受了重创，还因为青皮葫芦里的女子已经挣断了第一条神金锁链。

楚风又找到那截断落的虎尾，之后也拔足狂奔，追着海神虎向神秘空间外冲去。

“锵！”

一人一虎身后的青皮葫芦中，那女子身上的五色光雾耀眼，锁在她身上的第二条神金锁链被她扯得笔直，而后生生挣断。

可以看到，神金锁链断开时，那里迸发出刺目的能量光，能量霸道无比，宛若一片汪洋席卷而来，骇人至极！

“没有尾巴的病猫，哪里逃！”这一路上，楚风呼喝不断，气得海神虎真想掉头回去跟他决一死战。

它还从来没有被人这么欺压过呢，楚风击败它也就算了，还得势不饶人，一路叫嚷着，唯恐全世界不知道。还好，其他强者都退走了，只剩下他们两个在后面，不然，它真想找个地缝钻进去，太耻辱了。

沿途的山越来越多，楚风的道路自然不可避免地被阻，他没有身在天空中的海神虎快，渐渐被甩开。

“病猫，给你一个机会，当我的坐骑，我带你看尽世间绚烂。”楚风喊道。

海神虎气得浑身哆嗦，恨不得立刻斩了他。

终于，海神虎没影了，楚风无奈，他不能飞行，只能翻山越岭，徒步赶路。

海神虎驾驭着风雷，像是一架超声速飞行器，横渡长空，很快便到了这片神秘空间的边缘，而后从那个大窟窿沿着葫芦藤下坠，成功逃离。

下面这片空间不大，海族不少人马还聚集在这里，没有出去。

“海神虎的尾巴……”有海兽大吃一惊，深感意外。因为海神虎十分强大，所向披靡，在海兽中简直是无敌的存在，结果这次，它负了这么重的伤，身上鳞片脱落不少，金光暗淡，后腿上有一道深深的伤口，尾巴也断了一大截。

“该不会是青皮葫芦中的古代进化者脱困了吧？”有强者忍不住问道，还以为海神虎遭到古代进化者的攻击了呢。

“赶紧走！”其他强者听闻顿时慌了，想要立刻冲出去。

“章鱼王呢？”又有强者问道。

海神虎脸色难看，一句话也不说，直接向空间外冲去。其他海族强者见状，都意识到了什么，神色都变了。

“章鱼王败给了那个人类？”海族强者震惊不已。

海族强者没有耽搁，跟着海神虎一起向外冲，海人罗天、海神虎这样的重要人物都出来了，没有必要在这里逗留了。

一群海族强者沿着能量通道，从破败的小道观中冲出。

陆地上的一群高手早已出来了，此刻就站在不远处。

“哎呀，本家，你尾巴呢？”西伯利亚虎王看到海神虎浑身是伤，尾巴都断了一大截，在那里大呼小叫，故意嘲笑海神虎。

“我宰了你！”海神虎瞪眼，就要冲过去。

一个海族强者立刻拉住了它，不让它妄动，因为对面陆地上的一群强者聚集在一起，同仇敌忾，一直想报复呢。

陆地上的这群超级强者得炼妖果相助，现在都恢复得差不多了。而且，海族强者领教过那杆禅杖的威力，简直无敌，海族这边幸亏武器多一些，不然要吃大亏。

“楚风呢？”大黑牛喝问道，有点担心。

“死了！”海神虎怒道。今日的经历糟糕透顶，它憋了一肚子的火。

虎泷山下有很多人，虽然都远远退后了，但还是听到了这样的话语，皆大吃一惊。

两头牛顿时瞪眼，就要挥动禅杖。两头牛其实不太相信楚风会战死，知道他速度极快，即便打不过也可以逃掉。

“病猫，我的坐骑，哪里跑！”就在这时，破败的小道观中传来声音，楚风出来了。

海族强者顿时炸窝，简直不敢相信，这个人类也太强悍了吧，他手里拎着什么？一截密布着金色鳞片的虎尾！

至于山下，更是沸腾不已。

“海神虎大败？！”

消息第一时间传了出去，很多人难以抑制激动的心情，因为今天发生的事真是一波三折。

先前，所有人都以为普梦山的太极老宗师等人战死了，没想到他们最终活着出来了。而海神虎这样的绝顶强者居然败给了楚风，被楚风斩断了尾巴，这绝对是震惊天下的大事件。

“章鱼王呢？”海族那边有强者大声喝问，想要求证。

“被我斩了！”楚风冷冷地道。

同时，他抬头看天，感觉有些不对，怎么又下雪了？雪花不大，纷纷扬扬，飘落下来。

不远处，一群海族强者又惊又怒，但是又无比忌惮。章鱼王这等绝顶王者都丧命在虎泷山的神秘空间中？

看到楚风手中的那截虎尾，一群海族强者神色黯然。

“嗖”的一声，黄牛等怕楚风吃亏，持着禅杖冲了过来，毕竟他周围有不少海族人马。

“看到玉虚宫之主了吗？”楚风低声问道。他向人群中看去，始终没有看到玉虚宫之主。

大黑牛告知楚风：“孔雀王都逃出来了，我还想催动禅杖呢，结果孔雀王飞走了，可就是没看到玉虚宫之主。”

八景宫之主过来，告诉楚风，玉虚宫之主身负重伤，应该还没有出来。

事实上，没有出来的何止一个玉虚宫之主，还有一些挣断了六道枷锁的高手没有出现，已经确定战死在里面。

楚风联系陆通，向他了解情况，问他是否有玉虚宫之主的消息，结果得到的回答是没有。

“我去找他！”楚风说道，要还人情就还个彻底。

现在一群海族强者无心恋战，也在跟外界联系，像是得到了让人惊悚的消息，一个个脸色都变了，不由自主地望向海域方向。

“海洋发生剧变！”

很快，陆地上得到了大雪封海的消息，就连虎泷山这里的人都知道了。

“走！”海神虎第一个冲向高空。它虽然身负重伤，但是速度依旧极快。

其他海族强者也都冲下虎泷山，恨不得立刻离开陆地。

楚风等人都没有阻拦，因为现在海族强者在数量上还是占优势，且有威力巨大的武器，真要决一死战，很难说孰强孰弱。更关键的是，连番大战下来，陆地上的强者虽然身体上的伤口愈合了，但个个疲惫不堪，所谓的龙精虎猛都是硬撑的。

楚风向众强者询问关于玉虚宫之主的详情，想再进神秘空间深处。

“太危险了！”黄牛阻止。

不过，楚风觉得还有时间，青皮葫芦中的女子想要脱困的话还需要费一番工夫。

最终，黄牛跟楚风一起再次进入那片神秘空间，他们离得很远就听到了巨大的爆炸声，还可以看到神秘空间深处电闪雷鸣。

“要尽快，那个女子即将脱困，这是触发了禁制，引发了雷霆轰击，那个女子厉害得邪乎！”黄牛沉声道。

“你回去，我自己去寻找就可以了。”楚风让黄牛离去。

黄牛没有勉强，知道楚风一个人速度会更快，而黄牛来这里只是想确认那个女子何时能脱困。

楚风按照众强者提供的线索，一路追寻，向玉虚宫之主出没的地带闯去，最终发现了他。他倒在一片山地中，十分虚弱，已陷入昏厥之中，不然也不至于留在这里不走。

事实上，楚风在路上还看到了一些挣断了六道枷锁的陆地上的生物，那些生物都死在了这片神秘空间内。

总的来说，海族与陆地这次都损失惨重，皆有一些高手死掉，而海族的损失大多跟楚风有关！

楚风将炼妖果掰开，向玉虚宫之主嘴里塞了一块，而后背起他转身就走，没有时间了。

远方接连传来巨大的爆炸声，那个女子风华绝代，正绷断一条又一条缠绕在身上的神金锁链。周围五色光雾氤氲，在她的头顶上方，雷电一道又一道地劈落，结果都被她硬扛了下来。

雷电劈不死她！

楚风回头，内心震撼。他看到密集的雷电如暴雨般落向葫芦嘴那里，都快将那女子淹没了，但她依然活着，周身五色光华流转，像是拥有不死之身！

被镇压无数年，在炼妖地中不死，这足以说明问题。

楚风不敢久留，快速奔跑。

“轰！”

后方传来巨大的爆炸声，那青皮葫芦上面满是裂痕，快要彻底爆碎了。

“快逃！”这时，玉虚宫之主清醒过来，回头看了一眼，面露震惊之色。

当沿着葫芦藤逃离那片神秘空间时，楚风感觉到身后地动山摇，雷霆声消失，那个青皮葫芦彻底爆碎。

无须细想，那古代进化者已经脱困！

“轰！”

楚风用最快的速度冲出下面这片空间，沿着能量通道跑出小道观，冲着所有人喊道：“快走！”

一瞬间，黄牛、西伯利亚虎王等拔足狂奔，全都冲下虎泷山。

陆地上的其他强者早已等在山下，此时也都在飞速撤退。

“逃啊！”那些普通异人与异类也意识到这里可能会有大灾难，拼命逃遁。

“走！”楚风背着玉虚宫之主，招呼一干顶级王者，奔向远方。

几乎是一瞬间，虎泷山剧烈震动，山石滚落，山体散发出刺目的光。一个仿佛超脱尘世的女子身上缠绕着神金锁链，从小道观中迈出一只脚，那脚纤尘不染，洁白如玉石。

“嗷——”

这一刻，整座虎泷山都在颤抖，伴着龙吟虎啸声，山巅那里冲起一银一金两朵蘑菇云，恐怖气息遮天蔽日。

远方，楚风、玉虚宫之主、金翅大鹏王等许多顶级王者回头，见到那一幕，全都震惊不已。他们知道，虎泷山上的那位境界太高了！

“轰隆！”

整座虎泷山都在颤动，山体居然在龟裂，马上要炸开了。

要知道，那可是“道教圣苑”，居然快要毁掉了。

山顶，一银一金两朵蘑菇云疯狂地席卷苍穹，化成一龙一虎，纠缠着向小道观那里扑去。

上一次，一架飞碟在虎泷山肆虐，直接被虎泷山下埋藏着的兵器祭出这样的蘑菇云绞碎。现在这件兵器又出动了，要压制脱困而出的古代进化者。

“轰隆！”

一龙一虎临近小道观，猛烈向下绞杀。

这时，那风姿绝世的女子从小道观中探出一条雪白的手臂，一点也不像被封印很久的样子。

那雪白的手臂出现后，伴着圣洁的光辉和祥和的气象，压得空间扭曲。她扬起皓腕，轻轻弹指。

当她弹指的瞬间，虎泷山上百花齐放，生机勃勃，而当她落指的瞬间，虎泷山上百花凋零，草木枯败。

就这么一息间，虎泷山上像是经历了一个春秋，流逝了一段岁月，景象神圣却也有些骇人。

玉手扬起，手指轻弹间，爆发出惊天动地的能量，那冲来的一龙一虎居然被一根白皙的手指震散了！

“怎么可能？”所有人，包括顶级王者，一个个目瞪口呆，难以置信。

那一银一金两朵蘑菇云化成的一龙一虎，是虎泷山下埋着的那件神话兵器威力的体现，也是“道教圣苑”底蕴的显现。

可是，弹指间一春秋，一段岁月流逝，那女子太神秘太强大了，竟震散了那一龙一虎。

接着，她再次迈步。她未穿鞋，玉足看起来很小巧，可在山地上轻轻一踝，庞大的虎泷山便隆隆晃动，出现无数裂缝，像是要瓦解开来

“轰！”

最终，山体裂开，一件兵器浮现，散发着圣辉，缭绕着白雾——“道教圣苑”下埋着的神话兵器被逼出。

人们骇然，那女子的玉足轻轻落下，就是为了逼出这件兵器？难道她不惧这件兵器的镇压？

所有人都不由得想到一些问题：她是谁，有着怎样的身份？这么强大且风华绝代的女子是怎么被镇压的，谁又能镇压她？

第158章

冰河纪

“道教圣苑”——虎泷山，这里有太多的秘密。有人说，此地毗邻仙庭，能从这里登天；还有人说，这本就是一座神话都城，踏足进去，便能寻到神灵，甚至见到那些仍然活着的古代进化者。

虎泷山裂开，那件兵器散发着蒙蒙白雾，带着让世间生灵战栗的能量，绽放出一朵又一朵蘑菇云，向小道观涌去。

无论是楚风还是在场的其他高手，一个个心头震颤，这是怎样的强大力量?

他们清楚地知道那样的一朵蘑菇云有多么可怕，能轻易毁掉一地，使之生机俱灭。而现在蘑菇云那么多，一朵又一朵，简直太骇人了。

一件冷兵器而已，怎么跟热武器一样能绽放出蘑菇云?

众人感觉自身这般渺小，这件神话兵器足以毁灭世界!

这就是古代进化者的手段吗？一件冷兵器到了他们手中，竟能恐怖到这一步？！

那女子仿佛超脱尘世，衣袂在蘑菇云中展动，猎猎作响，手臂探出，洁白无瑕，素手轻轻一点，漫天都是金莲，扎根空中。

隐隐约约的声音从虎泷山传来，像是僧侣诵经声，又像是先民祷告声，仿佛跨越时空，从远古大地上传到当世红尘间。

现在所有人都觉得，那风姿绝世的女子像是能净化世间，让所有人归心。

她一指点出，空中便生金莲，而后金莲化成一个又一个古老的符号，熠熠生辉，笼罩着四分五裂的虎泷山。之后，那些符号收缩，那隐隐约约的声音越发神圣，仿佛要束缚那件兵器。

那数不尽的蘑菇云缩小，并没有炸开，同时，那白皙的手臂扬起，一根纤长的手指轻轻抵住了那件曾埋在虎泷山下的神话兵器。

在这一刻，所有人都觉得不真实。

“逃！”黄牛喊道。连黄牛都心里发毛了，不知道那个女子什么来头，有多强，只觉得她实力深不可测，大家必须尽快离开这里。

事实上，众强者只是在逃遁的过程中回头观看而已，现在更加不敢驻足了，一窝蜂地冲向四面八方。

没有人知道结局，所有人都遁走了。

楚风将黄牛等收进玉瓶中，一口气奔行了三千公里，直到远离了嘉西，这才停下来。

等了一段时间，一些挣断了六道枷锁的高手才陆续赶上来。

“多谢楚兄弟！”夔王抱拳道。夔王化成人形后是一个中年男子，黑发浓密，双目有神，依旧英武。但仔细看的话，就会发现他十分疲累。虎泷山之行对他来说惊险万分，九死一生，如果没有楚风，他肯定已经死在那里了。

“夔王不必客气，以前承蒙你关照，这次是应该的。”楚风微笑道。

“大恩不言谢。”金翅大鹏王从空中落下，对楚风点头道。金翅大鹏王有些感慨，它前段时间还俯瞰天下，纵横东西方，难遇对手，不承想这次被海族伏击，险些死掉。幸亏楚风来救援，不然，它这次凶多吉少。而这个年轻人在不久前实力还远不如它，可谓崛起迅猛。

一群强者纷纷上前，对楚风表示感谢，这次在虎泷山真的太凶险了。

玉虚宫之主此刻被八景宫之主背在身上，神色复杂。所有强者中数他伤势最重，他心脏受损严重，险些死掉，哪怕吃下炼妖果，也不可能很快复原。

玉虚宫之主拍了拍楚风肩头，叹道：“我正当壮年，可是看到你，忽然觉得自己老了。”

这一刻，他竟略显消沉，这一次的虎泷山之行对他的打击不小。

玉虚宫、八景宫、碧游宫的三大宫主号称绝世高手，这次却也险些性命不保。

楚风安慰道：“宫主只是大意了，中了埋伏，被海族用可怕的武器偷袭。在场的各位哪个不是一方霸主，真要决战的话，一个人就足以斩灭多个海族高手。”

活下来的都是顶级王者，但陆地上还是有一些挣断了六道枷锁的强者死在了那片神秘空间中，这对东方来说是一个不小的打击。

“究竟是谁泄密，投靠了海族？”楚风旧事重提，而这也是众强者想弄清楚的事。可惜，众强者仔细思忖，依旧无果，倒是有几个怀疑目标，可都死在了那片神秘空间中。

“各位就此别过，来日我们再聚！”史地剑宫的两只白鹤率先告辞，临行时跟楚风相约，让他闲暇时去史地与其切磋驭剑术。

宝峦山的山龟向所有强者告罪，它的龟甲上有金色八卦图文，神觉敏锐得骇人，但这次栽了一个跟头。山龟承认，它对这场灾祸早有预感，只是疏忽了。

各方霸主纷纷上路，全都心情复杂。这次的虎泷山之行给了他们一个深刻的教训！现在，他们想回去休整，冷静地思考一番。

海族接下来是否会大举进攻？毕竟，海族最后吃了大亏。

那个神秘女子是否会走出虎泷山？这个问题更加让人心悸，凭她的实力，她足以傲世而行，谁能相阻？

当想到这些问题，所有人都头大！

一群强者就此散去。

有关虎泷山之战的消息第一时间传出，震惊天下。

神秘空间内，海陆高手大战，陆地诸王遭暗算，血染“道教圣苑”，海神虎无敌，追击陆地诸王，楚风出现……

任何一则消息都具有爆炸性，令天下哗然。

“老大在这一战中正式崛起，确立了他的地位。”顺风耳欧阳青感慨道。

不仅欧阳青与叶轻柔等人惊叹不已，其他人也都议论纷纷。

这次的虎泷山大战，楚风在关键时刻赶到，斩灭虎鲸王、白鲨王和章鱼王，追击海神虎，战绩实在太耀眼。

“这一战过后，这位算是彻底崛起，俯瞰四方了。”熊坤、胡生等一些异类也都感叹道。

楚风一战横扫海族强者，解救被困的陆地高手，实力超凡。

之前有人说楚风可以位列东方十大强者，许多人都不服，现在再无人敢质疑了。这是打出来的战绩，甚至，有人说他多半能跟老僧人等争一争陆地上第一高手之位。

许多人坚信，只要楚风能成功挣断第六道枷锁，陆地上第一高手的宝座肯定是他的。

雷天城，夏千语正在跟姜洛神通话："洛神，楚风在虎泷山的战绩是真的吗？简直无敌了！"

"怎么，后悔相亲时拒绝他了？"

"什么相亲啊，分明是误会好不好！对了，听说他进攻通古联盟，攻破地外文明所，唯独放过菩提基因，是因为你，是真的吗？"

"夏千语，你再乱说，我跟你没完！"

……

"妹妹，这个'妹夫'名气太大了，这不是什么好事，他可是一个花心的人啊。"白虎嘀咕着。

卢诗韵直接翻白眼，不想理他。

各大财团都老实了，对楚风有敌意的异类都安静了。虎泷山一战惊天下，令各方人马震颤。到了现在，哪里还有没长眼色的人？相关方都在害怕，担心楚风找上门去。

"又飘雪了，这次不限于名山，各地都是如此。"

楚风仰头看天，天空灰蒙蒙的，雾气弥漫，太阳被遮蔽，雪花飘落下来，不算很大，但随着时间的推移，地面一片白茫茫。

确切的消息传来，海族之所以匆匆退走，是因为大洋中传来消息，海神果成熟，化龙果飘香，神秘海眼内色彩斑斓……同时，海洋上空开始飘雪，雪很大，到了后来简直要冰封海面！

海洋才是海族的根本，所以那些海族高手得到消息后，内心惶恐，放下一切，急匆匆地赶了回去。

天地变了，这一次，海洋比陆地上变化剧烈，各种迹象先行显现。

一天后，震惊世间的消息传来，大洋冰封，所有海域都白茫茫一片，风雪交加！在这种恶劣的天气下，海族生物都沉入深水中，暂时跟外界断了联系。

与此同时，陆地上无论东西方都在降雪，而且雪越来越大，到处银装素裹。

起初人们还觉得新奇，尤其是南方地区，很多人都没见过这样的大雪。一夜后，所有人的新奇感都消失了，大雪封路，世间白茫茫一片，世界各地都处在冰天雪地中，人们陷入了恐慌之中。

“这不科学，怎么可能全世界都在降雪？”有人惊惧地叫道。

可是，这个世界早已不科学，自从天地剧变后，许多科学知识被颠覆，种种迹象表明，这早已不是人们所能够理解的世界。

当冰雪覆盖山川，厚达一人多高的时候，各地的人们陷入了半绝望中。就这么一两日间，很多人都被冻死了。

现在，海族根本不可能来陆地了，这样的冰天雪地根本不适合海族生存。

海洋冰封万里，陆地上寒冷刺骨，风雪呼啸，一切来得太突然！

“冰河纪来了！”有人悲叹。

“这将是史上最严重的一次生物大毁灭！”一些生物学家哀叹。

等积雪淹没房屋后，所有人都绝望了，现在根本不知道死了多少人。

楚风跟黄牛等正在豫阳地界的一座小镇中，呼出一口气都是白雾，甚至结成冰碴儿。

楚风原本想带黄牛等上凌山，去大林寺，但是大黑牛死活不愿去，不想跟老猿见面，因为大黑牛以前被老猿揍过一顿。

“这老天发疯了吗，还给不给普通人留活路？”西伯利亚虎王抱怨道。西伯利亚虎王最耐寒，原本就生活在冰天雪地中，但现在也觉得不自在了，可以想象其他生物会怎样。

楚风皱眉，他们还好说，在这严寒中不会有什么大问题，可普通人在这种环境下能坚持几天？再这样下去，估计真会有一场大灾难。

连大海都被冰封了，这得有多么恐怖？如今风雪交加，天气太恶劣了。

“我怎么觉得老天这是要开创新的世界啊，只留下异人与异类，终结平凡的生物？”大黑牛说道。

“有道理，这是要开创神魔时代！”已化成人形的驴王龇着大板牙，一脸凝重之色，点头道。

就连楚风、黄牛也都心头一动，事情的确十分诡异，这对普通人来说就是末世。

按照目前的情况来看，只要持续半个月，不要说平房，就是楼房都会被大雪淹没。到时候，逐步断电、断粮，熬上一段日子，普通人还会有活路吗？

“这不科学！”黄牛冒出这么一句话，让楚风相当无语。

“自从你出现，我所在的世界就不科学了。”楚风没忍住，说了这么一句话。

黄牛也无语了，透过玻璃窗，望着白茫茫一片的小镇，以及飘雪的苍茫天宇，扑闪着大眼睛，琢磨个不停。

“难道有一股力量在干预进化，有一只无形的手掺和进来了？”黄牛嘀咕着。

“你是不是知道什么？”楚风问道。

黄牛轻叹道：“我担心的是其他世界的圣地想要强行用禁忌手段送他们的弟子过来，所以才影响到天象。”

“他们需要这么费劲吗，直接降临不了？”楚风诧异地问道。

“地星这个世界不是一个简单的地方，我说过，这里有染过圣血的山川，有无上道统的洞府，还有一棵又一棵让域外各教眼红的圣树。”黄牛旧事重提，这些黄牛以前都告诉过楚风。

“这里曾经无比辉煌，有妖圣败亡，有亘古不灭的道统的鼻祖在此坐化，你们能想象吗？”黄牛道。仅只言片语，就足以说明这个世界很特别。

“那些大教不是不想直接降临，而是直接降临不了。这个世界哪怕没落了，也依然很神秘，得按照这里的规矩行事。”黄牛告知楚风他们，这片枯朽的古地有种种诡异之处。

“不要说其他世界的生物，就是这个世界折叠空间内的生物想要出来都要经历考验，一个不慎就会被焚烧成灰烬。你们也看到过。”黄牛感叹道。

曾经很辉煌，如今已没落，这就是这个世界的状况。但是，这里还有机缘，干枯的圣树根须哪怕埋在地下十万年甚至百万年，依旧能生根发芽，全面复苏。

这种植物一旦全面复苏，就是域外的圣地也会眼红。目前，这些都是无主之物。

此外，域外各大道统想要到这个世界染过圣血的山川下寻找圣人的遗物。

“这么说吧，这个世界如果全面复苏，绝对能造就出几个圣地来。要知道其他世界的圣树都是有主之物，都属于各大道统，只有这里还是一片待开发之地。”

他们聊了很久，谈了很多。

楚风提到虎泷山的那个女子，问黄牛她到底达到了什么境界。

黄牛摇头，表示不清楚。黄牛也看不透那女子，只觉得厉害得邪乎。

“你不是说，这个世界上能有逍遥境界的生物就了不得了吗，她难道不在这个范畴内？”西伯利亚虎王瞪大眼睛，道。

黄牛小脸紧绷，很严肃地道：“我说的是目前的这个世界，不是过去的世界，也不是诸多圣树根须彻底复苏时的未来世界。那个女子明显是古代的进化者，不是在当下环境中成长起来的生物。”

楚风也神色严肃起来，想让黄牛说得清楚一些，逍遥之上还有哪些境界。

大黑牛、西伯利亚虎王也一脸期待之色。

“我以前不说，是不想打击你们的积极性，不过现在你们都在枷锁境界了，说一些也好，免得你们自满。”黄牛说道。

“在这么漫长的岁月中，这个世界已经枯朽，能量散尽，就连土壤都失去了灵气，如那腐烂的木头一般，脆弱不堪。”这是黄牛对目前这个世界的评价，可以说打分很低。

“而其他世界，土壤蕴含灵气，整个世界充满了生机，蕴含着惊人的能量，在这样的天地间诞生的生物自然也格外强大。”黄牛的话让楚风他们都发怔。

到了后来，楚风等甚至觉得很无奈，有种挫败感。因为，一些强大的世界中弱小如一只巴掌大的老鼠，来到这个世界后都能对付普通的人类，差距何等惊人！

“别打击人了，你就说，目前这个世界上能诞生的极限强者——逍遥境界的生物，一旦到了那些强大的世界，会是什么状态？”西伯利亚虎王气哼哼地问道。

黄牛曾说过，在当下的这个世界中，觉醒、枷锁、逍遥三大境界足以囊括所有进化者的境界，其中，逍遥境界的生物现在不可寻。

“逍遥，小妖也。”黄牛很认真地答道，说这是谐音。

“不可能！”大黑牛当时就急了。

他们现在身在枷锁境界，号称王者，在这个世界上已经算是很强大的生物了，难道到了其他世界，连小妖都算不上？

西伯利亚虎王也急了眼，道：“逍遥，不是可以纵横苍穹上，笑傲四海间，真正逍遥自在吗？怎么是小妖？”

“在这个世界的确可以逍遥，事实上，类似当下这个世界的域外世界有很多，如果前往那里，逍遥境界的生物依旧可以逍遥自在，你们如果去了，自然也还算是高手。”黄牛很平静地说道。

楚风等都不知道说什么了。

“差别怎么会这么大……我不相信。”驴王在那里絮叨着。

“我说了，这个世界已经破败了，能量枯竭，就像是一截朽木，轻轻一用力就会碎掉，而强大的世界则像是粗壮的树桩，甚至是金石，坚固无比，能量充足。”黄牛耐心解释着。

按照黄牛所说，逍遥境界的生物在这个世界能飞天遁地，可到了某些非常强大的世界，都不见得能飞起来。

“在那些可怕的世界，大道横苍宇，地面坚固有灵气。逍遥境界的生物在这里很强，但到了那里，都难以拍碎一座山头。”黄牛又以楚风为例，楚风现在的速度可以达到五倍半声速，可是如果去了那些强大的世界，不用想也知道，肯定突破不了声障，连一倍声速都达不到。

“你别告诉我，到了那样的世界后，我连一块万斤重的石头都举不起来。”楚风盯着黄牛这么说道，他现在已经习惯了将几万斤重的物品当沙包丢来丢去。

黄牛脸上露出同情的神色，道：“你举不起来。”

“这不仅是让人充满挫败感，简直是让人万念俱灰。”西伯利亚虎王一副悲壮的样子。再怎么说，西伯利亚虎王在这个世界也称霸一方，如果去了一些强大的世界，连小妖都算不上？

“所以，以前你们问我，我不敢告诉你们，的确很打击人。”黄牛说道。

但黄牛又补充说，这个世界正在复苏，机缘很多，他们可以随这里一起崛起，迅速成长，在这里修炼一年抵得上在别处修炼十年甚至百年。这个世界的确腐朽了，如同烂木头，脆弱不堪，但是有圣树在。

“从小妖到妖圣，这中间隔了多少个境界？从小妖到菩萨级进化者，又有多少个境界？”大黑牛问道。

“不多。”黄牛说道。

但是，任楚风他们怎么问，黄牛就是不肯说出究竟隔了多少个境界，他们顿时都无语了。因为，他们知道，黄牛怕再打击到他们。

“真的不多，但是每个境界间的差距有点大，所以还是不说了。”黄牛微笑道。

在楚风他们看来，这简直是恶魔的微笑，让人受伤。

“那你说一说，你所在的世界算不算很强大？”楚风问道。

黄牛很谦虚，道：“不算很强大的那一批，只能算中等吧，跟不少世界相比，称得上辉煌，但跟传说中更强的世界没法比。”

按照黄牛所说，不同的世界，能量的强弱是不同的，而那些在不同世界诞生的生物也就先天有了强弱之分，世界太多，强弱等级也有很多。

“你说，有的世界弱小的老鼠来到我们这个世界就能对付普通的成年人，你呢，成年了吗？”西伯利亚虎王套黄牛的话，想了解更多。

“我虚岁五岁，周岁三岁半多一些，快四岁了。”黄牛一副害羞的样子。

“你故意的吧，成心打击我们？”西伯利亚虎王又急眼了。

楚风摆手，安抚西伯利亚虎王，问黄牛那些强大的道统有多强。

“世界有强弱，各个世界的道统自然也就高下明显，最强大的道统肯定扎根在最强大的世界中，不过在其他世界也有分支。”黄牛简单介绍了一下，不想说太多。

楚风他们仰望天空，犹如地面上卑微的蚂蚁注视着苍穹上的神圣天龙。

“最强的世界有多强？”大黑牛不死心，这样问道。

“我也没有去过，只是听过一些传闻，那批最强的世界，连土壤都带着丝丝混沌气，坚固不朽，其他世界的生物去了，根本撼动不了那里的山河。那里的一只蚂蚁——当然，前提是那里有蚂蚁——来到这个世界都能称王称霸。”黄牛很认真地告知大黑牛。

“我不想活了！”大黑牛很想躺在地上打滚。

黄牛安慰道："不用灰心丧气，我说过，这个世界有成圣做祖的契机，只要寻到，我们就有机会跟传说中的妖圣平起平坐。"

"我们昔日的世界有多强？"楚风问道。

"很强，最辉煌时或许能位于百强世界之列。"黄牛严肃地告知楚风。

西伯利亚虎王不知足，道："没有达到过最强？"

"天下十强，自古恒定。"黄牛郑重地说道。

楚风有点担忧未来，有许多世界跟这个世界一样腐朽，灵气枯竭，那些世界来的生物没什么，可是如果一些较为强大的世界的生物过来，他们怎么挡得住？

"这个世界很古怪，妖圣都曾在这里败亡，自然有其道理。以前我就告诉过你们，当下别的世界越强大的生物越过不来，跨界难度会增加很多倍。"黄牛倒是不担心，起码，短期内这种状况不会改变。

"生物在进化，这个世界也在进化，虽说世界有强弱，但这个世界在开始复苏呢。"黄牛说道。

"什么都别想了，先努力成为小妖吧！"楚风、大黑牛、西伯利亚虎王等洞悉当前的真相后，发现他们才起步，刚上路，未来的进化之路还很长。

第159章

妖圣手笔

“所以，珍惜眼前当绝世高手的机会吧，不然，等哪一天不小心进入其他世界，连小妖都不是，那才悲哀。”黄牛拍了拍西伯利亚虎王的肩头，又敲了敲大黑牛的犄角。

强大的世界中，不仅山河坚固，天地秩序亦完善，在这个世界能拔山超海的生物，到了那里会被压制得毫无抵抗之力。在那些强大的世界，逍遥，小妖也。

最终，黄牛、大黑牛等都走了，冒着风雪，一路西行，前往昆林山。黄牛、大黑牛等在打布拉卡纳山那座古刹的主意，想得到可能存在的完整的大雷音呼吸法。

现在这个世道，谁都不清楚以后会怎样，甚至连这天地会变成什么样子都不知道，冰雪过后会有大繁盛吗？

域外的道统难以整体降临到这个世界，但他们的弟子有些终究能闯过死关，只是时间早晚的问题而已。

这冰雪是自然形成的，还是域外道统的手段？一切都还未知，连黄牛都不清楚。

他们要做的就是想方设法让自己变强，一种究极呼吸法有可能在这个世界寻到，那绝对不容错过！

“过几天我也过去！”楚风跟黄牛等约好，他去大林寺陪父母几天后也会西行，到时跟老僧人等联手，共闯那座雷音震耳的古刹。

凌山上，庙宇成片。站在这里，眺望远方，天地间尽是风雪，白茫茫一片。

楚风皱眉，真不知道这大雪要下到什么时候。

老猿无声无息地出现了，站在山峰上，叹道：“天心难测。”

“有大破灭才会有大繁盛，前辈，我就住在你这里了，等着金刚菩提圣树彻底复苏。”楚风笑道。

老猿的脸色顿时难看起来，现在那棵金刚菩提树状况糟糕透顶，先是叶子收缩，成为嫩芽，接着直接枯萎，现在已经光秃秃的了，哪怕用暖棚遮蔽冰雪，用火盆提高温度，也依旧无用。

楚致远与王静都早已成为异人，虽然面对严寒，但在这里倒也无碍，这让楚风彻底放下心来。

在虎泷山战出赫赫威名的楚风来到了大林寺，消息不胫而走，不断有人登山拜访。

风雪对强大的进化者来说影响有限，许多进化者甚至冒着风雪在各大名山附近徘徊，查看是否会有变化。

“楚师叔，黑狼王邀请你去赴宴。”楚风刚送走一批人，又有一只小猿猴来禀告，说有强者邀他赴宴，而且还是一只狼王。

“好，去看一看。”楚风答应。大雪封山，反正闲着无事，跟那些异类王者接触一下也好。

山脚下，一只通体鲜红的异禽背上驮着一座小型宫殿，等在这里，接楚风赴宴。这只异禽是一只山雀变异而成的，有数十米长。

黑狼王的洞府在豫阳境内的千云山，这里原本景色秀美，现在也只能看到皑皑白雪，山川彻底被白雪覆盖了。

黑狼王的洞府很开阔，据闻以前只是一个野狼窟，而今被建造得美轮美奂，内部装饰很讲究，亭台楼阁，石拱小桥，喷泉四溅，还栽种有各种奇异植物。哪怕外面冰天雪地，洞府内也温暖如春。

这里昔日就是一个普通的狼窝，而今却有了这般气象，还真是难以预料。

“楚王，我虽然是狼族一员，但是跟苍狼王一点关系也没有。”一见面，黑狼王就赶紧撇清，生怕楚风产生什么联想。

楚风哑然失笑，只能点头说一码归一码，他从来不会牵连无辜。

黑狼王拍手，顿时有一些化形不彻底的异类端来珍肴，捧着酒坛，放在玉石桌上。

接着，一群女性异类出现，都很漂亮，只是化形不彻底，有的保留着毛茸茸的耳朵，有的保留着蓬松的尾巴。这群女性异类在这里载歌载舞，为楚风和黑狼王饮酒助兴。

“楚王，出大事了。”黑狼王向楚风敬酒的同时，神秘兮兮地压低了声音。

“什么事？”楚风放下酒杯，问道。他来这里其实就是想了解一下异类如今的各种状况，难道能听到秘密？

“我听到一则消息，这次的冰雪跟海里的异动有关。”黑狼王告知楚风。

“哦？”

“据闻，有海族强者发现了神秘海眼，那里有祭坛，海族强者献祭，结果引来大祸，招来漫天风雪。”

楚风顿时傻眼，还有这种事？

黑狼王道：“也有强者说，是有海族强者跟域外生物勾结，想帮域外生物降临，按照域外生物所说的去做，引发了天地变化的加剧，导致寒风暴雪到来。”

楚风皱眉，这次的寒潮的确是从海中蔓延上来的，难道真跟海族有关？不过，海族帮域外生物降临，这样做不是引狼入室吗？

“放心，据闻海族的几个至强者怒了，阻止了那一切，正在追查参与这次事件的强者，想必风雪终究会停。”黑狼王继续道。

楚风不能确定这则消息的真假，但总觉得不是空穴来风，这次出行还算值。

接下来的各种赴宴邀请，楚风都没有拒绝，路途不是太遥远的王者邀请他，他都会赶去。

这数日间，风雪时大时小，还好没有始终是暴风雪，这是不幸中的万幸。

可以明显感觉到，虎泷山大战后，楚风地位大大提高，异类诸王纷纷相邀，分明是在极力示好。

就是以前跟他有恩怨的族群都在找人说和，彻底低头，生怕他哪天心情不好找上门去。

曾经在嘉西境内深夜围攻楚风的异类诸王大多数被消灭了，还活着的异类王者中，除了已跟随楚风的金雕王和驴王，只剩下一只猴王和一只禽王。现在这两名王者主动跟楚风联系，并低头臣服，都表示只要不让自己死，自己可以追随在楚风的身边，听从调遣。

楚风讶异，深刻体会到虎泷山一战的影响有多大。显然，两名王者最近担惊受怕，实在受不住了。

随后有财团的人上门，送来一些稀珍的礼物，包括拳谱、古兵器等，他们还在担心楚风秋后算账呢。

楚风把礼物退了回去，并表示，只要财团的人今后不算计他，他就不会为难他们。

玉虚宫之主经过几日休养，心脏已长好，伤势痊愈，这主要归功于神奇的炼妖果。

“楚风，谢谢你救回宫主。”陆通跟楚风通话，向楚风表示感谢，并且，他告诉楚风，可以来玉虚宫一趟，这里有一件异宝，谁都看不出门道。

那是玉虚宫之主在虎泷山上得到的，曾闪闪发光，但最终暗淡下去。玉虚宫已经请了很多人来观看，都没能看个明白，玉虚宫之主便让陆通传话，楚风如果感兴趣也可以来看一看。

“楚风，过几天我们就要动身去布拉卡纳山了，你可以过来了！”黄牛告诉楚风。

“好，我先去雷天城一趟，然后西行。”楚风说道。

从凌山到雷天城有七八千公里，对于现在的楚风来说，这点距离根本不是什么大问题，哪怕有风雪阻挡，他也快得惊人。他在雪雾中穿行，翻山越岭，走走停停，便是如此，不足两个小时他也赶到了。

这时，有人联系他，正是宝峦山的山龟。山龟告诉他，它占了一卦，这天地与生物进化一样，都有盛极而衰，破灭又昌盛之态。

楚风听得莫名其妙，这些气象学家与生物学家不是早就说了吗？

他进入玉虚宫见到陆通，陆通很热情。

这一次，玉虚宫之主也亲自出面迎接楚风，对楚风表示感谢，说多亏楚风相救，不然他就死在虎泷山了。随后，他将异宝递给楚风。

“嗯？这是……”楚风瞳孔收缩。

所谓的异宝是一块玉石，玉石质地细腻，上面有裂痕和斑痕，承载着岁月的印记。

这是一块古玉，楚风第一时间就想到了藏着蛟魔拳的那两块玉石，这块玉石与那两块略微相仿。

玉石入手后一片温润，看不出有什么特别之处，楚风对着光源观看，只见玉石内部有些黑色纹路，有点像藤蔓。

楚风看了又看，觉得这应该跟藏着蛟魔拳的玉石不同，略有失望。

与大力牛魔拳、蛟魔拳并列的拳法还有鹏魔拳等，他很向往，想要得到，但仔细想想也觉得不太现实，怎么可能那么巧就在虎泷山遇到？

他向玉虚宫之主询问这块玉石的特殊之处。

“它起初竟可以悬空，发出微弱的光，但后来彻底暗淡，没有任何异常了。”玉虚宫之主如实告知楚风。

当时，不少人看到这块玉石，都啧啧称奇，但都没有研究出个究竟。

“用精神力探究过吗？”楚风问道。

“我和八景宫之主都探究过，内部有一些奇异的能量，但是不能牵引出来，很是古怪。”玉虚宫之主皱眉道。

“好，我来试一试。”楚风还是有些期待的，毕竟这是从“道教圣苑”带出来的异宝，能够自动悬在半空中并发出光华的玉石，无论怎么看都不会是凡品。

“小心一点！”陆通提醒楚风，让他不要大意。

“有我在，能出什么事？”玉虚宫之主瞥了一眼陆通。

陆通讪讪的，不再说话。

楚风自然不敢大意，这种古玉很难说没有什么诡异。不过，玉虚宫之主、八景宫之主都探究过，想来不会有危险。

他将玉石握在手中，释放出精神力，小心地进入玉石内，顿时惊异不已。

玉石内部，黑色物质一簇又一簇，居然形似花草树木，甚至有菩提树、扶桑树、桂树等的形状，这可都不是一般的树。可惜，这些黑色物质并不是神圣植物，只是形状一样。

楚风很谨慎地向里而去，也曾尝试牵引黑色物质，但黑色物质无任何异常反应。直到后来，他将大量精神力注入玉石内，仔细感应，才觉察出一丝生机，像是有生命体在这里面！

楚风吃了一惊，一块古玉而已，怎会如此？

楚风的神觉比一般强者的神觉都要敏锐，肉体能量与精神能量交融，像是可以滋养神觉，如今他的神觉越发敏锐。他确信，自己隐隐约约地感觉到了一丝生机。

他准备退走，将精神力撤出。然而，惊人的变化在这一刻发生，玉石内形似花草树木的黑色物质都动了，铿锵作响，凝成了黑色剑体。

一瞬间，玉石内部变得很古怪，莫名形成了一片开阔地，能让精神力常驻。这太诡异了！

楚风想要退走，但是感觉精神力有点不受自己控制了，那黑色剑体发光，遥遥指向他。

“唉！”一声叹息传来，楚风尽管只是精神力在此，但依旧有一种汗毛倒竖的感觉。

“什么人？”楚风感到不妙。

他第一时间防备，使精神力凝聚成人形，且按照肉体那般运转呼吸法，准备战斗并退走。

“嘀，我们又见面了。”此时，一个人出现在楚风面前，那个人有点惨，被黑色剑体洞穿身体，像是摆脱不了。

“是你！”楚风十分震惊，怎么也没有想到竟会在一块古玉中见到故人。

“呵呵，很意外吧？”黑色剑体插在那个人的心脏上，将他扎在那里。

一丝丝精神能量从黑色剑体中涌出，凝聚在那个人的身上，让他看起来越发清晰。他虽然是一名老者，却有一种狮子王般的锐气，发丝卷曲，目光冷厉，死死地盯着楚风。

他竟然是席勒，一个本已死去多时的人！

席勒号称“教督最后的光明骑士”，曾在迈德冈布下陷阱，酿成惊天惨案，坑害众多王者，而后又组织人马东伐。他实力强大，狠辣无情，是一个非常难缠的狠角色，曾多次让楚风险些丧命。不过，席勒最后在虎泷山上饮恨而终。怎能料到，他又出现了！

楚风瞬间想到了很多，当时他在虎泷山与席勒大战，席勒曾捡到一柄古怪的断剑，硬撼金刚琢，结果光华刺目，能量翻涌，那柄断剑消失。当时楚风他们毁掉席勒的肉体，找了很久都没有找到那柄断剑，便离去了。

“那柄断剑护住了你的精神？”楚风问道，想先稳住席勒。

“别尝试逃走。”席勒平静地看着楚风，道。被黑色剑体洞穿身体，他像是毫无感觉一般。

“你觉得能留下我吗？”楚风一边说着，一边后退。

“你还是不要妄动，陪我说几句话吧，不然我就自爆，黑色物质翻涌时，这里将被湮灭。”席勒冷冷地说道。

楚风不怕席勒，如今他可以对抗挣断了六道枷锁的生物，但他对那黑色剑体却十分忌惮。他总觉得不安，像是陷入了莫名的绝境中。

“凝成这黑色剑体的黑色物质是一种稀有的物质，可以说价值连城，是神骑士磨砺自身用的。按照东方的标准来划分，神骑士相当于金身罗汉级进化者。”席勒说道。

“你想说什么？”楚风逼视他。

“长话短说，黑色物质极其罕见，是妖圣从宇宙中提炼出来的，交给后人使用，磨砺自身，但前提是后人有资格使用，达不到相应层次的话，这就是致命的毒药。”席勒无比遗憾地叹息。

席勒用手抚摸黑色剑体，又看向自己，摇了摇头，脸上带着苦涩的笑。他意外找到了传说中的黑色物质，却无福消受。

“所以，你被它害了，马上要死了？”楚风看着黑色剑体，那凝成黑色剑体的黑色物质究竟是什么诡异的物质？

“是，我命不久矣。”席勒坦然承认。

黑色物质非常奇异，像是能量，又像是精神体，其实是实物，却又能凝成兵器。

那柄断剑的主人原本是一个强大的骑士，他以黑色物质磨砺自身，但在最后战死在虎泷山。

席勒的精神冲入断剑内，逃过楚风的致命一击，却也陷入万劫不复之地。他离神骑士的境界还很远，黑色物质对他来说是致命的，要将他腐蚀掉，而他根本摆脱不了，除非他死掉。

他曾闯出虎泷山，对普通人催眠，夺走其肉体，让自己的精神进入那里，但发现依旧无用，那个普通的肉体没过多久就被黑色物质腐蚀掉了。

后来他又夺走强大的进化者的肉体，能支撑得久一些，可惜最后还是被腐蚀掉了，并且他的精神也在变弱，早晚会消散。

“对外界说你有绝世呼吸法，掀起巨大波澜，导致诸王在嘉西围攻你的人是我。”席勒坦然告知楚风。

楚风闻言，顿时心生怒意。楚风有绝世呼吸法的传闻造成的影响太大了，他险些死掉，没想到背后的黑手居然是席勒，他当时还在猜测，究竟是谁散布消息，引世人起了贪婪之心，去围攻他。

“你还真是阴魂不散，活着的时候就险些除掉我，便是死了也不消停！”楚风怒道。

席勒听闻，纠正道：“我还没有死。”

“你马上就要死了！”楚风喝道。

“错，我要解脱了，而你将代替我，被黑色物质纠缠。”席勒微笑道。

“我不明白，你为什么没有害玉虚宫之主？”楚风沉声道，席勒说的话让他很不安。

“你猜？”席勒哈哈大笑。

楚风脸色阴沉，冷冷地看着席勒。此时的席勒虽然是精神显化的，但看起来跟真人没什么区别。

“因为，这种黑色物质缠上一个人后，要么人磨灭它，要么它磨灭人，我只剩一次机会，只能害一个人，自然更希望拉你上路。”席勒道。

“你可真能忍！”楚风意识到自己遇到危险了，今日可能要栽一个大跟头，甚至死在这里。

席勒微笑道：“嗯，我等得很辛苦，知道你会去虎泷山，所以寄身在一块玉石中，一直在安心等待，同时掐算着我自己能存世的时间。后来看到玉虚宫之主到了，我便知道可以先落入他的手中，再来接触你。”

“你这么恨我吗？”楚风一边说着，一边倒退。

“是啊，如果不是你，我的万灵血药就成熟了，如今我早已是挣断了七道枷锁的陆地第一高手，各地名山大川中所有的神圣果实，还不是任我索取，谁能与我争锋？你断了我的成神之路。”席勒语调平淡地说道，但显然带着怨恨，“我的精神被腐蚀得不行了，快要死了，能够见到你很高兴。”

“玉虚宫之主到底知不知道你在玉石中？”楚风问道。

“他那么精明与强大，总会有所察觉吧。”席勒笑着说道。

“死到临头你还在挑拨？”楚风冷冷地道。

“呵呵，临死时见到你真的很高兴，我要解脱了，再见，接下来的苦难由你来承受吧！”席勒大笑道。他在焚烧自身，执意毁掉已被腐蚀得不成样子的精神。

与此同时，楚风怒吼着，疾速倒退，同时想要撕裂这片古怪的空间。

“没用的，我死后，所有的黑色物质都会纠缠上你。”席勒笑着说道，而后“轰”的一声炸开了。

同一时间，黑色剑体化成黑色物质，蔓延向四面八方，触及楚风的精神，缠绕上了他。

“除非菩萨级进化者出现，才能帮你净化黑色物质。你好好享受吧，这种东西很珍贵，价值连城啊，是妖圣的手笔，非妖圣不能提炼出来……”席勒残存的精神终于消失，最后的声音像是魔鬼在絮叨。

第160章

盛极而衰

席勒的死也可以说是解脱，他被黑色物质腐蚀了这么久，承受了无尽的痛苦，现在精神消失，彻底灭亡。

楚风不得不承认此人是一个狠角色，如果不是被意外干扰，估计现在陆地上真的没有人能压制他。哪怕现在彻底死去，他也给楚风造成了巨大的困扰。

黑色物质触及楚风的精神，他根本躲避不开，彻底被黑色的光芒淹没。

楚风拼尽全力，精神体艰难地闯出这片古怪的空间，而后整块玉石炸开，在玉虚宫中形成了一个刺目的光团。

“楚风，你怎么了？”陆通失声惊叫，脸色煞白，一下子慌了。

这个变故太突然，玉石炸开，光华刺目，照亮整个玉虚宫。可以看到楚风的精神体十分痛苦，被黑色物质包裹着，像是溺水的人在剧烈挣扎，想要摆脱却不能。

陆通焦急地冲过来，就要用手去触碰楚风的精神体，想帮他摆脱那些黑色物质。

“不要动他，后退！”玉虚宫之主喝道。

楚风的精神体发光，跟黑色物质纠缠着，震动得十分剧烈，精神能量翻腾，宛若山洪暴发。瞬息间，这里的桌椅、兵器架等全部悬浮起来，并迅速碰撞在一起，而后炸开，化成齑粉。

楚风的精神能量跟黑色物质激烈对抗，但他始终无法摆脱黑色物质。就在此时，一部分黑色物质脱离楚风的精神，直扑他的肉体而去，没入当中。

黑色物质很古怪，能够寻到同源气息，现在感应到那肉体跟楚风的精神是一体的，便分出一部分闯了过去。

楚风知道自己境况糟糕，暂时没有办法摆脱黑色物质，席勒的下场可能就是他明天的结局。他的精神没入肉体中，这片地带很快恢复平静。

玉虚宫很多人已被惊动，看着兵器被撕碎，数尺厚的钢铁墙壁破烂不堪，都骇然失色。楚风的精神能量竟这么恐怖？众人面露敬畏之色。

“楚风，你现在怎样了？”陆通脸上满是焦急，问道。他意识到，自己这次可能将楚风害了，自己真的不该让楚风来玉虚宫。

楚风一句话也不想说，只想离开这里，因为他不知道自己身体出了大问题的事情一旦暴露会引发怎样的连锁反应。

“嗯？”楚风骇然，这么片刻间而已，他的肉体能量就运转迟滞，身体内晶莹的血管犹如被堵塞了！

这太快了，黑色物质十分均匀地分布在全身各处，从筋脉到骨髓，无处不在，这种侵蚀速度有些吓人。

他的精神能量也被黑色物质纠缠，但还不至于被全面覆盖。

楚风强行运转体内的能量，身体发光，能量波动剧烈，在他的前方，那数尺厚的钢铁墙壁被撕裂，景象可怕。

但是他知道，自己要完蛋了。因为，他原本不想弄出这么大的动静，只想淡定地离去，可是刚才他的能量居然失控了！

他竭尽全力运转肉体能量时，他的肉体能量不是在体内流淌，而是直接冲出体外。他的毛孔发光，只是那光芒不再神圣，而是变成了诡异的黑色光芒。可以看到他的体表黑黝黝的，看着像是护体的光辉，但其实，那是他的身体状态糟糕透顶的体现。

顷刻间，不仅他的骨髓、筋脉被侵蚀，就连他体内的能量都与那神秘的黑色物质融为一体了。

“楚风，你出大问题了，现在不要乱动！”玉虚宫之主目光灼灼，开口道。他四十几岁的样子，有种威严之感。

楚风默然，一瞬间想到了很多，现在不宜走了。

陆通出了一头冷汗，不顾一切地冲过来抓住楚风的一条手臂，想要探个究竟，也不怕被那黑色光芒纠缠与侵蚀。

“这是什么鬼东西，怎么会这样？”陆通平日像个老狐狸，但现在焦急万分，失去了分寸。

玉虚宫中有很多异人，这里的动静太大了，不少人接近这里，面露惊诧之色。

现在的楚风名动天下，威震各族，在外面提楚风之名比提玉虚宫之名更有威慑力，更让诸王忌惮。这是玉虚宫内所有人都能感受到的，以前他们跟一些强大的异类王族接触时，那些异类很倨傲，甚至敌视他们，但现在都变得客客气气。

今日这么近距离地看到外界进化者口中的楚魔王，许多人心情有些激动。

“楚风可能出事了。”一个异人小声告知后面赶到的人。

“出事？怎么可能？不少人都说他能竞逐天下第一高手之位，谁还能伤他？而且这是在玉虚宫。”

“情况很不妙，宫主带回来的那块古玉有问题，楚风被一层黑色光芒笼罩着，问题像是很严重！”

附近，一些异人交头接耳。

玉虚宫之主冷冷地扫了那些窃窃私语的异人一眼，他们顿时闭上嘴巴，不敢再谈论了。

陆通一遍又一遍地尝试驱除那黑色物质，但十几次后他放弃了，他的能量进入楚风的身体后被黑色物质排斥，根本不能驱除或净化它。

楚风摆手，让陆通退开，自己则站在原地没有动，闭上眼睛默默地感应体内的情况。

他明白了席勒为何只保留精神，能夺别人的肉体也不愿接着折腾，因为黑色物质对肉体的影响更甚于对精神的影响。

他的肉体能量运转得越发缓慢，越发不顺畅，像是在泥沼中行走。他的精神能量也被侵蚀，但还能运转，不是那么让人绝望。

不过，当想动用驭剑术时，他发现了问题，精神刺痛，十分难受，因为纠缠着精神能量的黑色物质化成一柄剑，将他的精神体刺穿了。

赤色飞剑绕着楚风盘旋一圈，犹如一条鲜红的蛟龙腾飞，剑气破空，最后巴掌长的晶莹剑体没入他的衣袖中。仅这么片刻，他就感觉精神体像是被撕裂了一般疼痛。

“给我准备一间安静的密室。”楚风说道。

他知道自己现在不宜走了，他原本想不动声色地离开，但是没有料到体内的黑色物质那么霸道，直接让他的能量失控，泄露了他的虚实。

很难想象，他身体出了大问题的消息传到外界后会引发怎样的后果，或许那些财团、那些与他敌对的异类都会长出一口气，可能还会有一系列不可预测的事件发生。

“封锁消息，任何人都不得泄露今天在这里发生的事！”玉虚宫之主下了命令。他天生有种威严，虽然人到中年，但依旧英武，目光犀利如电，扫过在场的每一个人。

楚风坐在一间安静的密室中，再次尝试驱除黑色物质，但依旧失败。

他将精神散于全身，运转特别的呼吸法，顿时体表黑色光芒闪耀，跟外界的能量交融，但依旧驱除不了黑色物质。

陆通始终跟随着他，内心充满愧疚，无比懊悔，越发觉得自己不该请楚风回来，不然就不会发生这种事。

“让我们来看一看是否有解决之道。”玉虚宫之主来了，并且请来了八景宫之主和碧游宫之主。

“有劳了。”楚风点头，坐在密室中，任三大高手施法。

八景宫之主有种出世淡漠之态，他在虎泷山断掉一臂，目前还没能接上，不过也不是完全没有接上的希望，以后再进化时或许能看到一线曙光。

碧游宫之主身体内血气滚滚如江海，目光如电，他将双手放在楚风的身上，仔细感应。

三大高手一同施法，研究楚风体内的黑色物质，也尝试驱除，但最终都以失败告终。

“麻烦很大，那黑色物质逆着进化之力，可能会让人退化，不可捉摸。”八景宫之主说道。

到了这一步，楚风没有隐瞒，将在玉石内的遭遇讲了出来。他也希望借助三大高手之力化解厄难，但现在看来根本没用，三人联手也毫无效果。

“我们去翻阅一下各种古代典籍，查一下有什么解决之道。”碧游宫之主道。

“你现在最好不要和外界联系，包括昆林山那边，一切都要保密。”玉虚宫之主离开前，这样告诫楚风。

三人离开，这里安静下来。

陆通自责，脸色非常难看，恨不得以头撞墙。

“黄牛，我出事了……”楚风联系黄牛。他冒着风雪站在玉虚宫外，看着寒气逼人的灰蒙蒙的天空。

此刻，他的身体还感觉不到冷，即便黑色物质侵入了他的筋脉、骨髓中，他的实力依旧摆在那里。不过，他的内心却有种冷寂的感觉，因为他的世界或许将从此天翻地覆，发生巨大变化。

楚风来到雷天城的消息已经传开，这不是什么秘密，接下来的两日拜帖无数，堆了一堆。有的兽王甚至不远万里从名山赶来，想要跟他一见，请人通报时言语热切，面带敬意。有些大财团则在第一时间准备厚礼，高层亲自动身，要来玉虚宫跟楚风一见。

其实，那些大财团之前已经有所表示，在楚风归来的路上就派人跟他接触过，但都是试探性的，现在则很正式。那都是天下的大势力，都是一方巨头。楚风在虎泷山的战绩震惊天下，让各方忌惮，那些大财团想不认可都不行。

楚风站在窗前看着昏暗的天空中飘落的鹅毛大雪，很久都没有动一下，他身后的书案上有一摞厚厚的拜帖。

天气非常恶劣，大雪纷飞，有些地方动辄零下数十摄氏度，严寒刺骨，但异人的出行并未受到很大的影响。

玉虚宫门前很热闹，不时有人来拜访，希望能跟楚风一见，他们并不知道楚风目前的状态。

陆通出面，告知他们楚风正在参悟一种古拳法，已经到了关键时刻，实在不宜中断来会客。

“无妨，我们可以等，冒昧打扰还请见谅。”一名白发白须的老者很客气地拱手，笑容满面，然后离去。

“我没看错吧？那是图宁山的老怪，他也来了，那可是绝世强者啊，早已挣断了六道枷锁，很少走出图宁山。”有人低语，认出了那名老者。他竟然是一个绝世高手，鲜有人知他的本体是什么，大家只知道他道行高深。

玉虚宫前有不少人，大多数是想来拜访楚风的，他们深感意外，没想到连图宁山的老怪都来了。

天寒地冻，普通人很难出门，但是这两日玉虚宫前却车水马龙，十分热闹。

各地很多兽王前来，一些财团得悉楚风在精研拳法，直接送来前人的练拳心得等，绝对珍贵！

楚风站在窗前一声叹息，不知道众人了解他如今的状态后是否会变脸，将那些练拳心得等收回去。他深知人情冷暖，世态炎凉，现在人们看重的是他的一身战力，如果他失去一身战力，那些人又有什么理由来拜访他呢？

他早已跟黄牛通过话，跟黄牛说了他目前的状态，两头牛听闻都非常焦急。

黄牛让他不要急，事情或许还有转机。黄牛这两日在昆林山收集各种王级血液，很快就会赶到雷天城用某种秘法为他洗涤肉体，净化精神。

楚风真的非常不甘心，再次运转呼吸法。他的精神能量融于血液中，从心脏出发，向全身各处扩散，到了最后血液竟变成黑色，更严重的是心脏都闪烁着黑色光芒，不再鲜红晶莹。

“心都黑了。”楚风自嘲。

陆通来了，他告诉楚风，玉虚宫已经联系好国内顶级的人体潜能实验室，将给楚风做全面检查，看一看是否有办法驱除黑色物质。

玉虚宫之主也在，让楚风放心，说他也会跟着，帮助实验室的人为楚风诊治。

楚风皱眉，不是他不相信科学，而是现在这个世界各种生物都在进化，而医疗诊断等没能跟上进化的步伐。

不过，他最终还是去了，不想辜负陆通的一番好意。

他们秘密起程，来到那久负盛名的实验室。以前楚风提供的王级血肉有一部分就是交到这里来化验，进行研究的。

楚风躺在那里，各种先进的仪器亮起，对他进行全身扫描。他感觉自己像一个物品，被由内到外地审视。

实验室的人数次对他抽血，不断探测他体内的黑色物质。

当各种数据出来时，实验室的人都大吃一惊，楚风的身体素质太好了，根本不像是人类，简直是神魔！这若是传出去，必定会引发巨大的轰动。

但是，他们对黑色物质没有办法，提炼不出来。他们想从血液中提炼，但是还没有提炼完呢，黑色物质就化成一缕云烟，重新没入楚风的体内。

之后，楚风被送进一个密封的圆球仪器中，在这里被自动扫描，采集血液。

不久后，实验室的人又将异果炼成的药剂注入他的体内，增加他的身体活性，进行检测。结果，药剂无效，被直接排出体外，他的身体拥有惊人的逆进化之力。

很多次检验后，实验室的负责人满头大汗。他告诉陆通和玉虚宫之主，那黑色物质逆进化，对异人和异类简直是致命的，仅凭他们目前的手段根本驱除不了。

陆通坐在那里一动不动，脸色苍白，低着头一言不发。

就在这时，玉虚宫之主接到八景宫之主的消息，说对黑色物质有了进一步的了解。

这两日，三大宫主吩咐众人翻阅各种典籍，从佛门高僧留下的秘本手札，到古代孤本文献等。

“来自宇宙深处的稀有物质，为妖圣炼化所致，价值连城，以道教的秘典去交换都不见得能求取到。”

玉虚宫之主大吃一惊，虽然曾听楚风简单提及黑色物质对金身罗汉、神骑士这个级别的进化者有妙用，但没想到这么珍贵。

很快，八景宫之主又告知玉虚宫之主一些消息，都是从古代文献中整理出来的，各种蛛丝马迹拼凑起来，直指那黑色物质乃进化者梦寐以求的瑰宝！

当下谁的收藏品最丰？自然是政府。八景宫、玉虚宫、碧游宫是政府成立的三大异人组织，相关的古代文献、珍稀典籍等全都对他们开放。

这两天，很多人奉命翻阅各种孤本，查阅诸多秘典，竟然真的找到了一些线索。这些人甚至还找到了古代某位天师的手札，当中有那位天师对黑色物质的推崇之语。

那位天师曾言，一钱黑色物质拿一葫芦龙虎金丹都不换！

古代一斤为十六两，而一钱只是一两的十分之一，量非常少。龙虎金丹则是古代最有名的神丹，号称瑰宝级神药，虎泷山的鼻祖张天师正是因成功炼出一炉龙虎金丹，才进化到巅峰状态。其他年代的天师都很难炼出龙虎金丹。

古代的一位天师都这么推崇黑色物质，这实在惊人。

八景宫之主、玉虚宫之主从那位天师留下的手札中了解到这等惊人的消息，都震惊不已。

当然，他们也了解到，黑色物质对进化者的要求非常高，进化者一定要达到某一层次才能用黑色物质，不然，黑色物质就相当于毒药。

“按照古代道教秘本的记载，楚风废了，进化之路已经走到了尽头，没什么希望了。”八景宫之主也来了。

玉虚宫之主吩咐实验室的人，一定要想办法提炼出黑色物质，不管用什么办法，不管付出什么代价，都要成功。

“这有些难办，我们已经抽取了很多血液样本，可是来不及分离，黑色物质就直接回归病人体内了。”实验室的负责人解释道。哪怕他们将血液样本密封在容器中也不行，那黑色物质极其古怪，能够穿透玻璃器皿、钢罐等。

“取一些血液，注入别的生物体内，看一看能否留住黑色物质。”玉虚宫之主说道。

“那可是楚风，这样取血好吗？”实验室的负责人额头冒汗。这可不是普通实验体，真这么做，楚风情愿吗？

“这关乎进化路上的一个大秘密，楚风得悉的话，我想他不会反对，我们这边缺少绝世高手，需要他付出一些。”玉虚宫之主说道。

一天后，楚风恼了，这个实验室将他当成了什么，小白鼠吗？短短的二十几个小时不知道抽取他多少血液了。

“砰”的一声，他一脚踢碎实验仪器，打碎钢板，从密闭的实验室中走了出来，脸色难看至极。

陆通接到消息，第一时间出现，了解情况后非常愤怒，指着实验室负责人的鼻子大骂：“老李，我以前给你送来那么多王级生物的血液样本，大力支持你的工作，可你是不是实验上瘾，彻底忘本了？竟敢这么对楚风！”

实验室的负责人觉得理亏，站在那里，张嘴想说什么，但最终只说，他现在解决不了这种黑色物质。

“老李，你是不是觉得楚风这病没法治，好不起来了，才敢恣意妄为？”陆通对实验室的负责人又是一顿臭骂，并且努力平息楚风的怒火。

玉虚宫之主来了，看了一眼后什么都没有说，转身离去。

“你应该知道，借老李十个胆子，他也不敢这么对我。”楚风平静地说道。

陆通沉默，而后叹道：“宫主应该没有恶意，只是有些激进，想要破解进化之路上的大秘密。”

楚风什么都没有说，跟着陆通回到了玉虚宫。

不久，玉虚宫之主出现，对楚风表示歉意：“天地环境恶劣，我们这边缺少绝顶高手，我有些焦急，想寻找一些办法，只是……过激了，对不起，你不要介意。”

随后，他问楚风是不是跟昆林山联系了，楚风点头称是。

玉虚宫之主道：“情况不妙，外界已经在流传你出了意外，就此失去了进化的机会，甚至会一直衰弱下去，成为普通人。”

楚风很平静地道：“该来的终究会来，瞒不住什么。”

玉虚宫之主点头，拍了拍楚风的肩头，而后远去。

楚风皱眉，看着玉虚宫之主离去的背影。他不太相信黄牛会那么大意，这件事理应不会从昆林山走漏风声才对。

不久后，黄牛联系楚风，告诉楚风自己正在找老僧人，让楚风不要急，耐心等待。老僧人的血液非常金贵，蕴含佛性，对净化血肉有奇效。不过，老僧人为了进大雪山的古刹，正在大雪山区域游历，想寻找一些传说中的佛门兵器。

现在，黄牛几乎将昆林山各路兽王的血液采集遍了，也是煞费苦心。

“绝不是昆林山这边走漏的风声，我看是从玉虚宫传出的。我让老黑几个先上路去照应你，现在你自己一定要小心。”黄牛提醒楚风。

结束通话后，楚风想了想，找来陆通，让陆通将送上拜帖的人都请来，他要宴请众人。

“你是担心这里会成为囚笼？绝不会如此！”陆通轻叹，但还是转身离去，依照楚风说的去做。

楚风自言自语道：“既然有人泄密，那我就主动公开吧，或许能形成一种新的平衡。”

这一天，楚风的进化之路到了尽头的消息不胫而走，造成了轰动！

各方瞩目，天下哗然。起初多数人不相信，认为这是天大的笑话。但是，也有少数人觉得这可能并非虚言，因为昨天这则消息就开始在小范围内传播。

不久后，消息得到了证实，一切都是真的，楚风正在宴请各路人马，公开承认自身出了问题。

玉虚宫前车水马龙，来了很多人，有各地的兽王，也有一些财团的高层，全都很正式地登门赴宴。

宴会的气氛很古怪，谁都没有想到如日中天的楚风居然当众坦然承认自己可能会沦为一个普通人。

“楚兄弟不要多说，我欣赏你这个人，不管你的身体是否出了问题，你这个朋友我交定了。”从图宁山来的白发白须的老怪站起来，敬了楚风一杯酒，一口干了。

这是一位挣断了六道枷锁的绝世高手，在图宁山赫赫有名，一些人认出他来，都面露惊容。

“天有不测风云，人有旦夕祸福，没什么大不了的，我相信楚兄弟能够熬过去。”另一只兽王起身说道。

接着，一些财团的高层也纷纷安慰楚风，说没有迈不过去的坎儿。

不管是真心也好，假意也罢，起码宴会上没有眼皮子浅的人出现，大家都很客气，无人冒犯楚风。最终，一群人告辞。

不过自这一日后，变化还是有的。

外界就不必说了，所有人都难以置信，却不得不承认这个事实：迅猛崛起的楚风战绩辉煌，竟然在巅峰时刻发生意外，此后将暗淡无光，彻底退出进化之路。

“泯然众人矣！”这是人们提及楚风时的叹息。

事实上，玉虚宫中的变化也是可见的，楚风能感受到。

一些人远远地望着他，面露异色。

有几个机灵的少年男女，这两天很殷勤，不断跑来帮楚风做各种事。他们都是十五六岁的样子，两个少年男子很俊秀，三个少年女子也格外漂亮，年岁不大，但都是实力不弱的异人。

“楚大哥，我想请你收我为徒。”一个漂亮的少年女子扑闪着大眼睛这样说道。

其他人也都表示，想跟楚风学拳法。

楚风叹息，这几个孩子是自己跑了过来，还是有人指使？可能学拳法是其次，多半是想让他传授呼吸法。

第161章

银色物质

几个少年男女有的腼腆，显得真诚，有的活泼大胆，尽显聪敏，的确都是好苗子，但是人心这东西最难看透，哪怕他们年岁不大，楚风也不能妄加评断。

“来，我教你们拳法。”楚风舒展手臂，动作利落，姿势富有美感。

这是形意拳，不是从徐清那里得到的那种，而是在玉虚宫练的，也是古法的一种流派。

楚风的确教了他们拳法，姿势完美，且有所改进，融合了形意宗师徐清那本古谱的真义。

“将这形意拳练成，你们便可以受益终身。”楚风很认真地告诉他们。

几个少年男女认真练拳，动作都不错，的确都很聪明，但楚风还是从一些人的眼中看出了失望之色，不过他们掩饰得很好。

他轻轻一叹，没有说什么，几人果然更希望他传授呼吸法。

他的确掌握了几种价值连城的呼吸法，形意呼吸法、大雷音呼吸残法，任何一种传出去都会引发轩然大波，让人争得头破血流。

至于黄牛传给他的特别的呼吸法就更不用说了，在域外都是究极法，号称无上，其他世界的降临者得悉后都会眼红。只是这种特别的呼吸法他更不会传出去。

“老大，你这是……”欧阳青、杜怀瑾、叶轻柔他们来了，都接受不了楚风身体出了问题的消息。在他们看来，楚风在天地再次剧变后必定会再次崛起，成为陆地上的至强者，怎么在这种关头出了意外？

他们前几天被玉虚宫派出去探察名山情况，在外面得到消息后第一时间往回赶，心情沉重无比。

“你们自己去练拳。”千里眼杜怀瑾让几个少年男女去演武场，他们坐下来陪楚风。

“怎么会这样？”叶轻柔平时很妩媚，现在却很严肃，不愿意相信楚风身体真的出了问题。

“没什么，大不了做一个普通人，打打杀杀太没意思了，我已经厌倦了，那简直不是正常人的生活。”楚风倒是豁达，拍了拍他们的肩头，故意调节气氛，道，“很多绝世强者是我从虎泷山救出来的，哪怕我无法进化了，实力就此衰退，谁又敢奈我何？”

几人原本很担心楚风，现在听到楚风的话，想一想他的确能自保，便稍微放下心来。虎泷山一战，楚风救下了一群绝世强者，谁要动他的话都得掂量一下。

“从此以后，我喂马，劈柴，周游天下名山……哈哈！”楚风笑哈哈地称自己要过正常人的生活，不想再进行那些没有意义的战斗。

“老大，你的战斗怎么能说是没有意义的呢？”顺风耳欧阳青反驳。

叶轻柔拢了拢天生的波浪卷长发，小声提醒楚风：“人心易变，世情如霜，不要大意。”

楚风点头，表示知道。

几人都怅然，为楚风感到可惜，始终很难接受这种结果。最后，他们起身，表示会每天来看望楚风。

楚风面露笑意，道：“别把我想得这么不禁打击，在不是异人的时候我也活得很好，自在如意，以后哪怕失去了做异人的资格，我也会过得潇洒，放心。”

几人不太确定他是否真能释怀，将信将疑地离去了。

随后，楚风跟熊坤、胡生等相见。事实上，这几名异类都来过几次了，但楚风一直没有见他们。

“如今我处在旋涡中心，你们还是避避嫌吧，最近都不要再找我了。”楚风简单和他们交流几句，便让他们离去了。

“楚兄，我……有一事相求。”不久后，八景宫的人来了，那是一个气宇轩昂的年轻人，名叫周鲲，据闻是八景宫至强的两名年轻高手之一，一直被重点培养。

“什么事？”楚风温和地问道。

“楚兄，我这个请求很冒昧，是这样的，宫主说我天生精神力强大，适合驭物，可以进行各种精神攻击训练，我想向你借飞剑练习，挖掘自己的潜能。”周鲲露出不好意思的神色。

以精神力驾驭兵器，自然会让自己实力大增，但是这样的兵器很不好找，目前没有出现几件。周鲲说，他只是借去练习一番，很快就会还回来。

“可以，给你。”楚风将赤色飞剑借给了他。

午时，又有人来访。那是玉虚宫的一个年轻人，名叫元洪，据悉是玉虚宫之主的远房侄儿，此时大大咧咧地跑来跟楚风借紫金雷电锤。

“这年头都流行借兵器吗，怎么又来了一个？”楚风自言自语，声音不大，却可以让元洪听到。

“楚兄，我只是好奇，想看一下法兵是什么样子的。它能自动发出雷电？反正你已经将赤色飞剑借给周鲲了，将紫金雷电锤也借给我用几天吧。”元洪道。

“不借！”楚风拒绝道。因为这个年轻人太随意了，而且不是一定要用紫金雷电锤。

元洪有点生气，但也没有多说，直接走了。

“黑老大，你们在哪里，怎么还没有到？”楚风跟大黑牛联系。他算了算时间，大黑牛等坐在金雕王的背上，此时应该到了才对。

黄牛还没有上路，在等老僧人回昆林山，想采集他那蕴含佛性的血液，但是大黑牛、西伯利亚虎王等已经动身。

“我们被人截击，险些死在半路上，如果不是有禅杖在手，真的危矣！我们正在一个雪窟窿里养伤呢，别担心，我们很快就会过去！”大黑牛告知楚风。

通话结束后，楚风脸色阴沉。他想放开一切，结果发现事情根本没有他想象的那么简单。喂马，劈柴，周游天下名山，自此自由自在，远离争斗，那太理想化了，根本做不到。

这才刚开始，就有人算准大黑牛几个会来雷天城看他，便去半路截击，断他的后援，实在恶毒而狠辣。

“鹏王……”楚风联系谷山掌教金翅大鹏王。

楚风怒了，要动用关系，为大黑牛等报仇。他能猜测到，大黑牛等一定负重伤了，不然不会耽搁这么久，竟然需要养伤。

“龟王前辈，我想请你帮忙，去对付一些人！”接着，楚风联系宝峦山掌教山龟，请山龟出头。

楚风不断联系高手，都是他从虎泷山救出来的绝世强者，都欠着他的人情。他请这些绝世强者出山，寻找线索，查明是谁截击大黑牛等，并雷霆出击，去消灭那些人。

楚风行动迅速，直接请一群绝世强者出山，要将事情闹大。这不仅是为了给兄弟报仇，也是为了敲山震虎，真当他是软柿子吗？

不久后，楚风再次运转黄牛传给他的特别的呼吸法，尝试冲击黑色物质。因为他真的不甘心，才几天啊，就有人按捺不住，对他身边的兄弟出手了，太过分了，是可忍孰不可忍！

“咦？”盛怒之下，楚风发现自己运转特别的呼吸法后出现了惊人的变化，体内的黑色物质慢慢变为银色，这景象相当诡异。

他赶紧联系黄牛，询问黄牛这是什么变故。

“银色？不可能！”黄牛惊叫出声。

“怎么不可能，现在就是银色的。”楚风浑身毛孔张开，跟外界交换能量，体表散发出银光。黑色物质转化成银色物质，跟肉体中的能量彼此交融，分布均匀。

黄牛觉得难以相信，像是被镇住了。

“什么情况？”楚风压低声音问道。银色物质能让黄牛失态，肯定不简单。

“黑色物质就不用说了，你已经知道，异常罕见，是绝对的瑰宝级稀有物质。而转化成银色物质，那就是传闻了。”黄牛很认真地告知楚风，黑色物质转化为银色物质十分反常，就算妖圣在提炼的过程中都没有见过黑色物质变异，都是给后人用时才偶有传闻。但是，却没有人站出来证实。

按照黄牛的说法，银色物质是黑色物质的变种，谁都说不好它会带来怎样的变化。据一些古代大能的手札记载，银色物质曾让一个小妖最终寻到成圣之路。但同时，也有更骇人听闻的说法，银色物质可导致圣殒！

楚风脸色变了又变，这么说来，银色物质充满不确定性，究竟能带来怎样的变化根本不可预测。或许，它如同洪水猛兽般，将绝世天骄打落凡尘，如同噩梦般纠缠宿主一生，直至宿主死去；又或许，这是成圣的一个契机，通向光明的彼岸。

黄牛神色相当凝重，让楚风一定要小心，仔细观察。这银色物质太诡异了，据悉连菩萨级进化者、妖圣等都不见得能分析透彻。因为，缺少实物，没有样本。就算有人得到，谁敢公布？如果公布，估计会立刻被进化者中的巨擘抓走，当作小白鼠去研究。

“这不是比黑色物质更诡异吗？我的处境更糟糕了？”楚风心中七上八下。

黄牛安慰道：“也不能这么说。黑色物质在目前这个世界上无人可以净化，你这个层次的生物一旦沾染，估计只能拖延它发作的时间。银色物质就不同了，它是变数，充满各种可能。”

楚风道：“也就是说，之前我身上的黑色物质等于死亡契约书，时间一到我就得完蛋，而银色物质出现后，我就等于到了道路分岔口，或许会死，或许会比死还难受，坠进更可怕的地狱，当然也有可能活下来，甚至活得更好。”

“所以，接下来将会有各种可能，你要把握住！”黄牛告诫楚风。

事实上，黄牛也一阵头大，这早已超出黄牛所了解的范畴，黄牛想帮楚风拖延发作时间都不行了。

“在那些传说中，拥有银色物质的人都是怎么做的，没有一些相关的典籍流传出来吗？”楚风问道。

“一鳞半爪，对你来说没什么大用。传闻银色物质只出现在十大世界中，别的世界还没有出现过呢，甚至知道的人都不多。”

黄牛也是看到前人留下的笔记才意外得悉的，这实在关乎甚大，涉及菩萨级进化者和妖圣陨灭的秘密。对于那些至强者来说，危及他们的东西越少越好，没人愿意这种秘密广为人知。谁敢让这种秘密流传出来？如果有人这么做，肯定会遭到那些至强者的追击。

结束与黄牛的通话后，楚风脸色阴晴不定。在他看来，银色物质出现得太古怪了。

这几天他不断运转呼吸法，可根本无法驱除黑色物质，体内毫无变化。而今天在情绪波动剧烈的情况下，他再次尝试驱除黑色物质，结果黑色物质就发生了这种变异，太突兀了！

“咦？”他再次运转呼吸法，体内果然不同了，有了变化。

他体内迟滞的能量竟又缓缓流淌了起来，不像之前那样如陷泥沼中，同时，毛孔散发出银色光辉，越发显得绚烂，心脏渐渐开始发光，宛若由白银铸成，充满生命气息，跳动时强健而有力，如同天鼓在擂动。

这让他渐渐兴奋起来！

这一日，天下风云四起，各地震动，因为一些绝顶高手纷纷走出自己所占据的名山，一致行动起来。

谷山掌教金翅大鹏王展翅击天，一路东行，像是在寻找什么。

宝峦山掌教山龟，这个活得最久的王级生物也下了山，且一路占卜。山龟一向很温和，今日却出言要对付一些人。

接下来，史地剑宫中剑光冲天，两只白鹤施展驭剑术，纵横天地间，也出动了。

随后，普梦山的太极老宗师下山，一路向北而行。

很快，人们又发现昆林山的夔王东行，卫城山的白蛇于冰雪中游动。

……

这么多绝世强者居然都在一日间行动起来，这是要干什么？

不少人怀疑大战又要爆发了。难道海族悄悄登岸，引发这些绝顶高手出动，要报虎泷山之仇？

一个绝世强者也就罢了，可这是一群绝世强者！这群绝世强者要对付谁的话，谁扛得住？他们一旦联手，别说一股势力，就是数股顶级大势力都会覆灭。

终于，一则小道消息传出：诸王齐出，都是在为一个人出头。

“这么大的手笔，一个人请动了这么多绝顶高手！”

这不是什么秘密，不久后人们便都知道了，这是楚风所致，他跟各大绝世强者通话，请其出手对付某些人。

隐情泄露，大黑牛等东行，在路上遭到截击，有强者想要取其性命，惹怒了楚风，于是他请动了一群绝顶高手。

人们愕然，而后倒吸了一口凉气。这手笔太大了，金翅大鹏王、山龟这样位列东方十大强者的人物，竟然全都因他一个人出动了。

最近，不少人都在观望，想看一看楚风发生意外后会引发怎样的反应，会出现什么变故。有人为楚风担心，不过也有人冷眼旁观，甚至幸灾乐祸，觉得多半会有人跳出来针对楚风。

可是，这一刻，各方势力都惊悚不已。楚风哪怕出了意外，所能调动的力量也大得骇人，这次他居然直接让这样一群绝世强者出手，太吓人了。

各方都在猜测，这群绝世强者是否会瞬间横扫各大势力。

就在当夜，宝峦山的山龟有了线索，它的占卜有些诡异，也让人有些恐惧，指出了一个大致方位。

然后，诸王齐动，一路赶到峪州境内，沿着蛛丝马迹，来到冰封的汉河畔。诸王破开冰雪，闯入河中。

这一战很激烈，但是过程很短暂，的确有高手潜伏在河中，可是怎么可能挡得住诸王的攻击？

“是汉河千年鲤鱼王截击了路过的大黑牛等！”

不久后，消息传到外界。

这群绝世强者效率极高，当夜就雷霆出击，扫平了鲤鱼王的巢穴，斩灭了鲤鱼王，强悍而霸道。

有人赶去，看到了汉河岸边鲤鱼王那巨大的残骸已被冰雪冻住，景象有些恐怖，同时充满威慑力。

人们发现，汉河岸边除了鲤鱼王的残骸，还有海族强者的残骸。原来，一只海象王居然藏身汉河中，跟鲤鱼王勾结在一起，也被消灭了。

这让陆地上的生物意识到，哪怕冰天雪地，不适合出行，也不利于登岸，但海族还是没有彻底死心。

两个挣断了六道枷锁的高手在当日就被寻到并斩灭，震慑四方，让许多原本蠢蠢欲动的人都安分下来了。

所有人都意识到，惹了楚魔王还真是麻烦透顶，那么多绝顶高手欠了他的人情，他一旦开口，绝对能引发一场大地震。

外界一片哗然，众人议论纷纷。在人们看来，楚风即便要退出进化的舞台，从此归于平凡，也不能轻易招惹，他依旧是一个能让风云变色的人物。

玉虚宫内一阵宁静。

楚风接到消息，眉头微皱，因为史地剑宫的一只白鹤告诉他，种种迹象表明，是陆地上有人出头，请鲤鱼王和海象王去截击大黑牛等。但是，线索到此断了，诸王没有找到背后的指使者。

楚风点头，表示知晓。他知道，既然诸王说线索断了，他再去追究也没什么用。

此时，他的心思不在这件事上，而在自身的变化上。因为，他体内的变化实在太古怪了，所谓的银色物质不断变化，偶尔还会变回黑色，发出黑色光芒，这让他难以理解。

当银色物质出现时，他体内的能量便不再堵塞，流动异常顺畅。而一旦再转化为黑色物质，他体内的能量则又如陷入泥沼中。

楚风觉得，这像是一种波动，他体内的物质转化为黑色物质时，他十分衰弱，犹如掉进低谷中，而一旦转化为银色物质，他则比以前还要强大。

银色物质充满不确定性，让楚风面临着种种可能！楚风心中有了希冀，因为死亡中伴着机会。

第162章

最后一战

银色物质是一个变数，谁都无法预料它的未来。它涉及的进化者层次太高，当中隐藏着十分恐怖的秘密，相关的人不敢泄露，不然可能会被灭族，甚至一个世界都可能会因此覆灭。

须知，关于银色物质的传闻只出现在十大世界中，其他世界的人很难知悉。

而十大世界自古恒定!

可以说，楚风体内出现银色物质，这是意外，更是一个不可泄露的秘密，可能会给他带来机缘，也可能会给他带来危险，一个弄不好，就会引发十大世界的关注，到那时，后果将无法想象!

“老大，你真是邪乎啊，外界都说你废了，可是谈笑间，你便让人除掉了两个挣断了六道枷锁的强者，这可真是吓坏了很多人。”千里眼杜怀瑾第一时间联系楚风，此时夜已深，但他仍然非常激动。

接着，大黑牛跟楚风通话，哈哈大笑道：“兄弟，痛快啊，你一句话就把截击我们的强者给解决了，哈哈！”

大黑牛几个原本很憋屈，居然被高手半路截击，险些死掉，结果，没有过去多长时间，楚风就请动了一批绝世强者出手，效率太高了！大仇得报，此时大黑牛几个都很满足。

这件事影响太大，外界早已沸腾。

此时，不论是东方的进化者还是西方的进化者都已经知道，楚风发怒，请动天下名山中的绝世强者一起出手，消灭了凶徒。

一个被认为废掉了的人却有这么大的能耐，实在吓坏了不少人和不少势力。比如一些财团，当初因为暗中谋害楚风，付出了惨重的代价，原以为报仇的机会来了，没想到却看到了楚风更为恐怖的一面。

这一役都不用他出头，汉河中的鲤鱼王就被消灭了，实在骇人。不少人被惊得脸色苍白，只能庆幸自己足够沉着，没有妄动。所谓的落毛的凤凰不如鸡，只是局限在特定的场合罢了。

这个夜晚，四方不能安静，各方势力都在认真评估这一事件。

楚风结束和熟人的通话后，再次专心揣摩起他体内的物质来。这东西无法定性，不断转化，实在让他诧异不已。

他曾经跟黄牛通话，问黄牛这种物质能否随意转化。

结果，黄牛目瞪口呆，明确告诉楚风，这种物质古来罕有，不会再次变化，像楚风这种特例还没有听说过。

无论是黑色物质还是银色物质，都极其珍稀，尤其是后者，涉及圣殒的问题，更加让人觉得恐怖。

黄牛告诉他，还从来没有听说过这种物质具有两面性，一般变异后就会稳定，不会在两种状态间不断转化。

“我觉得或许有挣断第六道枷锁的机会。”当银色物质翻腾，楚风身体发光，连发丝都变成了银色时，他自信满满。

但是，这种状态不够稳定，时间也不够长，他难以挣断枷锁。因为，想靠自己的力量挣断枷锁，不是一两个时辰就能做到的，可能要持续一夜，甚至一两天。

现在他的状态太不稳定，当黑色物质侵蚀时，他就会衰弱到最低点，可能都跌落下王级境界了。

“最强时我能无敌，最弱时我会很惨。”楚风皱着眉，心想。他琢磨了一夜，研究了一夜，摸索这种物质的特性。他真的不知道这种物质为何会在他身上有两面性。

天亮时，黄牛联系楚风，很严肃也很认真地道：“楚风，我发现这个问题很可怕，你体内的物质多半曾导致圣殒，之后流落到此界，也就意味着，它在银色物质的基础上再次变异了！”

楚风听闻后，目瞪口呆。说实话，他对于“物质”两个字都有点敏感了，黑色，银色，再次变异，这太吓人了，还给不给人活路？

在银色物质的基础上再次变异？别人不知道这些，楚风也只能与黄牛交流。未来会怎样，他不知道，他隐约觉得，这种物质将会改变他的人生轨迹。

“楚风，他还想活？什么调遣绝世高手，凭他也配？一个废人而已，命不久矣！”在各方无法宁静时，有强者开口，扬言要对付楚风。

这出乎所有人的预料，昨夜，谷山的金翅大鹏王、史地剑宫的两只白鹤、宝峦山的山龟这些绝世强者才出手，霸气地消灭了鲤鱼王及海象王，结果这个清晨就有人站出来针对楚风了。

事实上，这则消息刚传播开来，大战就爆发了，快得让人反应不过来，玉虚宫都没有任何准备。

大雪纷飞，天地间一片昏暗，连续多日不见太阳。这个清晨，金乌王强势来袭，闯入玉虚宫。

“楚风滚出来，别人怕你，我要斩你！”金乌王带着烈焰，伴着刺目的火光，仿佛要焚烧天地一般，让大雪化成水汽，让漫天白雪化作茫茫白雾。金乌王强悍无比，誓要斩了楚风。

金乌王与楚风的恩怨已经不是什么秘密，一切因孔雀王而起，上一次金乌王和九命猫王一路南下去伏击楚风，结果失败，损失惨重。

现在，楚风“废掉”，金乌王趁机来袭。

这是楚风调集绝世高手围剿鲤鱼王和海象王后紧接着发生的事，这个节骨眼选得有些妙。

金乌王这是想告诉世人，楚风所谓的关系网并不能护他周全，它金乌王一样可以对他出手，取他性命。如果成功，自然很好，如果失败，也可以告诉外界，所谓的有绝世高手保驾护航算不得什么，那是虚的，一切还是要靠自己。

“轰！”

金乌王一击而已，便让玉虚宫化成了火海，天地间一片赤红，景象骇人。

“你敢来此猖狂！”玉虚宫之主喝道，冲天而起，跟金乌王激烈交手，顿时火焰冲天，光芒四射。

“你能够护他一时，护得了他一世吗？”金乌王拍打着金色的翅膀，冷幽幽地说道。

“砰！”

金乌王从天空中俯冲下来，跟玉虚宫之主碰撞在一起，顿时火光冲天，天穹都仿佛要炸开了。

“何人敢来搅闹？”独臂的八景宫之主出现，站在远处的一座建筑物上。

很快，五色光芒耀眼，孔雀王来了，这只号称东方十大强者之一的禽王带着光华，击散风雪，凌空而立。

孔雀王现在是人形，英俊无比，面孔完美无瑕，紫色长发随风飘舞，比许多女子都要美丽。

“本王在此，谁敢放肆！”孔雀王冷冷地说道。

下一刻，碧游宫之主无声无息地出现，惊人的气息弥散开来。

但是，另一个方向，一个神秘的绝世强者走来，逼向玉虚宫。一时间，天地震动，风雪倒卷，八景宫之主、碧游宫之主都被挡住，无法前行。

“我要斩了楚风，谁人能阻！”金乌王喝道，同时喷出太阳火精。那太阳火精宛若多日不见的太阳出现在空中，照亮整座雷天城。

三大绝世强者来到雷天城，想要斩了楚风，张狂而霸道。

楚风站在雪地中，静静地看着高空，一言不发。他竟引出了这么大的动静。

天空中，金乌王和玉虚宫之主激烈搏斗，金乌王喷出太阳火精后，就连强大的玉虚宫之主都只能避其锋芒，不敢撄其锋。

当日楚风跟金乌王大战时，也对太阳火精无奈，只能选择躲避。这东西可焚烧这个世界的任何生物。

其余两大宫主被孔雀王和那个神秘的绝世强者阻挡，无法上前。

“我想说，一个废掉了的楚风，不值得你们三大宫主守护，你们已经仁至义尽了，莫要强出头，将自己搭进来。须知，我们今天可不止三个王者！”金乌王冷冷地道。

“在玉虚宫内，谁都不得伤楚风。”玉虚宫之主喝道。

人们闻言，无不点头，暗自称赞玉虚宫之主有情义。

“可惜，宫主没有绝世呼吸法，不然，金乌王等何以敢如此放肆？”

“楚大哥要是将他的呼吸法教给宫主他们就好了，这样的话，我们依旧可以不惧异类诸王。”

几个少年男女小声说道，用眼瞟向楚风。那正是之前请楚风教他们拳法的几个少年男女。

“今日，我们来斩楚风，说到做到，玉虚宫之主你们阻止不了！”就在这时，对方的第四个王者出现，那是一只穿山甲王，通体锃亮，银光闪闪，凌空而至。

显然，穿山甲王跟金乌王、孔雀王一起，要消灭楚风。

玉虚宫这里没有第四个王者，顿时情势危急。

“楚大哥，你能传给宫主他们呼吸法吗？不然我们危矣！”一个少年慌乱地惊呼起来。

“楚大哥，我觉得现在应该灭异类的威风才好，绝不容许异类放肆！”另一个少年也说道，大眼睛中露出希冀之色，看着楚风。

楚风沉默，心情复杂，到这个关头了，几个少年男女还在提呼吸法，他只能一声轻叹。原本他想动用锁龙桩，但现在他不想动用了。

玉虚宫内，许多人望过来，雷天城内不少进化者听到打斗声，也都跑来关注这一战。

“你们觉得我已废掉，可欺是吗？那我就陪你们进行最后一战。”楚风仰望苍穹，开口道。

所有人都愕然，他不是身体出了大问题吗，还能一战？就是楚风近前的几个少年男女也都惊异不已。

“此战过后，我便离开玉虚宫，喂马，劈柴，周游天下名山，就此成为自由身。”楚风说道，声音不大，却传出去很远。

人们吃惊不已，玉虚宫的一些人更是侧目，纷纷看向他。

“轰！”

下一刻，楚风浑身发出银光，连发丝都是银色的，灿烂夺目。他主动迎上穿山甲王。

两者才稍微接触而已，楚风便像打稻草人般，将穿山甲王打得横飞而起，当即毙命。

“轰！”

下一刻，他腾空而起，跃上高空，向金乌王出手。

“砰砰砰——”

楚风与金乌王猛烈碰撞，火光冲天，十分耀眼。

“怎么可能？”金乌王震惊万分。

“最后的力量，使用完我就归隐！”楚风说完，一把抓住金乌王，“噗”的一声，一只金色的翅膀被银光席卷，断落了。

“什么，他……还有余力力战金乌王？”玉虚宫内，一群人震惊不已。

楚风此刻无比强大，跟金乌王激烈搏斗，断了一只翅膀的金乌王想逃都不行，被他缠上了。

“噗！”

楚风打向金乌王，使之从空中坠落下来，彻底毙命。

他不靠玉虚宫，不用他人守护，只身消灭来犯的强敌。

这一刻，天地间一片寂静！

谁能不惊？谁不战栗？

楚风屹立在场中，身体发出刺目的银光，连满头发丝都是如此，整个人像是由白银铸成，银色能量翻腾。

空中，染着血的金色羽毛飘落而下，这些金色羽毛很锋利，落地时插入土石中，如一柄又一柄利剑铮铮作响。一只挣断了六道枷锁的顶级禽王毙命，伏尸在楚风的脚下。

开战没多长时间，楚风便徒手除掉了金乌王！

现场鸦雀无声，所有人都被镇住了。这个世间有几人能独自消灭一只顶级禽王？就算玉虚宫之主刚才交战多时都无法得手，这还是一个身体出现了问题的人吗？这个结局简直骇人听闻。

所有人都蒙了，楚风的身体究竟是否出了状况？现在他竟然只身消灭了金乌王，他的实力根本与传闻不相符！

不远处，几个少年男女都闭上了嘴巴，十分紧张，有些不知所措。刚才他们还在有意无意地提及，请楚风传给玉虚宫之主呼吸法，以压制异类王级强者，不然危矣，可现在一切都被逆转，楚风不用他人保护，只身消灭了来犯的强敌。

玉虚宫内，之前有其他念头，想要楚风赠送兵器的异人心里也一阵不安，甚至恐惧。

这里不仅有玉虚宫的异人，还有听到动静后赶来的外界的人，此时无不心惊肉跳。

楚风的表现太惊人，即便不依靠玉虚宫，他也可以活着，他独自对敌，看不出虚弱的迹象。

一些人看向远处的玉虚宫之主，又看向楚风。

这个对比很明显。处于巅峰状态的玉虚宫之主说要保住楚风，却久久拿不下金乌王，与其交战多时都无果。当生命受到威胁时，身体出了问题的楚风自己出手，却迅速地解决了两大强者，非常震撼人心。

这不得不让一些异人暗自琢磨，是楚风太强大还是玉虚宫之主没有尽全力？细想起来有些复杂。

从头到脚都散发着银色光辉的楚风宛若一尊战神，踏着金色羽毛，越过金乌王庞大的尸身，面向半空中的孔雀王。

空气发生了爆炸，一头紫色长发，面孔俊美无比的孔雀王十分果断，展翅而去，突破声障，离开了雷天城。

接着，那个阻挡碧游宫之主的神秘绝世强者化出本体，也仓皇而逃，从雷天城消失。那是一只金丝雀王。

两大绝世强者不战而逃。但凡见到这一幕的人都十分震惊，很长时间没有人说话。

世上没有不透风的墙，外界许多人赶到玉虚宫，目睹这一切后，将消息传出，顿时掀起了巨大的波澜。

这个清晨大雪纷飞，到处冰天雪地，然而，外界一片火热，各方人马都在热议。一代绝世禽王金乌王的实力究竟如何，很多人心中有数，可金乌王就这样死在了楚风手上，这足以震慑天下！

一些人猜测，楚风的身体或许根本没有问题，一切都是佯装，故意引敌人来犯，最后消灭敌人。

但是，很快便有人驳斥，说楚风的身体的确出了大问题，因为他们曾去玉虚宫赴宴，了解过真相，不会有假。

“楚风说这是他最后一战，他将用尽最后的力量，或许这就是真相！”

许多人认可这个说法，这应该就是真相，他身体的确出了问题，但拼命后能进行最后一战，结果震惊世间。

外界很多人都在谈论一个问题：楚风到底有多强？他竟然那么迅猛地消灭了金乌王，实在有些恐怖。

同时，有一部分人质疑，玉虚宫之主说要保护楚风，真的尽力了吗？最后关头还不是靠楚风自已去消灭敌人。

这个说法一出，让玉虚宫之主很被动。

此时，玉虚宫内，那几个少年男女内心最忐忑不安，不过楚风没有说什么，像是什么都没有发生一般。

“砰！”

楚风迈步时身体不受控制了，脚下的地面四分五裂，他迅速衰弱，身上的银色光辉消失，黑色光辉从毛孔中冲出，能量失控。

这是大战过去一段时间后发生的事，玉虚宫内许多人惊疑不定。

“你怎么样？”碧游宫之主走来，问道。他个子很高，黑发浓密，眼睛炯炯有神。

“刚才应该是我最后一战了。”楚风说道。

独臂的八景宫之主和脸色温和的玉虚宫之主也走来，都将手搭在楚风的身上，仔细检查他的身体。

最后，他们确定，楚风现在的状态糟糕至极，黑色物质与他的能量混合，让他实力锐减，境界随之跌落。

“以能量层次来划分的话，他的境界直接跌落到王级以下了。”这是他们做出的判断，他们确定不会有误。到了这个实力层次，他们只要触摸对方的身体，瞬间就可以洞悉虚实，谁都掩饰不了。

“楚大哥的身体真的出了问题，看来刚才只能算回光返照，他以后再也施展不出那样的力量了。”

“我想他会留下自己的传承，让人接替他。”

几个少年男女议论着，不时向楚风这边看上一眼。

“现在怎样了？”玉虚宫之主等人离去后，这里安静下来，陆通出现，面带忧虑之色，随后请来实验室的人为楚风检查身体。

这次没有抽血，那些人不敢了，只是用一些仪器测量，发现楚风的各项生命体征大不如从前。

“真的跌落下王者境界了，这……唉！”陆通轻叹，他现在没有一点办法。

“都说了我要归隐，我已经厌倦了这种生活，要换一种活法，你也不用太担心。”楚风说道。

他跟陆通说得很明白，他要离开玉虚宫，不管以后能不能恢复。

陆通闻言，张了张嘴，却不知道该如何挽留楚风。因为他也觉得玉虚宫内有些人很过分，他现在拿什么来劝楚风留下？他转身离去，背影略显佝偻与苍老之态。

楚风要离去了，消息自然瞒不住，在玉虚宫内掀起了很大的波澜。几个少年男女都在第一时间赶到楚风住处，他们有些忐忑，也有些急切，纷纷开口挽留楚风，不希望他远行。

“楚大哥，外面冰天雪地，异类横行，你现在身体出了问题，一个人在外面很危险，还是留下吧。”

楚风语气平和，道：“我在外面有不少朋友，四处走一走转一转，应该没什么问题。”

一个漂亮的少年女子略显紧张，道：“楚大哥，你能教我们呼吸法吗？我们想拜你为师，我们如果成为强者，就可以震慑那些异类，追随与保护你。”

“是的，楚大哥，我们跟你练拳，学你的呼吸法，以后如果海族登岸，我们要替你跟海族战斗！”几个少年男女纷纷开口。

楚风哑然，心情有些复杂，最终只是摸了摸一个少年的头，什么都没有说，走到窗边看着风雪。算一算时间，大黑牛几个快要到了吧。

随后，又一批人来到楚风的居所，他们都是玉虚宫与八景宫的异人，竟想跟他学驭剑术。

“楚兄，我们知道自己很冒昧，却不得不硬着头皮来，你毕竟也是玉虚宫的人，总不能看着异类崛起，我们这边积弱吧。”

此时，他们已经得到确切消息，楚风最后一战过后，实力跌落下王级领域，被证实要退出强者之林了。

这让三大异人组织的一些人心情复杂，毕竟楚风曾经那么强大，让他们外出时都备受重视，各方都不敢轻易得罪他们。

也有一些人心潮起伏，觉得楚风衰弱，或许他们的机会就到了，如果能从楚风这里得到呼吸法，学到驭剑术等，他们未必不能成为第二个楚风。

楚风看着这批人，也很有感触，他原本的确想传下一些东西，但是后来有些人太过分了，让他改变了主意。

玉虚宫之主的那个远房侄儿元洪又来了，这一次不是索要紫金雷电锤，而是要借楚风手腕上的金刚琢！

谁都知道这是楚风最重要的兵器，对他有非同寻常的意义。

“楚兄，你安心休养吧，反正你以后也用不到金刚琢，不如借给我们，放在玉虚宫震慑异类。毕竟你也算是玉虚宫的一员，这里培养了你，你也应该回报一下玉虚宫，那样，我们会非常感谢你。”元洪身边还有一些人，都是追随他过来的，那些人倒是很客气，但意思一样，想让楚风留下金刚琢。

“你们胃口太大了，越过紫金雷电锤，直接想要我最重要的兵器？”楚风沉下脸来。

别说他状态不明，体内的物质在黑色与银色之间转化，有危险也有机遇，即便他真的前路暗淡，这些东西也并非一定要留在这里，他要送给黄牛、大黑牛。

“楚兄，你加入玉虚宫时才有多大成就？得玉虚宫相助、庇护，你才能迅速成长，要懂得感恩啊。”元洪很严肃地劝告楚风，略带责备之意。

“索要金刚琢后，你们是不是还想让我交出拳法和呼吸法？”楚风冷冷地道。

“楚兄，玉虚宫是你的家，也是你坚强的后盾，你留下一些法又何妨？又不是落在外人手里，你跟这里分什么彼此？一损俱损，一荣俱荣，玉虚宫强大起来后，哪怕你不再是异人，实力大降，这里也可以护你周全。”

“这是你的意思，还是玉虚宫决策者的意思？”楚风问道。

“跟宫中其他人无关，只是我们一些热血年轻人的建议。楚兄，这里是你的根基所在，如果我们这边强大起来，你以后就算衰退为普通人，也会有保障啊。”元洪义正词严。

“你给我滚！”就在这时，一个顶着黑色犄角的大脑袋突兀地从窗外探进来，同时，一只大手伸出，一把将元洪给拎到了窗外。

“砰砰砰——”

就这么一瞬间，元洪被收拾了一顿。

大黑牛、西伯利亚虎王、驴王、金雕王冒着风雪，连夜赶路，满身都是雪花，在这个上午赶到了玉虚宫，直接闯了进来。

“你也敢对我兄弟不敬，你算什么东西！我兄弟的崛起跟玉虚宫有什么关系？他踏出的哪一步不是靠自己？相反，他给了你们玉虚宫多少好处？帮你们平山灭寨，送上王级生物的血肉供你们研究，炼制王级血药。你这一身修为是怎么来的，肯定吃过王级血药吧？”大黑牛越说越气。

西伯利亚虎王也逼了过去，一声咆哮，差点将元洪的精神能量震散。西伯利亚虎王道：“我兄弟即便归隐，也用不着你们玉虚宫假仁假义，他有我们照顾就足够了，用得着你们？太把自己当一回事了！”

驴王也上前，给了元洪一蹄子，道：“要说恩情，不久前楚风救下玉虚宫之主，这不是大恩情吗？可他向玉虚宫索要报答了吗？你们拿一点芝麻大的旧事当大恩，也有脸提？挟小恩惠图大报答，还要脸吗？”

元洪哀号不已，跟着他一起来的那些人也面无血色，胆战心惊。

“走，兄弟，我们离开这里去昆林山，逍遥自在，什么玉虚宫，见鬼去吧！”大黑牛几个说着，就要带走楚风，离开雷天城。

这么大的动静，怎会不惊动其他人？片刻间不少人跑来观看。

陆通也来了，急得直搓手，了解情况后，对元洪极度不满。

玉虚宫之主也到了，看了一眼元洪，对大黑牛等拱了拱手，道：“打得好，这个不成器的东西，只想着走捷径，这辈子都成不了气候！”

大黑牛几个并不想跟玉虚宫之主这种绝世强者翻脸，因此倒也客气，也对他拱了拱手，表示刚才很生气，见不得楚风受委屈，一时愤怒才出了手。

大黑牛很直接地道："我们要带走楚风，让他去一个山清水秀的地方静养。"

玉虚宫之主并不放行，轻叹一声，摇了摇头，道："楚风立下那么多大功，患难时刻，我们怎能放弃他？我们正在从各种古代孤本文献中寻找办法，现在有些眉目了，必然会尽心尽力治疗好他，帮他恢复过来。"

"好意心领了，不过用不着，我们自然会照顾好他，想办法帮他恢复！"大黑牛拒绝道。

第163章

还能一战

“不要急着拒绝，相信我，留下来对楚风来说是最好的选择。要论历代秘本哪里最多，其他地方比得上政府秘库吗？”玉虚宫之主很郑重地劝阻大黑牛等。依照他的说法，政府秘库的浩瀚书海中甚至有来头甚大的神话书籍，相关的人正在查阅，努力寻找破解之法，想办法将楚风身上的黑色物质驱除。

大黑牛等虽然有点心动，却更相信黄牛。

大黑牛不想跟玉虚宫之主闹僵，便道：“你们可以继续查阅书册，如寻到破解之法，告诉我们，我们感激不尽。我们先带楚风去昆林山静养，那边也有一些古法，等着他去试试看。”

玉虚宫之主摇了摇头，道：“我反对楚风离开，还有另一个原因，不久前我们得到密报，虽然大洋冰封，海底深处不太平，正发生祸乱，但还是有海族强者不甘心登岸了。”

“什么意思？”西伯利亚虎王警觉地问道。

玉虚宫之主道：“据闻，有海族强者向北方而来，有可能要针对楚风。上一次楚风斩了海族的领军人物之一章鱼王，还断了海神虎的尾巴，险些除掉海神虎，因此有海族强者记恨他，得悉他身体出了大问题，就想趁此机会对付他。”

“那就更不能待在雷天城了，这里太危险，我们得尽早离开，去昆林山！”大黑牛挥手说道。

“错了，如果你们带着楚风上路，那正合那些海族强者的意，那些海族强者肯定早已算准你们会去哪里，必然会在半路截击。”玉虚宫之主说道。

大黑牛几个的脸色都很难看，因为大黑牛几个在来雷天城的路上就遭到了鲤鱼王和海象王的袭击，险些死掉。

玉虚宫之主指向四方，道：“刚才我已经让人运来了足够多的武器，异类强者再敢来袭，不死也要脱层皮。”

下一刻，玉虚宫一些区域露出各式激光武器，隐约间，有些对准了大黑牛等。

“别乱瞄准，本王会当真的！”大黑牛冷冷地警告那些人。

“不得无礼！”玉虚宫之主斥道。

而后，他一挥手，将地上的元洪打飞出去，命令其他人：“将他带走，关进黑牢中，让他反省几个月。”

“叔叔，我错了，不要这样啊！”元洪惨叫，但还是被人拖走了。

“做错事就要付出代价。”玉虚宫之主沉声道，而后看向楚风，向他赔礼，让他不要介意。

“我想我们还是离开合适。”西伯利亚虎王、驴王总觉得待在这里不自在，纷纷说要离开。

“雷天城乱糟糟的，不适合静养，我还是带着我兄弟离开吧！”大黑牛也再次开口。因为大黑牛觉得楚风待在这里，像是在被软禁。

玉虚宫之主态度坚决，道：“不行，楚风是我们玉虚宫的人，他立下那么大的功劳，如今落难，我们不能放弃他，更不能不管他。如果你们能保证他的安全也就罢了，可是你们很可能会遭到伏击，我不能让你们带着他去冒险。”

大黑牛要冒火了，凭什么不能带走楚风？一切都是玉虚宫之主猜测的，而且大黑牛总觉得楚风在此像是被囚困，根本无自由可言。不久前甚至还发生了那些让人愤怒的事，居然逼迫楚风交出拳法和呼吸法，并向他索要金刚琢，让人心寒。这地方还能待吗？显然不能！

“我们一定要走！”大黑牛的脾气上来了，哪怕知道玉虚宫之主很强大，大黑牛也不惧，大不了催动禅杖将这个地方打得四分五裂。

“牛王，你太执拗了，不为自己考虑，也要为楚风着想啊。前往昆林山的路途太凶险，万一有什么意外，我们所有人都会心痛。”玉虚宫之主沉声道。

楚风看了很长时间，终于开口：“宫主，你们问过我的意见吗？”

玉虚宫之主看着他，道：“楚风，你不要意气用事！你要相信，留在这里你就有机会康复，就有机会再次成为绝顶高手。你还年轻，要有耐心，政府秘库中的藏书远超你的想象，我们一定会找到解决之道！”

“不必了，我意已决，就是现在，离开玉虚宫，恢复自由身，退出这个异人组织。我累了，想休息一下。”楚风道。

玉虚宫之主皱起眉头，目光有些冷厉，盯着楚风看了又看，而后一声轻叹。

“楚兄，还是留下吧，宫主真心待你，会想办法让你复原的，除了这里，其他地方没有古法可查啊。”一些人拦着楚风，纷纷劝他留下。

但是，楚风不为所动，打定主意离开这里。

这时，独臂的八景宫之主来了，看着楚风。

大黑牛、西伯利亚虎王等见两个绝世强者在此，都很警惕，严阵以待。万一跟他们闹僵了，后果会很严重。

最后，玉虚宫之主看着楚风，叹道：“既然你执意离去，保重吧！”

大黑牛、西伯利亚虎王等都有些意外，没想到玉虚宫之主最终松了口，不禁长舒了一口气。

楚风对玉虚宫众人抱拳，而后转身，冒着风雪，率先向外走去。

临去时，西伯利亚虎王突然止步，转身道：“对了，谁还向我兄弟借过兵器，有没还的吗？趁此机会赶紧交过来，我不相信我兄弟会这么废掉，赶紧的，别太贪婪！”

不远处，周鲲有些尴尬。他也在人群中，就站在八景宫之主的背后，此时硬着头皮站了出来，双手奉上赤色飞剑。

不少人都心头一动，如今能用精神武功驾驭的兵器真的很少，异常珍贵。

西伯利亚虎王可不会客气，一把就将赤色飞剑夺了过去，然后冲出去，追上楚风他们。

“走！”来到玉虚宫外的一片空旷之地，金雕王化出本体，在楚风几个登上其背部后，顶着风雪冲天而起。

就这样，楚风他们远去，离开了雷天城！

风雪很大，天地间一片灰蒙蒙的，金雕王的速度比平日慢了不少。

时间仅过去一个小时，金雕王飞行了几千公里，路上突然发生了变故，几道光束交织着，向楚风他们激射而来。

“激光武器，这可是人类的武器，有人想轰击我们！”

不过，金雕王有敏锐的神觉，提前觉察到了危机，早已躲避开来。

“没事，天气这么恶劣，这种武器会受到干扰，威力不大。”大黑牛道。

楚风没有说话，只是皱着眉头盯着前方，又看向附近。

“不应该是人类发动的攻击吧？不然这么做太明显了，可谓人神共愤，要知道楚风可是在这里。”驴王说道。

“麻烦来了！”西伯利亚虎王汗毛竖立。西伯利亚虎王是挣断了六道枷锁的强者，得到呼吸法后，实力大增，神觉敏锐。

大黑牛骂道：“海族，真的有海族强者来截击我们，被玉虚宫之主说中了，一切在按照他说的剧本走。”

一只浑身泛着寒光，像是由金属铸成的青铜虎拍击着一对翅膀，逼迫而来。

“你们人类的武器真是差劲，还是自己来截击最痛快！”青铜虎说道。它身在半空中，散发出恐怖的气息，实力异常强大，对楚风虎视眈眈。

“你跟海神虎是什么关系？”楚风问道。

“并非每一只海虎都可以叫海神虎，你说呢？”青铜虎冷冷地道。它的血统没有海神虎的血统那么高贵，所以它现在心中很不舒服，态度很冷。

不远处，一条怪鱼居然也长着翅膀，翱翔在天穹上，露出锋利的牙齿，冷冷地看着楚风他们。

“听说你废了，正好带走你，去大洋当囚徒吧！”怪鱼说道。

第三个也是最后一个海族强者拥有人身，但是长着翅膀——这是一个海人。

海人虽然稀少，但有几个分支，三眼族强者乾越，以及在虎泷山疯狂攻击青皮葫芦，想夺走青铜灯的那个海人罗天，就来自不同的分支。

“自己滚过来，还是等我们亲自动手拿你？”海人很嚣张，脸色冷冰冰的，直接这么开口。

这个海人除却有鱼鳃般的裂痕，以及多了一对翅膀外，其他都跟人类差不多。

“降落！”大黑牛低语。大黑牛等不能飞行，不擅长空战，此时降落是明智的选择。

金雕王猛地向地面落去，带起大片的风雪。

三个海族强者紧跟其后，也都落在地面。

“轰！”

下一刻，大黑牛直接挥动禅杖，让它发出佛光，想要击向三个海族强者。

然而，三个海族强者冷笑着，都在第一时间后退，躲到了足够安全的区域。

“在来之前，我们就了解了这杆禅杖的威力和副作用。所谓的佛门禅杖你们能挥动几次？暂避锋芒就是了，你等都要灭亡！”那个海人冷笑道。

“除却楚风，你们都得死！”那条怪鱼也点头道。

三个海族强者都早已挣断了六道枷锁，实力非常惊人。

西伯利亚虎王不禁咧嘴，自己能对付一个，但是肯定对付不了三个。

“本家，卖个人情如何，放我们一马？”西伯利亚虎王对那只青铜虎开口道。

“你得第一个死！”青铜虎面目狰狞，知道西伯利亚虎王是一行人中境界最高的，想要第一个对付西伯利亚虎王。

“我先干掉你！”西伯利亚虎王大怒。

两只虎嘶吼着，冲到一起，激烈搏斗。

接着，驴王怒吼，挥动禅杖，逼退了想要再次逼近的海人。

只是，此时那条怪鱼扑击而来。这摆明是要耗死大黑牛等，海族已经知道，挥动禅杖会抽干施法者的能量。

“还好带着炼妖果！”大黑牛低语，准备吃果肉，补充精气，跟海族强者拼命。

“算了。”楚风开口，不让大黑牛妄动，又将西伯利亚虎王喊了回来。

三个海族强者冷笑着，一步一步逼近。

“楚风，你想通了？滚过来吧，不然，你将生不如死！”那个海人最嚣张。

“陆地上有人请你们来对付我是吗？能告诉我是哪个人，或者哪一个特殊的势力吗？”楚风开口。

“你想多了。”海人摇头，抬手示意楚风过去，想要掳走楚风。

“好吧，既然如此，我再勉强进行最后一战吧。”楚风叹道。

“还能一战？”青铜虎惊疑不定，警觉起来，显然对楚风的事了解得很清楚。

“轰！”

下一刻，楚风浑身发光，通体银白，连发丝都是如此，而后他猛地冲出去，速度接近六倍声速，比以前更快。

别说海族强者，就是大黑牛几个都被惊到了，因为楚风爆发得太恐怖，也太突然，这速度实在吓人！

“啊！”

楚风扑向怪鱼，拳头击出，怪鱼惨叫一声后，当即倒地而亡。

“你……”青铜虎冲天而上，想要逃走。这个族群天生速度很快。

“轰！”

楚风看都没看，便凭着感觉掷出金刚琢，随后就去追最为嚣张的海人了。

“噗！”

天空中，青铜虎被金刚琢打中，当即殒命。

“太厉害了！”驴王怪叫着。

同一时间，楚风来到高空中，追上了拍击着翅膀向空中逃遁的海人。

“啊！”

海人挡不住楚风霸道的力量，惨叫不已。楚风瞬间便生擒了海人，向地面降去。

“轰！”

楚风抓着海人落到地面，一拳砸向海人的双翅，免得其逃走。

这一切太快了，转瞬间，三个海族强者就两死一伤。

“说吧，将一切都说出来！”楚风俯视着海人，道。

海人有点凄惨，受了重伤，雪地都被染得一片殷红。海人目光森冷，面带痛苦之色，满头的冷汗在风雪中快速结冰。

“你眼神这么凶，还不服气，还想袭击我们？”大黑牛过来，看到海人那森冷的目光，直接给了海人一脚，踹得海人在雪地中滚出去七八米远。

“赶紧说，你们跟陆地上哪个势力勾结在一起？”西伯利亚虎王龇牙，抡动大巴掌，在那里比画着。

楚风在这寒冷刺骨的荒野中周身发光，血气滚滚，风雪不侵，宛若一尊神祇。

海人神色不善，盯着楚风，咬牙道：“你的身体没有出问题，一切都是佯装的，你坑了我们！”

海人心中大恨，觉得被楚风这个卑劣的人类蒙骗了，同时海人怨海族消息不准确，让他们三个吃了这样的大亏。

楚风摇头，轻叹道：“你错了，我的身体的确出了问题，只是你们来得不凑巧，赶上我还能勉强进行最后一战，成全了你我。”

“无耻！”海人忍不住大骂道，“你在雷天城时就说只能进行最后一战了，现在分明血气旺盛到极点！”

海人双目带着仇恨的光芒，觉得楚风实在太无耻了。然而，海人才说完，楚风身上就发生了惊人的变化。

楚风毛孔向外散发出的银色光辉慢慢消失，随后一层黑色光辉漾出，让他的能量强度骤减，实力直接跌落到王级领域以下。

“你……”海人吃惊得睁大了眼睛，意识到楚风身体的确出了问题，现在衰弱无比。

时强时弱，这就是楚风现在的身体最大的症结所在。当然，有些细微之处连他自己也没有摸索清楚，还需要到昆林山去细细体会。

每一次黑色光辉出现后，他体内黑色物质肆虐，消磨他的精气神，侵蚀他的血肉，长此以往绝对是致命的。不过，银色物质出现后，一切都被逆转，他精神饱满，血气旺盛，状态好得骇人。

“说还是不说？别怪我不给你机会，其实我能猜测到是哪个势力，只不过想从你嘴里求证而已。”楚风逼问道。

海人轻叹，觉得真是憋屈，一个废掉了的年轻人类就让他们三个海族强者两死一伤。现在看来，他们简直像是自己来送死。

不过，谁能想到会是这样呢？正常情况下，他们三个海族强者足以击败大黑牛等，并掳走楚风。可是，情报不准确，负责跟陆地上相关方联络的海族强者提供了错误的信息，等于害了他们。

“快说！”驴王狐假虎威，给了海人一蹄子。刚才驴王跑到远处，替楚风将金刚琢给捡了回来。同时，驴王暗暗擦了一把冷汗，金刚琢威力太大了，一击便让青铜虎丧命了。

海人倒也硬气，咬着牙不愿开口。

“懒得理你，不说就算了！”大黑牛一脚踢出，“砰”的一声，海人就此毙命。

“走吧，我们上路。”楚风说道。他心中有数，现在不愿去追究，先将自己的身体调理好再说。

当三个海族强者的尸体被外界的人发现时，外界顿时议论纷纷，而相关参与方则很震惊，心中矛盾无比。

“听闻，三个海族强者去截击楚风一行人，结果反丧命了。”

“有人猜测，楚风拖着衰弱之躯，进行了最后一战，艰难除掉强敌，然后逃向昆林山。”

“什么？上次不就是最后一战吗？怎么现在又勉强进行了最后一战？楚风到底状态如何？”

外界一群人都目瞪口呆。

至此，一些人坚信，楚风多半没有废掉，身体还很好。

当然，更多的人坚信，这是回光返照，楚风是拿命在拼，他的身体应该是出了大问题，下次他就没有那么好运了，再遭到截击的话，多半会丢掉性命。

很快，一起突发事件转移了各大势力的注意力，在整个世界的大势力中掀起了轩然大波。无论是东方还是西方，各方人马都无法平静了。

当然，普通人还不知道，被瞒着。

此刻，了解内幕的人既震惊又恐惧，因为这件事影响太大了。

太空探测器捕捉到了清晰的画面，并将画面传输了回来。

画面中，一座气势磅礴的岛屿从星空深处飘来，不知道什么时候已经临近地星，在外太空悬浮着。

随着岛屿的接近，画面越发清晰。那是一座青翠的岛屿，景色称得上瑰丽，岛屿上生机勃勃，有一道又一道精气缭绕着，能量更是强得骇人。

通过特殊检测手段可知，那上面的一草一木都蕴含着旺盛的精气，五彩斑斓，云霞缭绕。

这怎么可能？许多人为之震惊。

“奇迹啊，整个世界可能都要变了！”各大势力哪怕了解很多秘密，现在也深感震撼，他们知道这个世界的格局或许要改写了，这个世界将步入完全不同的时代。

随着这座岛屿临近，岛屿上面的景物越发清晰。可以看到，岛屿上面，大山足有万丈高，金色的瀑布垂落下来，此外，紫色的湖泊蒸腾着蘑菇云般的能量，震撼人心。

“这座岛屿看着美丽，宛若仙境，却蕴含着可怕的能量，那能量一旦爆发开来，后果不堪设想。”

说它是岛屿，其实它很大，更像是一片大陆，从宇宙深处凌空而来。

岛屿上还有建筑，造型古怪，有的像是金属铸成的圆球，有的则如蒙古包，还有的像是神庙。但是，这座飘浮的岛屿上没有动物，看不到任何动物出没。

不久后，消息泄露，普通人也都知道了，一座巨大的岛屿从星空深处飘来，正接近地星，很可能会坠落下来。这种迹象越来越明显了。

“轰！”

终于，第二日午时，岛屿上，一朵又一朵紫色蘑菇云腾起，金色瀑布倒挂，整座岛屿发出刺目的光，向着地表袭来。

岛屿爆发出让人们难以想象的力量，那画面震撼人心。

这一日，风雪止住，天空中的阴霾散去，太阳出现，这是雪灾以来人们第一次见到太阳，心情都舒畅了不少。

然而，接下来那刺目的光又让所有人都惊悚不已。

太空中的卫星将一切都捕捉了下来，让很多人目睹了这一过程。

“神话来了！”就连各大财团的负责人都震惊不已。

岛屿发光，像是在焚烧，爆发出无穷的力量，想要降临到这个世界。

谁都没有想到，地星表面浮现出一层光辉，而后，光辉化成奇异的文字，密布天宇，阻挡那座岛屿。

昆林山。黄牛很吃惊，喃喃道：“域外有菩萨级进化者违规了？”

“轰！”

之后，整座浩瀚的岛屿在天穹上解体，那里腾起成千上万朵蘑菇云，能量恐怖，仿佛可以毁灭整个世界。

高空中浮现出的奇异文字却波澜不惊，只是一遍又一遍地闪耀着。

最终，那成千上万朵恐怖的蘑菇云以及其他色彩斑斓的能量，都被那奇异的文字湮灭了。

那座恐怖的岛屿化成了飞灰。

“这个世界有什么东西能挡住星空深处飘浮而来的一座神岛？”各地，各大势力的高层全都被镇住了。

消息传开，许多地方沸腾了。

“哧！”

来自域外的岛屿被毁灭后，有一块足有十米高的四四方方的金属，像是一个巨大的魔方，闪烁着光芒，坠落下来。

它直接冲向南域海，掀起了巨大的波澜。许多人都在盯着它，眼神中充满了期待和渴望，那是什么？

“轰！”

南域海剧烈震动，不仅冰冻的海面被砸得四分五裂，而且冰块彻底融化，海水冲天。

这一天，海族疯狂了，从其他海域发疯般地冲向那里，无不想得到那块魔方般的东西。虽然还不知道那是什么，但是海族有预感，那是了不得的神圣之物。

有人猜测，那块金属内藏有令人不可思议的东西，甚至可能是活物。

一路上，大黑牛等怕再遭到截击，担心楚风状态不稳定出问题，所以一直绕路远行，避开各个可能的伏击地点，直到现在才接近昆林山。

黄牛早已在昆林山数百里之外等候多时，一见面就开口道：“出大事了，有金身菩萨级进化者干预。”

黄牛告诉楚风他们，那座岛屿应该是从星空裂缝中飘出来的。

那四四方方的金属坠入南域海，陆地上的生物根本没有办法参与抢夺，黄牛决定联合老僧人等去布拉卡纳山的古刹寻找机缘。

“乱局开启，我们也得抓紧时间了！”黄牛道。

很快，海洋中有消息传来，那块魔方般的东西坠入了南域海海眼之中，现在那片地带战斗激烈，各方霸主都在寻找接近的机会。

第164章

扶我起来

一时间，各地不宁，域外有奇物坠落在南域海，牵动各方神经，但是陆地上的生物现在根本没有办法进入大洋中。

人们只知道，现在的南域海乱了，海族中的霸主级强者正在大战，无不想得到那块魔方般的金属。

“那到底是什么东西？”无论是东方还是西方，但凡大势力都坐不住了，有人忧心，有人眼红。

不过，这些暂时与楚风无关，他回到昆林山，受到了昆林山诸王的热情招待。

上一次虎泷山大战时，楚风不仅救下了夔王这样的绝世高手，还救下了雪豹王、马王等。这是救命之恩，再加上以前的交情，昆林山诸王自然热情得不得了。

“来，楚兄弟，我们喝酒，那些烦心的事不要想。哪怕你衰退成普通人，我也不在乎。这次你来了，一定要跟我女儿认识一下，千万不能再错过了，我回头就将她从那座庙宇中喊回来，不能总是修行。”马王喝多了，大着舌头，喷着酒气，跟楚风勾肩搭背，热情得让人受不了。

雪豹王也安慰楚风：“楚兄弟，你就在昆林山静养，等昆林山最深处的迷雾散开，‘神祇之源’开启，说不定你能在那里复原。”

昆林山诸王已经了解到，楚风的身体的确出了大问题，不是佯装，在浑身散发着黑色光辉时，他的实力会跌落下王级领域。

“老僧人明天就回来，到时候我们一起去布拉卡纳山寻找大机缘，相信一定能帮楚兄弟破开身上的诅咒。”羚羊王说道。

昆林山诸王以为楚风身上沾染了邪祟，根本不知道黑色物质的厉害，以为进入佛门古地或许就能化解他的厄难。

“大家都好好休整，这几日内我们就会动身！”獒王说道。獒王在这里有很高的威望。

楚风在虎泷山救过獒王的性命，獒王觉得，要是去那座古刹，一定要想办法帮楚风化解厄难。

宴会散后，黄牛为楚风仔细检查身体，也是一阵目瞪口呆，还真跟楚风说的一样，那种神秘物质在黑色与银色之间不断转化。

第二日，老僧人回来了，老狮王跟在他身边，如今已彻底被降伏，皈依佛门。

老狮王也曾经号称无敌，可以位列东方十大强者，现在却很顺从，成为老僧人的坐骑。

远远望去，老僧人真如一尊金身罗汉般。他依约送上一些自己的血液交给黄牛。

但是，当黄牛用兽王的血液与老僧人的血液帮楚风洗涤肉体时，诡异的景象出现了，那血液还未临近，就被焚烧成灰烬。

“虽然知道效果不佳，却没想到会这样。”黄牛头大，告诉楚风，他体内的物质超出想象，目前没有办法驱除。

“不用担心，我自己慢慢适应。”楚风说道。

他并没有悲观，因为黑色物质出现后，他的确会很衰弱，但是银色物质出现后，他又能恢复，甚至变得更强。

来到昆林山后，他逐渐摸索出一些门道。或许，这次的经历对他来说不算是坏事，可能是一个机缘。

黑色物质侵蚀他的肉体能量与精神能量，可是，如果换一个角度考虑，那或许是在千锤百炼，去掉杂质。

银色物质让他实力大增，而黑色物质将他打入地狱，他在高峰与低谷间不断转换，循环往复，这就是一种锤炼。

域外降下如同魔方般的金属时，天空中的云雾散去，太阳出现，可现在天空又阴沉沉的了。

不过，鹅毛大雪变成了小雪花，这是不幸中的万幸，只是没有人知道究竟什么时候会再出现晴空。

各大城市上空的千星藤，在风雪中依旧生机勃勃，不惧严寒。

在此期间，曾有传闻说，又有一些人沿着藤蔓攀爬上去，得到了一些奇异的拳谱等。

“神藤上空有域外传承！”

这则消息也不知道确切是哪一天开始传出来的，到了现在已经可以确定，真的有生物爬上千星藤，得到了奇异法门，这引发了巨大的轰动。

“这是什么情况？”楚风不解，询问黄牛。

事实上，各大势力也都很惊异，心中有些不安。

“有些世界的传人暂时还过不来，正在想办法。他们传下一些法，找一些代言人为他们做事！”黄牛做出了这种判断。

“这不是要大乱吗？”楚风皱眉。

黄牛道：“这个世界太让人动心了，冰雪消融后，或许各大名山复苏，各种圣树出现，硕果累累，就连域外神子、圣女等也会眼红，自然要显露神迹，用手段笼络人，让人为他们服务。”

楚风心里不爽，他现在身体出了问题，如果名山的圣树相继复苏，硕果压满枝头，那可真不是时候。

“放心，那些神子、圣女自己过不来的话，一切都是虚的，他们寻找的所谓的代言人成不了气候。”黄牛面露不屑之色，道。

“要不我也去爬‘天梯’，先混个代言人当一当，骗一种传承？”楚风笑道。

“有道理！”大黑牛在一旁点头。

黄牛道：“他们能传下什么好东西，真正的镇教呼吸法肯定是不能外传的，不用理会。我们还是去那座古刹吧，完整的大雷音呼吸法真要出现，足以让域外的金身菩萨级进化者眼红！”

两日后，南域海传来了更为准确的消息：那块魔方般的金属真的有魔力，蕴含着大蛇化蛟龙之法，以及其他诸多法门，那里变成了海底圣地。

至此，南域海海眼外的争斗更激烈了，各族群都希望能接近那里。

黄牛听到消息后，神色凝重，道：“我感觉海中那块金属背后的势力了不得，比千星藤背后的势力更舍得投入，真可能要建立一个海族门派，再现一个圣地！”

“这么邪乎？我们能否联手闯过去，抢了那块金属？”大黑牛双眼放光。

“你有那么大的本领吗？”黄牛瞥了大黑牛一眼。按照黄牛所说，那块金属能从无尽星空深处的裂缝中飘浮到这里，必然有妖圣、金身菩萨级进化者付出了巨大代价。

“这里可不是一般的地方，有无上道统的鼻祖曾在这里败亡。”黄牛严肃地说道。

第三日，南域海再次传来消息，引发世间轰动。

那块金属上浮现出一些文字，提示各族群创教，建立海底新秩序，再现上古辉煌。蛟龙族、海人族、海神虎族、人鱼族、巡海夜叉族……诸多大族群的图案都在那块金属上出现。

“不会吧，那块金属是这些族群的老祖联手弄出来的？”黄牛都被吓了一跳。当然，黄牛没有去海底，不曾了解详情，也不好判断。

当南域海最后一则消息传出时，陆地上的生物彻底坐不住了。

据闻，那块金属变成半透明状了，有一个女子一动不动地躺在金属中，像是已死，又像是在沉睡。

“不会吧？”黄牛吓了一大跳。

最终，黄牛、老僧人、夔王等一群昆林山的王级强者动身前往布拉卡纳山，去寻找大机缘。

楚风留了下来，诸王考虑再三，没有让他去冒险。

“半个月的时间，无论成功与否我们都应该回来了。”黄牛说道。

楚风原本也想去，但是最后没有逞强，他清楚地知道自己的身体状态不稳定，如果遇上突发事件，他会很危险。

昆林山一干王级强者急匆匆动身，那是因为感受到了压力，无论是千星藤上方的传承，还是海底那块金属蕴含的法门，都让诸王觉得，域外生物等不及了，都在想办法寻找代言者，借助外力，参与名山上圣树的争夺行动。

昆林山诸王秘密上路，不想被外界得悉。

在此期间，外界各种传闻都有，比如海族某一强大的族群获得了那块金属上的上古血脉开启之法。更有传言称，一些域外生物出现在折叠空间，马上就要真正闯过来了。

楚风没有理会外界那些传闻，接下来的日子，他一边研究体内的奇异物质，一边钻研那本关于场域的古册。

在昆林山研究那本古册，可谓得天独厚，因为这里的“死神之谷”有很明显的场域，可释放雷电，当初楚风曾被紫金啄木鸟骗进去，险些死掉。此外，昆林山深处很神秘，被迷雾笼罩着，也有场域。

楚风起初还只是摸索，但数日后竟有些废寝忘食，完全投入其中。他发现自己在场域研究方面颇有天赋，不知不觉间竟入了门，琢磨出来很多门道。

“楚兄弟，你太专心了，真是没有一点忧愁啊。”雪豹王来了，见楚风在昆林山深处钻研场域，抚摸巍峨的山壁，都不知道说什么好了。

时间一晃就过去了二十天，早已超过了黄牛所说的半个月，可黄牛、老僧人等至今都没有回来。

“啊，过去了这么久？”楚风大吃一惊。他霍地醒悟，如今他灰尘满面，衣衫褴褛，这段日子像是入魔了一般，忘记了其他，跟外界隔绝了。

此时，楚风一下子担忧了，黄牛、大黑牛等一去不返，可真是不妙。

对于昆林山来说，这是很糟糕的局面，现在山上没有几个王级强者，诸王几乎都去布拉卡纳山了。如果诸王就此消失，再也不回来，昆林山哪里还守得住？肯定会被人瓜分，换一批主人！

两日后，有海族强者来了，要进昆林山！

“什么情况，海族都进攻到昆林山了？”楚风大吃一惊。为了研究关于场域的古册，他这段日子与世隔绝，真是迷糊了。

“是的，来了一批海族强者。海族可能得悉我们昆林山空虚，高手都走了，消失在布拉卡纳山！”雪豹王叹息。

“怎么办？”昆林山没剩下几个王级强者了，一群异类都慌了。

“海族来了多少人马？”楚风问道。

“来了一大批！”雪豹王神情严肃地道。

“我去看一看能不能收拾这批海族强者！”楚风说道。

昆林山上，一群异类都面露异色，有些无可奈何，因为这群异类知道楚风身体出了问题，已经不是绝世高手了。

“你们不相信吗？扶我过去，说不定我还能勉强进行最后一战！”

一群异类都无语了，真的还能战吗？好像已经“最后一战”两次了！

“扶我起来，走，去看一看！”

昆林山外，海族强者来得还真不少，放眼望去，密密麻麻，有数百个，当然不可能都是王级生物，很多是海族中的小妖，比如虾兵蟹将、海螺花蛤等。

不过，王级生物也有十八个。大洋中生物种类繁多，竞争激烈，最不缺的就是强者。

“有带胳膊带腿的吗？赶紧滚出来几个！”一只海螺在那里叫嚷着。海螺在这方面族群天赋很高，手持一个海螺壳，将声音放大了很多倍。声音在群山间回荡，震得山石、树木上的积雪都簌簌落下来。

巍巍昆林，山势险峻，天地剧变后这里越发不凡，一座又一座山都非常雄伟。

“你们是从哪来的？我们只订了南面的海鲜，看你们当中还有企鹅、海象，该不会是从北面过来的吧？退货，不要！”山上，一个大嗓门的小妖负责喊话。

一群海族强者鼻子都要气歪了。由于陆地上冰天雪地，海族特意调了一些适合在冰雪中出击的人马。现在遭到昆林山小妖的调侃，海族强者一个个面带怒意，决定这一次要横扫昆林山。

这些海族强者早已得到消息，如今昆林山空虚，高手都去布拉卡纳山了。

这则消息哪怕再保密也还是泄露了。因为，盯着布拉卡纳山的强者不止昆林山诸王，当初孔雀王、金乌王也曾去闯过。

海族在陆地上有合作者，消息非常灵通，早已了解了情况。

不过，有海族强者十分谨慎，担心昆林山有古怪，想先试探一下，不然这些海族强者早就一窝蜂地闯进去了。

“一群最底层的废物，还没有化形呢，也敢跟我们胡言乱语，一会儿将你们全都斩了，我看你们哪个能逃走！”一只海狮说道。这只海狮已经化成人形，高达一丈，脸色阴沉，手中提着一对巨大的金属锤。

十八个海族王级强者中，有四个挣断了六道枷锁，这是一股非常惊人的力量。

“我看这里并没有什么高手，我们随便派出一队人马就能解决这群小喽啰！”一条海鳗说道。

这条海鳗化形成一个女子，体态婀娜，一头淡黄色发丝披散着，鸭蛋脸倒也很漂亮，只是目光有些森冷。这是一个挣断了六道枷锁的海族高手，也是这次行动的领军人物之一。

海鳗很强大，气息散发出去后，让雪山都隆隆作响，像要发生雪崩。这是顶级王者的气势，很可怕！

昆林山的一群小妖都非常害怕，有的甚至瘫软在地上，瑟瑟发抖。

说到底，现在是靠实力说话的时代，这些小妖境界太低，都在觉醒境界，离枷锁境界还很远，此刻全都被压制住了。

“果然是一群最底层的废物，也敢向我们挑衅，一个个都该死！”一条海蛇说道。这条海蛇“嗞嗞”地吐着蛇芯子，全身色彩斑斓，在冰天雪地中游动，不惧严寒。

看到这么恐怖的巨蛇从远处山地中游来，出现在昆林山近前，山上的小妖更害怕了，大气都不敢出。

“继续喊话，千万不要怯场！”楚风来了，以精神力跟一些小妖交流，让这些小妖唱空城计。

楚风原本兴致勃勃，想赶来这里大战一场，结果还没走到入口处，银色物质就消失了，现在他整个身体都散发着一层黑色光辉，力量迅速衰退。这让楚风头大。

“你们是不是忘记痛了？在虎泷山时就被打得哭爹喊娘，还敢跑到这里来撒野，看一看这是什么！”负责喊话的小妖手持一截金灿灿的尾巴喊道。尾巴上面没有毛，只有鳞片，散发着摄人心魄的气息。

负责喊话的小妖不由得牙齿打战，全身发抖，到后来说话都不利索了。

“海神虎的尾巴？”一群海族强者脸色变了，山下骚动起来。

海神虎族是海中无比强大的一个族群，虽然族中成员数量稀少，有资格用那个称谓的没有多少，但只要是该族成员，都厉害万分。

这群海族强者自然知道虎泷山的事，海神虎在虎泷山断尾而去，曾掀起不小的波澜。

海族强者发现了那小妖声音颤抖，但以为是被那尾巴散发出的气息所震慑的，却不知那小妖是心中打鼓，害怕山下的海族强者。

山下一群海族强者神色复杂，都觉得昆林山的小妖很放肆，分明没有什么高手坐镇，怎么还敢如此？海族强者担心，莫不是老僧人等回来了，已经设下陷阱，等着自己这一方的人马闯进去？

“一群小喽啰而已，有什么可担心的？给我闯进去，现在就出手，一个活口都不要留！”海鳗挥手，冷冷地道，“踏平昆林山！”

海鳗窈窕秀丽，但是目光森冷，美丽的面容都有些扭曲了。

“是！”有海族强者回应，当即就有一队人马奔跑起来，向前冲去。

昆林山上，一群小妖的脸色都变了。昆林山的异类的确在唱空城计，根本就没有什么实力迎战，唯一的倚仗就是楚风，他说扶他起来进行最后一战的，结果刚才又差点倒下了，现在还被人扶着呢！

此时，楚风的脸色也有些变了，怎么这么倒霉啊，此刻黑色光辉还没有退去，他额头那里更是一片乌黑，这可真是名副其实的印堂发黑。

“雪豹王，用我的弓箭射领头的那个小子！”楚风说道。

“好！”雪豹王拉开楚风的大雷音弓，一支由王级兽牙打磨成的箭发光，之后化成一道惊天长虹飞了出去。

“噗！”

奔跑在最前方的一只海兽连惨叫都没有来得及发出，就被一箭射死。

“好弓箭！”雪豹王赞叹道。要知道，那可是一个挣断了两道枷锁的王级生物，竟然就这么被一箭射死了。

海族强者都惊呆了。小队的领头者被射死，顿时让那队海族人马慌乱起来，小队中的其他强者怪叫，有的伏倒在地上，有的直接掉头往回逃。

“一群乌合之众，看着人多，其实没什么大不了的！”楚风道，想鼓舞士气。

可是，昆林山众异类明白，那群海族强者再怎么缺少血性，也不是昆林山现有的人马所能够对抗的，实力差得太远了。

“逃什么逃，这样放箭说明那些小喽啰心虚，真要有底气的话就打开门让我们闯进去了！”色彩斑斓的海蛇说道，同时张开血盆大口，将率先逃回来的几个强者一口就给吞下去了。

这震慑住了所有海族强者，再也没有海族强者慌乱逃窜了。

“给我冲，攻破昆林山，占据这里，入主‘神祇之源’，他日一起成神，将陆地上这些废物都消灭干净！”海蛇喝道。

“我看哪个敢！”楚风硬着头皮站了出来，俯视着下方的众多海族强者。

这也是没有办法了，他想拖延时间，待黑色光辉散尽，而后大战。

“楚风！”

“什么，他就是楚风？听闻他斩了章鱼王，击败了海神虎，在虎泷山一个人就消灭了我们海族小半人马，是一个战神！”

“何止战神，这是一个魔王，消灭了我们海洋中太多的高手，数日前的青铜虎、海人等也都是死在他的手里。”

海族果然一阵大乱，除却那四个挣断了六道枷锁的绝世高手，其他强者都面露惶恐之色。

“不用怕，他已经废掉了！”海鳗试图稳定众强者的情绪。

“不错，如果身体无恙，他早就跟着去布拉卡纳山了，怎么可能会在这里？给我宰了他！”色彩斑斓的海蛇大叫着，吩咐众海族强者立刻冲上去。

“哧！”

就在这时，一杆鱼骨矛突破声障，冲着楚风飞去，景象恐怖。

“嗖！”

楚风躲避开来，但他身手大不如前，险些摔倒在地上，身上沾了不少雪花。

“我们走！”雪豹王背着他，快速向里遁去。

在来的路上，楚风埋下了锁龙桩，布下了小型场域，想等海族强者入瓮。

昆林山的小妖跟着一起向山内撤退。

锁龙桩的确起作用了，但可惜只困住了一部分海族强者，海蛇、海鳗、海狮等都在队伍后面，见状都避开了。这些海族强者起初没有硬闯，就是担心昆林山有古怪，布有场域等。

楚风他们一路逃向另一片有场域的区域——“死神之谷”。那里可催发雷电，消灭王级生物。

体会到锁龙桩的威力后，海族强者越发忌惮，追赶得并不快，而且开始沿着楚风他们的脚步追赶，非常谨慎。

“坏了！”雪豹王头都大了。

“无妨，时间差不多了，放我下来。”楚风说道。他已经争取到了足够的时间，觉得身体开始好转了。

“哈哈，怎么不逃了，绝望了吧？”海狮哈哈大笑，一丈高的躯体跟一座铁塔似的。

化成人形的海鳗很漂亮，但目光非常冷厉，盯着楚风道：“楚风，你也有今日，竟成了一个废物！斩断你的四肢，然后拉你去游街，你说好不好？”

海鳗带着深深的恨意，楚风真要落在她手里，必定会生不如死。

“我惹过你吗？”楚风诧异地问道。

“给你提个醒，你在雷天城斩过一个海族强者。”海鳗说道。

“哦，斩过一条自称白龙的电鳗，当时电鳗跟先秦研究院的人走在一起，不会是你的亲戚吧？”楚风微笑道，乐得再耽搁片刻。

“嗷！”

海蛇大吼，这里顿时地动山摇，雪浪汹涌，宛如发生了雪崩一般，景象骇人。

海蛇体形太大了，俯视着楚风，道：“可笑，你居然废掉了，变得这么弱不禁风，今天我要慢慢折磨你！”

这时，海族的人马都冲过来了，一个个十分兴奋地盯着楚风。这可是传说中的战神、魔王，现在居然废掉了，被自己这一方的人马堵在这里，真要是能除掉他，以后回到海中都算是惊人的谈资。

“好了，别退了，这里一切都交给我！”楚风对昆林山的小妖说道。因为，众小妖现在可是吓坏了，一个个脸色苍白，非常绝望。

“扶我一把，我身子还略虚弱。”楚风对身边一个小妖说道。

那个小妖都快要哭了，楚风都这样了，站都站不稳，还怎么去战？

“哈哈——”一群海族强者都大笑起来，无论是王级生物还是普通生物都面带嘲讽之色，能够看到传说中的楚魔王这副糗态，海族强者无比开心，异常兴奋。

“杂鱼，你还是滚过来吧！”海蛇冷笑道，张嘴间吐出十几米长的蛇芯子，令人惊悚。

楚风的肌肤有银光流转，他现在一点也不担心了，面带微笑道：“你们称呼谁是杂鱼？”

雪豹王看到他这个样子，心中有数，彻底放心了。

“滚过来！”海鳗怒道。

“自己滚过来领死！”其他海族强者也大叫着，都在取笑楚风。

“这么急着让我解决你们，也好，如你们所愿！”楚风动了，通体银光大盛。

“轰！”

雪地炸开，楚风冲了过去，速度都快达到六倍声速了，简直快得骇人，此刻的他比正常状态下还要厉害。

“啊！”

海狮大叫起来，他首当其冲，被楚风一拳击中，当即毙命。

下一刻，楚风腾空而起，双腿如同剪刀般扫出，令海鳗身体受创，在地上翻滚不已。

“砰！”

楚风落地的刹那，又将海鳗一掌劈死了。

“逃啊！”有海族强者大叫。

海族强者意识到，楚大魔王不是废掉了，而是在佯装。

“你太无耻了！”海蛇怒叫，“嗖”的一声逃窜出去。

就这么一瞬间，挣断了六道枷锁的高手就死了两个，怎能不让海族强者恐惧？其他海族强者也全都转身开始逃亡。

但是，海族强者怎么逃得了？楚风的赤色飞剑祭出的刹那，一道赤光腾起，横扫前方，各种海中生物当场毙命！

“轰！”

楚风腾空而起，追击海蛇，跟海蛇激战。在刺目的光芒中，那条跟火车一般长的色彩斑斓的海蛇最终被楚风在高空中斩灭，尸体“轰隆”一声砸在雪地上。

“想跑？”楚风看到一只扇贝想混在人群中逃走，那是最后一个挣断了六道枷锁的海族生物。

“轰！”

楚风早就盯上了它，此时他以六倍声速的速度冲了过去，直接将它打死了。

“噗噗噗——”

随着赤色飞剑腾起，数百个海族强者死去，震撼了昆林山众异类。

楚风担心自己的境界随时会跌落，所以毫无保留，全力以赴，恨不得在第一时间斩灭所有来犯的海族强者。

昆林山的小妖们都惊呆了，楚魔王发威，进行所谓的最后一战，真的不是说说而已。

最后，来犯的海族强者一个都没有逃走！

“海族……会不会发疯啊？”雪豹王神色古怪。海族的那些高手知道这里的结果后，估计全都要发狂。

此刻，就是昆林山的小妖都坚信，楚风没有废掉，一切都是佯装的。

这里的事传出去后，估计外界的人也会腹议楚风，下次他要是再说进行最后一战，面对他的人可能会直接逃走。

第165章 大雷音古刹

冰天雪地中，外界一点也不宁静，无数人都在热议一件事：楚风到底废掉了没有？

很多人一口咬定，楚风的身体绝对没出问题，一切都是佯装的。

“楚风，你太缺德了，我海族多少英豪在大意之下就被你斩了！”因为损失惨重，许多海族强者气得发狂，在海中撞开冰层，搅起滔天大浪。

有卫星捕捉到可怕的画面，临近汉河入海口和扬江入海口的区域，有大量的海族生物聚集。

“真是无耻，楚风，你不得好死！”一部分海族生物诅咒楚风。就没有见过这么不要脸的人，明明身体比蛟龙还壮实，却非要说自己废掉了，让成片的对手在大意之下死去。

一次又一次，这简直是故意设下圈套，等着海族往里跳。

就连陆地上各路人马也都一阵无语，所有人都觉得，楚风太狡猾，太会伪装，骗过了所有人。

“这次海族可真惨，覆灭的数百人马中，王级生物有十八个，其中四个是挣断了六道枷锁的生物，加上之前的青铜虎、海人、怪鱼三个王者，就这么几天，楚风就解决了海族一股超强的势力！”外界的人都在议论着。

雷天城内，玉虚宫之主正在揉太阳穴，感觉头痛不已。八景宫之主也无语，这太邪门了。

根据天师手札来看，被黑色物质侵蚀的生物绝对会废掉才对。

“楚风装得可真像啊，最后干净利落地解决了这么多海族强者，我想海族要气得不行了。”

就连史地剑宫的白鹤都调侃道：“真不愧是演过《牛魔大圣》的人，这次的戏演得太好了，连我们都骗过了。”

“楚风，你无耻，有种堂堂正正一战，这样算什么本事！”海族叫嚣着。

当然，感觉最憋屈、最愤怒的还是海族那些行动的组织者及情报的收集者。这次被玩惨了，海族的损失这么大，这些海族强者都没有办法向深海中的巨头交差了。

一些海族强者声讨楚风，向他挑战，约他在海边一战。

看热闹的不嫌事大，许多人起哄，并奚落海族，称海族强者完全可以去昆林山与楚风决战。

楚风觉得自己很无辜，在很久没有动用的自媒体平台上发文：“你们冤枉我了，我真的只是勉强进行最后一战。”

这个时候说出这种话，还一副很无辜的样子，让海族强者简直不能忍受，一个个恨不得咬死楚风。

冤枉？就是陆地上的群雄也都无语。

“楚风，我们与你势不两立，等我海族各族群接受完‘魔方’的传承，巨头终究会登岸去对付你！”

“楚魔王，你这个刽子手也好意思说冤枉，你还能再无耻一点吗？你都第几次说‘最后一战’了？”

海族怒骂楚风，但还是难以宣泄心头的愤怒，从来没有见过脸皮这么厚的人，坑完人还一副很无辜的样子。

“我觉得我真的不能再战了，这次应该是真正的最后一战。”楚风很快就有了回应。

“无耻！”海族一致大骂，说什么都不信了。

陆地上许多人也无语，这不是要气死海族吗？

昆林山，香气扑鼻，所有人都在大快朵颐，觉得十分舒坦。

房间中，楚风正在和雪豹王涮火锅，他一边吃一边道：“你看，我实话都告诉海族了，海族还不相信，估计不敢再来了。”

雪豹王眼神怪怪的，别说其他人了，就连雪豹王与昆林山的一群小妖也不信楚风身体有问题。

“算了，海族不会上当了，你也别使劲地坑海族了，海族真被逼急了，万一不顾一切地请出南域海老龙王那等强者，会出大事的。”

楚风也无语了，怎么连身边的人都不相信了？

很快，他就接到了父母、太极老宗师、千里眼杜怀瑾等人的信息，大家都数落他，说他装得太像了，让他们白担心了！

楚风目瞪口呆，哇哇叫道，他说的是实话！

“谁信啊！”姜洛神还特地跟他通话。

昆林山彻底宁静了，外界人马打死都不敢来试探了。

之前，老僧人等去探古刹并且一去不复返的消息泄露，有人觉得昆林山会出大事，甚至易主，可现在，昆林山依旧固若金汤。哪怕昆林山诸王真的回不来了，有楚魔王坐镇，依旧无人敢闯昆林山！

现在外面有很多传言，说老僧人、夔王等可能发生了意外，已经死在了布拉卡纳山，因为二十多天过去了，他们还没有回来！

事实上，楚风也急了，担心黄牛等遇到了危险。

“不行，我得动身去看一看，或许能接应他们出来！”他想赶到布拉卡纳山的那座古刹中去。

冰雪中，楚风研究那本关于场域的古册，将里面记载的大量符号都烙印在脑海中。随后，他在昆林山中行走，借助这里的地势研究场域，参悟那本神秘古册中的各种符号。

事实上，这二十几天来，他就是这么过来的，他像是入了魔，对场域的研究颇有心得，钻研透了很多符号。

此时，他来到“死神之谷”，也就是可释放雷电的场域所在地，一寸土地一寸土地地丈量，再次仔细地研究。

因为，他想去接应黄牛等，那座古刹很特殊，有雷音震耳，多半涉及场域，涉及大量雷电符号。

“死神之谷”给了他极大的启发，毕竟是现成的场域，很好反向推理。他在这片地带的山石与地下土层中发现了一些奇异的符号。

同时，这里有青铜柱子，被锁链缠绕着，可以置于地下深处，改变地磁强度，释放出非常恐怖的雷电。这根青铜柱子被楚风研究过成百上千遍了，上面的纹路等都被他钻研得差不多了。

次日，楚风决定上路，这件事耽搁不得，黄牛、老僧人、獒王等一走就是这么多天，可能真的出事了。

楚风现在的实力忽强忽弱，真的不宜踏足险地，但是没有办法，他很焦急，想去救人。

同时，这一次他所要倚仗的是场域手段，而非自己的战力，这是一种全新的挑战，他一点把握都没有。

“雪豹王，你送我去吧。”楚风早已跟雪豹王谈过这件事，两人一起动身。

“你的身体真的……”直到后来，雪豹王才相信，楚风的身体真有问题。

“无妨，走吧！”楚风说道。

楚风与雪豹王一走，昆林山就真的空虚了，不过楚风在这里战出了威风，一战消灭了那么多海族强者，短期内没人敢来。在外人看来，楚风就是一个“坑货”，正在张开口袋，等着各路敌人往这里钻呢。

这一次，楚风与雪豹王动身，非常注意保密，怕走漏风声而引发变故。

雪豹王化出本体，在冰雪中飞奔，载着楚风翻山越岭，如履平地。雪豹王是在西部地域诞生的，对这里的地势太了解了，闭着眼睛都能飞奔。

天地剧变后，昆林山到布拉卡纳山的路程变长了，且途中大山无数，雪地难走，可是在这天晚上，雪豹王还是赶到了。

如果是一般的猛兽在这种天气下远行，估计在半路上就会多次掉进冰窟窿，或者摔到山崖下去。可雪豹王对这里的地势太熟悉了，一路上都很顺利。

雪豹王展开一张兽皮地图，上面有昆林山诸王留下的标记。昆林山诸王动身前，早就派人将相关地点打探得清清楚楚了。

布拉卡纳山气势磅礴，十分雄伟。天地剧变后，这里的雪山直插天宇，雪雾弥漫，宛若连着域外，站在山脚下根本看不到山巅。

“应该就在附近。”已经化成人形的雪豹王有点担心楚风的身体，问他现在是否要休息。

“不用。”楚风摇头。同时，他亲自开弓，在雪山中射出一箭。

这很有讲究，因为他在运转大雷音呼吸法，让大雷音弓产生共鸣，箭矢飞出时，更是发出雷音。

山脉中，有雷音回应，有雪崩发生，还有悠长的钟声响起。

同时，楚风与雪豹王看到了佛光，在夜里，那佛光非常明亮，从山脉中显现出来，笼罩了很多座大雪山。

“当——”

钟声洪亮，在山脉中激荡着，犹如警世之音，仿佛可以涤荡人的心神。

“这里真是了不得啊！”楚风心惊不已。

很快，他们看到了一座古刹，也看到了岁月斑驳的痕迹。古刹原本被冰雪掩埋了，但佛光普照后露出一角。

“当——”

临近古刹后，钟声再次响起，点点淡金色的佛光激荡，让楚风全身都跟着震动，骨节噼啪作响，像是要被净化一般。雪豹王则身体痉挛，面孔雪白，佛门的能量像是天生压制异类。

钟声消失后，这里光线暗淡。

楚风没有妄动。

夜晚的布拉卡纳山很冷，冰寒刺骨，黑暗的天空中飘落下小雪花，狂风呼啸，像是有龙在叫，有虎在嚎。

古刹挨着山体，是用黑乎乎的石头堆砌起来的，如今只露出一角，经过时光的冲刷，岁月的敲击，看起来很陈旧，不知道经历了多少个时代。

“据说，这座古刹有六七千年的历史了。”雪豹王说道。

当初，昆林山大决战，孔雀王、金乌王一路追击来自梵杜国的古瑜伽大师梵林，在路途中发现此地。两只绝顶禽王想进去，结果遭受重创，最后带走几块砖石，回去后请专人检测，得出了此地已存世数千年的结论。

楚风的骨头不再响了，他谨慎地迈步，在这片地带观察，并开始清理积雪。

古刹很大，上方挂着一块铜匾，尽显肃穆与庄严，哪怕在夜晚也有一种磅礴的气势扑面而来。

铜匾上没有文字，只刻着一棵菩提树。在佛教中，这是智慧之树。

“那个时期还没有文字出现吧？”雪豹王说道。

楚风摇头道：“历史断层，许多事都说不准。”

在这个过程中，他与雪豹王都没有动用体内的能量，因为他们发现在这个地方一旦轻举妄动，就会引起古刹共鸣，佛光漾出。

如果这座古刹在天地剧变前被发现，被那些科学家得悉，估计是天大的新闻，要被反复研究。

现在楚风虽然吃惊，却不会过于震撼与不解，连异类都开口说话了，还有什么是不可能的?

“让人忧心啊。”雪豹王叹道。老僧人等都消失二十几天了，到现在还没有出来，实在让人心焦。

楚风也皱着眉头。古刹中静悄悄的，听不到一点动静，像是一片没有生机的地带，很难不让人生出不好的联想。古刹很大，可如果里面有人的话也不至于一点声音都传不出。

古刹门紧闭着，门是由青铜皮包裹着菩提木做成的，有些地方的青铜皮已经脱落，可露出的菩提木却没有腐烂。

清理完积雪之后，楚风在附近反复丈量，研究这里的地势，结果毋庸置疑，这里的地磁很离谱，有时强得吓人，有时则很弱。

“这里有天然的场域，只需要稍微布置一下，就能吸附天地间游离的能量，形成种种奇异的景象。”

楚风最近研究那本关于场域的古册，已经完全入门，他在这一领域非常有天赋，甚至比走进化之路天赋还要高。他现在的底子已经不弱，甚至可以说眼光独到，即使不能洞悉究竟，也能揣摩出一二。

此时，夜色已深，天地间十分黑暗，不过，雪地多少还泛着些微光。

“我进去看一看，你等在这里。”楚风走向古刹门。

雪豹王跟上，道：“不行，你的身体出了问题，我与你一起进去，还能够有个照应。”

楚风摇头道：“能否安然闯进去不是实力强弱的问题，老僧人修为那么高，可到现在都没有出来，你跟我去冒险没什么用。”

古刹的门被推开，“嘎吱嘎吱”的声音在寒风中有些刺耳，像是打破了雪山数千年的死寂，一缕又一缕淡金色的光从门缝中透出。这略显诡异，外面黑暗，古刹中居然有光透出。

楚风没敢动用能量，因为他此前已经领教过那仿佛可以涤荡人心神的阵阵钟声，一般人很难承受。

他猛力一推，古刹的门彻底开启。

“咦？”楚风觉得很惊奇。

古刹中一片光明，淡金色光辉普照，地上有干涸的泉池，有枯死的菩提树，还有破烂的铜钟，更有残缺的钵盂、断掉的降魔杵等。

这里没有冰雪，温暖如春，像是一个完全不同的世界，显得神圣而安宁，只是那些事物都是残破的。总的来说，这里宛若被神祇放弃的道场，残破，寂静，却也光明。

雪豹王也跟着进来了，顿时面露惊容。

在外面看时，这座古刹是封闭的，到处黑乎乎的，没有院墙，看不到院子，门的后方就是一座殿。可是进来后发现另有乾坤，这里很暖和，没有风雪，抬头看向天空，连天空也是淡金色的。

“结界！”楚风说道。

古刹内设有结界，使这里另成天地，与外面隔绝开来。

在这里，雪豹王不由自主地轻颤着，佛门的能量对异类的压制还是很明显的，虽然神圣，却也可怕。

楚风还好，虽然也体会到了无形的压力，但不至于像雪豹王那样。

“不行的话，你先出去吧，我自己去寻找他们。”楚风说道。他看出雪豹王状态不佳，身体绷紧，都快显出本体了。

“轰！”

随着雪豹王的抗争，那压力越来越大，最后大钟再响，雪豹王满身都是汗水，几乎要瘫软在地上。

“嗡！”

关键时刻，楚风背后发光，正是那张大雷音弓，柔和的光辉从那里扩散开来，笼罩住楚风，也笼罩住雪豹王，让雪豹王瞬间安静下来。

楚风和雪豹王惊异不已，大雷音弓虽然不凡，但也不是那种威力巨大的无上兵器，想不到在这里竟有妙用。

“佛门的能量对拥有佛门器物的人还算温和，不会压制。”楚风猜测，也只能是这个原因。

“算了，我就不进去了，在外面等你，一件佛门器物不见得能庇护我们两个。”雪豹王怕拖累楚风，便开口道。

“你在外面离得远一些，我担心一会儿有什么变故。”楚风提醒道。

“好！”雪豹王说完，转身离去。

随着雪豹王离开，钟声又消失了。

楚风向里走去，此地光明而祥和，若非断壁残垣，瓦砾遍地，各种器物都是破损的，真像是仙家净土。

前行三百米后，楚风看到地上有古意盎然，却早已四分五裂的木鱼，石佛则通体乌黑，像是被血浸染过。这里有些不一样，带着诡异的气息！

楚风心头骇然，更加小心，当年这座古刹被舍弃，或许有什么隐秘的危险。

“咔嚓！”

当楚风再次迈步时，雷电突然在虚空中出现，将他打得一个踉跄。还好，这不是致命的攻击。

楚风神色凝重，倒退出去，结果这里又安静下来。他开始观察这里的每一寸土地，研究这片漾着佛光的废墟。

地面干裂，瓦片像是金属般，断壁冒出一缕又一缕朦胧的烟气。地上坑坑洼洼的，废墟下有一些乌黑的磁石，部分埋在地下，部分露出地面，但都破碎了。

楚风心头震颤，蹲下来仔细研究这些磁石，这可能是布置场域的材料。磁石乌黑锃亮，上面都有纹路，但是已经毁掉，不知道是什么力量导致磁石破损，纹路断开。

他转了一大圈，发现这片地带的废墟下有数十块磁石，只有一块还算完好，其他的都不成样子了。

也就是说，这里的场域力量不过原来的数十分之一，但还能释放雷电，这何其可怕！

楚风倒吸了一口凉气。他很难想象，当所有磁石都完好时，这片地带是怎样的景象。

楚风深吸一口气，再次迈步，顿时，电光闪耀，雷电击落下来，打得他身体摇晃，身上出现焦黑之处。

他快速移动脚步，利用从那本关于场域的古册中领悟到的东西寻找生路。果然，再挨了几道雷电后，他摸索到了门路，在这片废墟中迂回向前，走出去一里地远，没有再遭雷击。

不过，再往里后，他脸色变了。

前方有破烂的石像，都离地数米高，悬浮在半空中，一动不动，十分诡异。这片遗迹中，雷音震耳，佛光交织，摄人心魄。

“当年这里发生过战斗，所以佛族放弃了这片道场。”楚风神色凝重，猜测道。

这片地带的场域还有部分残存着，可以吸附天地间的能量，使各种器物悬空，同时这里也越发危险了。

楚风察看地势，附近的地面也是坑坑洼洼的，有乌黑的磁石，虽然百不存一，都破烂了，但依旧能形成场域。

楚风相信，昔日这里一定繁荣昌盛，佛光普照群山万壑，因为这里的磁石完好的话，场域之能不可想象。

楚风钻研了很久，才又开始迈步。“轰”的一声，一道雷电落下，将他打得横飞而起，身体差点被击穿。

他脸色变了，这里残存的场域相对过去来说微不足道，但依然可以致命。

庆幸的是，他背后的大雷音弓发出柔和的光，帮他化解了一部分佛门能量，不然，他的身体说不定真会被击穿。

落地的刹那，楚风更加小心，仔细推演，寻找生路。

“老僧人身上有袈裟，那可不是凡品，黄牛说老僧人还曾去寻找传说中的佛门兵器，或许正是因为如此，他们才能走到这片遗迹深处去。”楚风认为，黄牛、老僧人等跟他一样，身上有佛门器物庇护，应该不会在这里遇险。

接下来的路上，雷音震耳欲聋，在楚风的耳边响个不停。他小心地迈步，对这里的场域布局惊叹不已。

若非这里破损严重，地下的场域符号百不存一，他必将寸步难行。如果有三两块磁石完好，这里的场域威力必定会大数倍，王级生物进来也会被打成灰烬。

楚风一边走一边研究与琢磨，赞叹不已，近乎痴迷。这地方太不一般了！他不断记下这里的场域布局以及各种残破的场域符号，想着回头去跟那本古册记载的内容相印证！

不知不觉间，他竟然走了十里地，途中也曾被雷电击中，还好大雷音弓帮他化解了死劫。

“只懂得场域也不行，还要有佛门器物护身，不然，这里哪怕已经残破，对现在的王级生物来说也是绝地，贸然进来的话必死无疑。”

沿途凶险无数，楚风仔细算了一下，若是无大雷音弓在手，他已经死十次以上了。

十里佛门净土终于到了尽头。

这片地带，一簇又一簇佛光在跳动。透过佛光，他依稀看到一些熟悉的身影，横陈在瓦砾与残破佛像间。

他真的寻到了他们！不过，佛光太炽烈了，他看不真切，只能大概看到他们的轮廓。

楚风心一沉，他们还活着吗？

“那是……”随后，他脸色大变，因为他看到最深处竟有一道身影盘坐着，发出金光，异常绚烂。

那是一个金身菩萨级进化者！

隐约间，他闻到了一股清香，那是肉身无瑕、成圣成佛的气息吗？

那里有一棵菩提树，粗大无比，那金身菩萨级进化者就盘坐在树下。旁边还有一个人，身穿盔甲，似乎比金身菩萨级进化者还要强大。

更让人心惊肉跳的是，那身穿盔甲的人手持一杆战矛竟刺穿了那金身菩萨级进化者的身体，那金身菩萨级进化者则一指点向那身穿盔甲的人的眉心。

楚风身体僵硬，他到底来到了什么地方？

第166章

梦醒时分

金身菩萨级进化者盘坐在菩提树下，肉身带着清香。旁边那身穿盔甲的人疑似妖圣降临，这实在太诡异了！

楚风心头剧震，感觉到一股惊人的气息从对面铺天盖地而来，若非关键时刻，他在地上刻下了一个符号，估计他都承受不住了。

这是场域的手段，那股惊人的气息沿着他的双足导入他的身体中，他抵抗住了压力，此时的他仿佛融入了这片佛门净土。

对面，那棵粗大的菩提树六七个人都合抱不过来，可惜早已枯死，没有一片叶子，枝杈都快要腐朽了。在过去，那多半是一棵神树，但它一直以来承受着莫名的力量，早已变得脆弱不堪。

“怎会如此？”楚风观察着，那金身菩萨级进化者与疑似妖圣的人一动不动，像是雕塑般定在那里。

恐怖的气息铺天盖地，若非他脚下有一个符号，他多半会承受不住，被压制得倒在地上。

“嗯？”想到这里，他看向附近，昆林山诸王倒了一地，该不会都是这样被压制的吧？他们是否会有生命危险？

楚风有些焦急，却强迫自己冷静下来，他知道过去了这么长时间，如果有危险，一切都应该已经发生了。

楚风迈步，每前进一步都会在地上刻写符号，不然，他怕自己被那股气息压制，会承受不住。气息的源头自然是在金身菩萨级进化者与疑似妖圣的人那里！

沿途，一簇又一簇佛光在跳动，像是篝火在燃烧。

来到近前后，楚风大吃一惊，他看清了那一簇又一簇佛光究竟是什么，那是晶莹的小颗粒，在燃烧着，历经数千年不灭。

这不会是舍利子吧？难道这里曾有舍利子炸开，散落得到处都是，化成佛光，形成光焰，漫长时光过去了，还没有熄灭？

当年完整的舍利子得有多强，残余的一丝丝都能释放出这么惊人的能量，实在骇人。

楚风仔细感知，觉察到这片佛门废墟大半的能量是那炸开的舍利子提供的。还好它的能量很祥和，没有伴着杀气，不然，这里真的会成为一片绝地。

楚风倒吸了一口凉气，真正体会到了古代大能有多么恐怖，自己与他们的实力差距太大了。

他盯着那一簇又一簇佛光，佛光中像是有一个金身老僧盘坐着，很模糊。

“金身罗汉级进化者！”楚风猜测，那颗舍利子属于金身罗汉级进化者，并非属于那金身菩萨级进化者。罗汉级进化者的舍利子就有如此大的能量，还真是让他生出了一阵无力感。

他想到了黄牛的话，所谓逍遥境界的强者，到了能量强度较高的世界也只能算是一个小妖。

昔年此地一定发生过大战！

终于临近那些熟悉的身影，楚风看到了马王，如今马王化成了一匹汗血宝马，通体赤红，没有一根杂毛，不过体形不是很大，只比普通的马高上两头而已。

同时，他看到了一只如玉石般晶莹剔透的蜘蛛，有人头那么大，他知道这是盘王。

接着，他看到了一只高达三米的黑熊，这应该是熊坤的爷爷——黑熊王。

“都化出了本体？”楚风皱眉。到了近前后，他蹲下身来，发现诸王还有呼吸，并没有死亡，只是陷入了沉眠中。仔细检查后，他发现诸王体内失去了所有能量，跟普通的飞禽走兽没什么区别。

楚风心中生出一种不好的预感，难道诸王被打回原形，削弱境界，彻底成为普通的飞禽走兽了？

这让他心一沉。

“黄牛！”楚风终于看到了黄牛，小家伙也是如此，不再是人形，一米多长，通体金黄，长毛光滑柔顺，像是由黄金铸成。

黄牛呼吸平稳，可怎么摇晃都不醒，身体中也没有一丝能量，跟普通的走兽没什么区别。

楚风心都凉了，看着满地的兽王本体，又看向那棵干枯菩提树下的金身菩萨级进化者与疑似妖圣的人，他们都一动不动。

随后，他看到了獒王，獒王也跟其他兽王一样，被打回普通野兽状态，化成了一只身体健硕、皮毛光亮的藏獒。

瓦砾间，废墟上，满地都是飞禽走兽，昆林山诸王全都化出了本体，不能保持人形。

只有一个例外，那就是老僧人，因为他原本就是人。他披着袈裟，盘坐在那里，身体枯瘦，肌肤松弛，闭着眼睛一动不动。

老僧人身为佛门高僧，在这里也中招了，虽然还有呼吸，但是一身无敌的能量消退得干干净净！

在老僧人的旁边，一只狮子显得很威猛，躺在那里一动不动，那是老狮王。

“这是怎么回事？”楚风心头沉重。没有一个王者清醒，也没有一个王者还保留着强大的进化能量，难道威名赫赫的昆林山诸王都废掉了？这实在糟糕透顶。

“黑老大，虎哥，你们都给我醒一醒！”楚风来到大黑牛近前，摇动大黑牛的躯体，又拍拍西伯利亚虎王的脑袋。

随后，他又踹了驴王几脚。驴王现在也化成了本体，就是一头普通的毛驴。

可惜，大黑牛、西伯利亚虎王、驴王都毫无反应，哪怕使劲摇晃都没用，就是不醒。

楚风释放出精神能量，深入其躯体去呼唤，也毫无用处。

他头都大了，这都是怎么了？

楚风起身，抬头看着最前方的菩提树，或许一切的根源都在那里吧！他背着大雷音弓，手持金刚琢，向前迈步。

“轰隆！”

突然，他睁大眼睛，身体僵硬，感觉难以置信。就在那前方，仿佛开天辟地般，发生了惊人的变化。

六七人都合抱不过来的菩提树原本枯死了，现在却在发芽，生机勃勃，刹那间绿光漫天，并且，那菩提树上出现了佛光，青碧的叶片间金光四射。

“怎么回事？”楚风心神悸动，双目无法移开了。只见在那枝叶间，一部又一部古书出现，“哗啦啦”地自动翻页。接着，诵经声震耳，让他的精神都要跟那菩提树连接在一起了。

“神秘呼吸法吗？”他略微失神，盯着那棵菩提树。

随后，他迷惘了，全部的精神陷入进去，跟那菩提树融合在一起。

“不对，我的肉体能量、精神能量都要被抽干了，要没入那菩提树中，这是……”楚风在失神时，想到了黄牛、老僧人等的状态，赶紧强迫自己摆脱那种牵引之力，试图挣脱出佛光旋涡。

“不行！”他大喝。

然而，一个金色的佛光旋涡涌来，还是将他吞噬了。

“小风，醒一醒！”隐约间，他的耳畔传来焦急的带着伤感的呼唤声。

也不知道过了多久，楚风睁开眼睛，看到阳光透过窗户照射进来，而他正躺在床上。这里一片洁白，像是病房。

楚风坐了起来，心中满是疑惑，自己怎么到了这里？他的头有些疼，许多记忆都像是模糊了。

“啊，小风，你终于醒了！”他的母亲王静进入病房，看到他醒来，欣喜得手中提着的东西都坠落在地，快速来到近前，脸上带着泪痕，又哭又笑。

“妈，您怎么了？别哭啊，我没事。”楚风劝道。

“孩子，你让我们担心死了，一个人跑到西部去旅游，结果昏迷在沙漠边缘，吓死我们了。”王静哭着，这样说道。

“啊？”楚风大吃一惊，自己去旅游，然后昏厥在西部区域？

“是啊，一位老牧民救了你，然后我们赶到西部区域，将你送进医院。都大半年了，你一直在昏睡中度过。”王静情绪波动剧烈，眼泪不断落下。

楚风蒙了，这是怎么了？一些记忆浮现，他以前的确去西部旅游过，还去了昆林山，而后天地剧变，发生了很多事。

“妈，不对啊，我最后应该是昏倒在一座古刹中，那里佛光普照……对了，黄牛和黑老大怎样了？”他赶紧询问。

“你在说什么？昏迷时，你就一直在梦呓，有时会说出一些莫名其妙的名字，怎么现在苏醒了还这样？儿子，你怎么了，还认得我吗？”王静一脸担忧之色。

随后，医生来了。

“病人的头颅被撞伤，由于受过剧烈刺激，精神方面有些障碍。不要急，会慢慢恢复的。”医生为楚风全面检查，最后悄悄对王静说了这样一番话。

“我体内的能量呢？我的赤色飞剑，还有困扰我的黑色物质呢？”楚风万分不解。

随后，楚致远来了。

接下来的几天，楚风彻底蒙了，他强烈要求出院，出院后，他了解到这个世界从来没有剧变过，变的只有他，他曾经在西部受伤，昏倒在那里。

半个月后，父母跟他谈心。

“孩子，别多想了，会慢慢恢复的，或许，在昏迷的那段时间，你有过一段莫名的体验。”

接下来的几个月里，楚风略显忧郁，无论走到哪里都想寻找天地剧变的痕迹，但是最终他失败了。

这是一个真实的世界，不是梦境，没有虚假，他就是一个普通人，黄牛、大黑牛等一切都不存在。

楚风迷茫，黄牛、大黑牛和进化之路，以及最后的布拉卡纳山之行，都是假的，现实中根本不存在这些人与事。

“有平行宇宙，或许，你的精神曾游历到另一片时空，最终又回来了。”一位专业人士跟他交流时这样说道。

“不可能，不可能，不可能！”楚风忍不住了，不断大叫。

可是，他所记着的呼吸法没有用处，他身上并没有所谓的能量，不能在这个世界进化。

就这样，他浑浑噩噩地过了一段时间，最终接受现实——他曾经有过一段莫名的体验，虽然感觉很真实，但只是虚幻。

不久后，楚风去工作了，接下来一切都如普通人的生活一样，他结婚，生子，然后慢慢变老。

数十年过去后，他白发苍苍，但是依旧不能忘记自己曾经有那么一段经历，那是他的心结。

“这就是生活，平淡却真实。”有一天，他走不动路了，虽然还是感到遗憾，还是不能释怀，却也不得不轻叹，这样的生活才是正常的、真实的。

“不是这样，不应该是这样！”弥留之际，他还是不甘心，努力大喊着，虽然声音微弱，但是精神波动剧烈无比。

“回去，我要回到真正的现实中，这该死的梦境！”最后的关头，他不管不顾了，哪怕生命走到了尽头，他也坚信，曾经的那些是真实的。

“砰”的一声，楚风身体摇晃，睁开眼睛，发现自己离菩提树不算很远，自己还年轻，不远处有一些飞禽走兽。

“菩提树，又称悟道树，可以让人悟道。”楚风看着那棵菩提树，此时，它的叶片在凋零，在腐朽，不久后，它回归到干枯状态。

“悟道树变成了让人怀疑自身道缘的树，我心中始终对自己的进化之路有疑惑，今天这种疑惑被它无限放大了。”楚风自言自语。

那场梦境般的经历让他心悸，让他庆幸，也让他惊悚，他心情复杂。

可以想象，无论是黄牛还是老僧人，心中对道的疑惑一定被无限放大，如今迷失在了梦境中。

他看向大黑牛、西伯利亚虎王、老狮王等兽王，这些兽王心中最大的疑惑就是，自己原本为普通野兽，为何能进化成为高级生命体？

这些兽王都化出了本体，因为其否定了自己？楚风悚然，这里看似祥和，实际上极其危险！

菩提树下，那金身菩萨级进化者已经清晰可见，他很年轻，带着慈悲神情，身体被战矛刺穿，而那疑似妖圣的人高大挺拔，被一指点中，眉心滴血。

他们为何凝固在这里？

此时，楚风体内的黑色物质转化成银色物质，而后又快速转回黑色物质，频率高得惊人。

同时，他听到了诵经声，那是大雷音呼吸法？这里有完整的传承？

诵经声触动了楚风的灵魂。在当下的进化之路上，他最希冀的是什么？毫无疑问，是一种顶级呼吸法！这关乎他未来的路。

前方，近乎腐烂的菩提树上浮现出一些经筒，里面放着一些经卷，经筒轻轻摇动，阵阵诵经声传来。

楚风排除杂念，不去聆听其他诵经声，只专注一种声音，那可能真的是大雷音呼吸法！他心中悸动，身体绷得笔直，仔细捕捉那诵经声，四肢百骸都跟着共鸣，发出雷音。

那菩提树很神秘，昔年是悟道树，枯死后被人逆转，能坏人道行，可现在上面依旧挂着经筒，能传下法门。这有点诡异。

楚风用心铭记，起初的法跟他从大雷音弓中获取的相近，这应该就是那种无上传承！

现在，楚风肉体在呼吸，精神亦如此，两者交融。他修习过大雷音呼吸残法，现在运转起来毫不滞涩，体内血液随诵经声而起伏。

但是，他也注意到一个问题，在干枯的菩提树上，传承大雷音呼吸法的经筒是破烂的，露出了里面被人撕去一半的经卷。

这让他心一沉，不过现在他也管不了那么多了，只能先记下眼前这些。

如今这个世界上只有一些粗陋的法，而且少得可怜。

可是，在一些强大的世界，每个道统掌握的呼吸法都不止一种，核心弟子都会数种呼吸法，兼并修行，好处巨大，可以提高进化效率。

现在，传说中的大雷音呼吸法出现，怎能不让楚风心中激动？如果他掌握了完整的大雷音呼吸法，跟黄牛教给他的特别的呼吸法配合修行，好处实在太大了！

不过，他在运转呼吸法时，身体中的那种物质也越发疯狂了，黑色光辉与银色光辉不断闪烁，转化频率高得吓人。楚风自己都心惊不已，感觉情况不太对劲。

当黑色物质出现时，他体内的能量弱到极点，实力跌落下王级境界，冲着进化者最底层而去，让他担忧。而当银色物质出现时，他体内的能量达到最强，简直像要挣断第六道枷锁，再次进化，血液奔涌如江海，心脏跳动如打鼓，十分惊人。

黑色物质压制他体内的能量，恨不得把能量磨灭得干干净净，银色物质则帮他恢复能量。

时间不长，那诵经声变小，破烂的经筒中那经卷已经翻到了最后一页。

楚风意犹未尽，总觉得欠些火候，恨不得攀到树上去摘下经筒看个仔细。

他在原地站了片刻，回头看向黄牛、老僧人等，他们依旧没有醒，这让他皱眉，怎么才能让他们苏醒过来？

他抬头看向菩提树，一切都应该跟它有关，怎么才能破解？

楚风确信，如果不是来到此地后看到黄牛、老僧人等的状况，心中警醒，或许他也会沉眠，至今都醒不过来。因为提前警觉，有了戒备之心，他才能快速摆脱困局。

“既然跟菩提树有关，我去撼动它，说不定就能改变眼下的状况！”楚风决定冒险。他向前走去，每迈出一步身体都剧烈摇晃。他在地上不断刻下场域符号，以化解压力。

因为，那菩提树下的两道身影散发出来的气息太恐怖了，压得虚空都裂开了，无法闭合。

在此过程中，楚风体内物质的转化更惊人了。到了最后，黑色与银色交织，他的身体渐渐变成灰色，毛孔中弥散出古怪的雾霭。

“轰！”

楚风终于到了菩提树近前，但是，他也遭受了重创，周身都是裂痕。

那菩提树下的两道身影太强了，散发出的丝丝缕缕的气息简直要崩开这十里佛门净土，让人窒息。

楚风在地上刻下密密麻麻的符号，以化解压力，但他还是负伤了。他大口喘气，鲜血从体表的裂痕中渗出。

他从来没有遇到过这种事，不是在战斗中负伤，而是被某些生物的气息压制到这个程度，实在骇人。

“挣断枷锁，看来根本不够啊。”楚风叹道。

很快，他浑身起了一层鸡皮疙瘩，因为那金身菩萨级进化者与疑似妖圣的人变化了。

两大强者原本栩栩如生，可是现在却慢慢融化、瓦解，最后彻底消失了。那锃亮的盔甲、锋利的战矛也是如此，都化成点点碎光，消失不见。

在那原地，只有两滴血出现在土石间，那两滴血虽然没有干涸，但没有光泽，缺少生机。

一切都是两滴血造成的？刚才所见的金身菩萨级进化者与疑似妖圣的人都是两滴血显化出来的？那个层次的生物到底有多强？楚风心中悸动，两滴暗淡无光的血而已，还能有这种威能，实在令人惊骇。

两滴残血，就压制得他浑身裂痕密布，如果真身降临，那简直不敢想象。

“哧！”

楚风轻轻摇动垂落到近前的菩提枯枝，他没敢动用赤色飞剑，也未使用金刚琢，因为他不知道损毁菩提树是否会带来不可预料的后果。

要知道，之前他的意识曾被菩提树上的佛光旋涡吞噬，他担心昆林山诸王的意识也在这棵干枯的菩提树中。

然而，哪怕他只是轻轻摇动枯枝，还是传来了枝杈断裂的声响。而这时，菩提树上的经筒和经卷都消失了。

楚风回头，看向昆林山诸王，依旧没有什么动静。

此时，他身上的裂痕更多了。他咬牙前进，绕过那两滴血，到了树干另一侧，开始捶打那六七人都合抱不过来的树干。

“砰砰砰——”

苍老的树皮脱落，粗大的菩提树轻轻颤动。

楚风身体剧痛，体内的物质转化得越发疯狂，让他的修为不断上下波动，一会儿仿佛要挣断第六道枷锁，一会儿又仿佛要衰退成普通人。

“父亲，祖父，你们都不要死啊！”忽然，楚风听到了黄牛的叫声，黄牛在梦呓！

“我不想踏上那条路，不要那样的机会，我只要你们活着，我在这个世界也能成圣做祖，为族人找到活路！”黄牛已经化成小男孩的样子，呈半苏醒状态，闭着眼睛，在伤心哭泣，满脸泪水。

楚风一怔，看似纯真的黄牛心中竟然藏着这等秘密，其族人似有灭族之祸，需要黄牛寻找活下去的路。

楚风明白，黄牛有着外人不知道的秘密，那是黄牛的“软肋”，令黄牛陷入了伤感中，迷失在梦境里。

不久后，黄牛一骨碌坐了起来，睁开眼睛，快速擦去泪水，向左右看了又看。

“楚风？”黄牛的小脸上写满惊容。

楚风对黄牛笑了笑，没有提黄牛落泪的事，他知道黄牛可能不愿意被人知晓心中的秘密，至少现阶段装作不知吧，以后如果能相助，他会竭尽所能。

楚风继续捶打菩提树，很快老僧人坐了起来，也苏醒了。虽然老僧人眼神暗淡，体内没有能量，但是可以感觉到，他像是坚定了某种信念，整个人的气质都不同了。

楚风的双手，虎口等处早已裂开，身上也是如此，伤痕累累，都是被那两滴血压制所导致的。

“楚风快回来，不要继续了！”黄牛呼唤着。

老僧人也口诵佛号，让楚风回来，以楚风现在这种状态，他再继续下去的话必死无疑。

楚风摇摇晃晃地起身，踉踉跄跄地沿着原路往回走。他想救人，但不想死在这里，他已经尽力了。

这里太可怕，连夔王都没有醒来，号称无敌的老狮王也依旧一动不动，只有黄牛与老僧人苏醒了过来。

楚风回来的刹那，就坚持不住了，一头栽倒在地上。

“这棵菩提树不能妄动，我们也不能带走诸王，只盼有一日诸王能自己醒来，或者下一次我们更强时，再来此地唤醒诸王。”老僧人说道。

黄牛点头，同意这个选择。这地方对他们来说太危险了，此时的黄牛与老僧人一身能量消退得干干净净，就是一介凡人。这里毁人道行！

菩提树被人逆转，起到了相反的效果，不助人成道，反倒斩人根基。

“下次我再来救你们。”楚风虚弱地说道。他现在的状态非常糟糕。

“怎么回事，那里出现了一座庙宇？”黄牛惊诧出声。在那菩提树后面，竟出现了一座恢宏的庙宇，散发着无量佛光。

这座庙宇是无声无息出现的，在庙宇前，一个又一个经筒并列放置着，里面有一卷又一卷经书。

楚风瞳孔收缩，他看到了一个与众不同的经筒，目光难以移开。那经筒是以石头挖刻而成的，十分特殊。

“走吧！”老僧人意志坚定，看了一眼就低下头，不再凝视。

黄牛也轻叹，这是巨大的诱惑，也是致命的，凭他们现在的状态，如果前去，必死无疑。

楚风没有说什么，只是看了又看。

老僧人与黄牛在地上刻字留言，而后扶着楚风沿着原路往回走。他们身上都有佛门器物，一路上有惊无险，最终推开那包着青铜皮的斑驳木门，走出古刹，脱离了这片十里佛门净土。

“终于出来了！”雪豹王急坏了，在这里坐卧不宁。

“过了多久了？”楚风问雪豹王。因为他看到阳光都出来了，风雪已经止住，显然时日不短了。

“已经九天了。”雪豹王告知楚风。

在这九天中，外界发生了各种大事件。

“海族要召开盛会，给陆地上的强者都送了请帖。”

第一件事就让楚风他们深感诧异，他也是被邀请的人。

第167章

万物进化

天地回暖，万物复苏。昆林山，老树发芽，草木清新，到处一片嫩绿。

九天可以改变很多事，在这九天中，风雪彻底消退，遮蔽天空的云朵散开，阳光照耀大地，到处充满了春天的气息。放眼望去，草木郁郁葱葱，生机勃勃，而且，所有植物都多了一股灵气，叶片泛着光泽，游离在天地间的能量增多。

各地都如此，整个世界在剧变。就这么几天的时间而已，异人与异类的数量激增，大批生物觉醒，成为进化者。

不过，这并非没有代价，一场大雪覆盖了大地，严寒持续了那么久，世间起码有三分之一的人死去。这是一场前所未有的大灾难。

大灾过后，为避免疫情出现，各地都在行动，火化尸体。多日以来，各地号哭声不断，许多人失去了亲人。

数日过去，悲伤还在持续，从来没有这样的天灾，全世界人口大大减少，许多家庭支离破碎。

楚风心头沉重，死的人真的太多了，但他无力改变大环境，天地那样的剧变实在非人力可以逆转。

现在万物复苏，各地都生机勃勃。最显著的变化是，异草、异树多了十倍不止，进化者每一天都在大批增加。

有人猜测，照这样下去，这个世界上所有生物都会走上进化之路，到时候就没有普通的生物了。

各座名山上，灵气氤氲，所有枯萎了的古树都在发芽，有朝一日必然硕果累累。

冰雪消融后，田地中的变化也很惊人，有些农作物竟然没有被冻死，复苏过来，而且长势旺盛，在几天内就成熟。还有大批的农作物从根须处冒出新芽，迅速生长，仅几日而已，就已经长了半人高。

五谷丰收，并泛着淡淡光泽，看起来跟过去不一样。稻米银白，粒粒晶莹，小麦饱满，带着淡金色光辉，还有大豆、玉米等，都莹莹发光。

各种农作物的变化太惊人，让许多植物学家坐不住了。经过检测，所有的农作物都变成了高能食物，甚至结构都改变了，内蕴神秘能量。

“终于开始了，这是灵粮的初始阶段。”黄牛得悉后这样说道。

黄牛告知楚风，这很正常。这个世界昔日强大时也曾排在百强世界内，能量强度极高，当年的大能所选的谷物都是精品。如今天地再次剧变，万物复苏，上古时期进化者的食物自然会在当世再次体现出应有的价值。

一晃就过去了一个月，在此期间，许多生物吃下变异的谷物，体质显著增强，效果惊人。即便是普通生物，吃下那些谷物后也都力气大增。

有人推测，即便没有异果，只吃粮食，数年后这个世界上也将没有普通生物，所有生物都将觉醒，成为进化者。

大海内的变化同样惊人，海藻发光，很多海族生物以海藻为食，体质竟得到快速提升。

全世界都在剧变，跟以前完全不同了，这是要开创神魔时代吗？人们震惊不已。

现在不少科学家都在预测，数年过后这个世界将变成什么样子，结果是，“超人”到处都是。

或许再过几年，真正宛如神魔般的生物就会出现，依靠自己的能量就能飞天遁地，冲向域外，遨游星河。

风雪止住后，这个世界真正开始了剧变，将近五十天后，世界上开始出现新物种，让人吃惊。

比如，西方的个别矿井中出现了少量金刚生物，它们由金刚石进化而成，刀剑不入，枪炮难伤，像是拥有不灭之身。这个物种非常强大，成长很快，开启智慧后，疯狂吸收各种知识，且体魄强健无比，隐隐有后来居上之势。

此外，各种金属生命同样惊人，在各地陆续出现。

还有各类植物在外太空扎根，在陆地上与海洋中繁殖，开启智慧，拥有了意识。

甚至，有人在野外坐下休息时，听到一块石头开口说话。

……

整个世界完全不一样了，称得上万物进化。

可是，昆林山的情况却不容乐观，楚风他们回来一个多月了，各自的状况都很糟糕，当日若非雪豹王背着，他们靠自己都回不来。

无论是黄牛还是老僧人都失去了一身道行，沦为普通人，这让雪豹王目瞪口呆。

这则消息一直处于保密状态，不然可能会给昆林山招来灭门大祸。

庆幸的是，最近几日，黄牛与老僧人开始恢复，终于能接引天地间渐渐浓厚的能量了。

“这是一桩机缘，并非祸事！”黄牛在身体开始恢复后，面露喜色，得出这种结论。

黄牛和老僧人看似失去了道行，其实是错觉，因为开始恢复后好处渐显，肉体力量更强了，根基重筑，潜能持续释放，同样的层次却比以前强大。

楚风将大雷音呼吸法传给了黄牛，让黄牛在恢复的过程中越发兴奋与喜悦，大雷音呼吸法十分适合淬炼血肉与精神，效果极其惊人。

这种法只有楚风和黄牛知晓，他们没敢传给老僧人。因为这是佛族的究极呼吸法，一旦泄露出去必有大祸。来日若是域外佛族降临，无论是哪个佛子都会对他们下狠手，将此法收回去。

老僧人是佛门中人，将来必入该族，天知道会发生什么，哪怕他自己不说，佛族也能在他入族时探查出。

可惜，回来五十几天后，黄牛与老僧人还是在觉醒境界，虽然实力在增强，但想踏足王级领域还需要时间。

昆林山因此显得力量很薄弱，如果被外人得知，整个昆林山都会有危险。

这种状态下，他们自然谢绝海族的邀请。

现在，海族繁盛，“魔方”的出现为海中各族提供了变强的契机，一些海底大族掌握传承后，实力大增。

这一次，海族邀请陆地上的生物，乃听从神谕。那“魔方”上有警句告诫海族，域外生物降临后，敌多友少，应联合陆地上的生物，对付降临到这个世界的域外神子、圣女等。

起初，部分海族强者仇视陆地上的生物，不愿意与其联手，甚至想趁实力大进时冲上陆地，占据天下名山。但是，“魔方”中的那个女子竟然托梦，警告那部分海族强者，域外强者即将出现，再不与陆地上的生物联手，或许有大祸。

所以，一部分海族强者遵照“魔方”上的神谕，想缓和海陆两方的关系，便邀请陆地上的部分高手赴宴。

黄牛、老僧人失去了一身能量，不会去。至于楚风更不能去，有的海族强者对他十分仇视，而且，他现在的状态比黄牛和老僧人的状态更糟糕。

这也是黄牛最近比较担心的事。

楚风体内的物质在黑色与银色间剧烈转化，频率高得吓人，楚风瞬间沦落成普通人，瞬间又会成为顶级王者。他想趁银色物质出现时挣断第六道枷锁，但是给他的时间太短，那种最强状态只能保持刹那，他根本无法冲关。

连黄牛都摸不透这种情况了，不知道该怎么解决，也无法预料楚风以后的状态。

数日后，他们决定去救人，因为要是耽搁的时间太久，那座古刹中的昆林山诸王或许会在沉眠中死去。不吃不喝这么久，如果是一般的生物早就没命了。

这一次，楚风、雪豹王、黄牛和老僧人用佛门器物护体，一起进入那十里佛门净土中。

可惜，黄牛和老僧人还没有恢复，还未踏足王级领域，他们只能以雪豹王为主力，以状态时好时坏的楚风为辅。

可是，雪豹王一接近菩提树就沉眠了，没能醒来。这让楚风、黄牛和老僧人都无语，要知道他们在此前早已告知雪豹王这里的一切。

最终楚风再次出手。

一切还算顺利，在“隆隆”声中，菩提树摇动，许多枯朽的枝杈簌簌坠落，满地的昆林山诸王慢慢苏醒。

可惜，这次没有诵经声传出，甚至整棵菩提树都龟裂开来，很快便倾塌了。

一座恢宏而神圣的庙宇再次出现在倾塌的菩提树旁，散发出无量佛光。庙宇前有几个经筒，离楚风很近，他盯着其中一个石质经筒，感觉那里藏着记载有大雷音呼吸法的经卷，很想走过去。

此时，他如上次那般，浑身龟裂，满身是血。

“楚风，回来！我知道你的身体为何会变成这样了，那石质经筒就是蕴含黑色物质的石皮，刺激了你体内的可怕物质。”黄牛焦急地喊道。

按照黄牛所说，这种妖圣才能提炼出来的物质很诡异，极其稀少，由特殊的石皮包裹着，一般的人根本发现不了。那个石质经筒就是那种特殊的石皮，现在跟楚风体内的黑色物质产生了共鸣，才导致他身体状态糟糕透顶。

楚风没有立刻退走，他体内的物质更疯狂了，变化得无比迅速，同时他感觉到那个石质经筒与他体内的物质产生了共鸣，甚至，他感应到了那个石质经筒中经卷上的经文！

上一次，他得到的大雷音呼吸法还是不完整，只是一部分而已，因为菩提树上的经卷被人撕下了一半。现在，他真的很想补全。

“回来吧，那经筒是空的，一切都是幻觉。”老僧人一声叹息，开口道。

“是吗？”此刻楚风的身体异常疼痛，但是，他依旧向前迈步，就是想触摸那个石质经筒。

他尝试动用精神能量移动身体，结果精神能量被佛光覆盖并阻挡，不能接近那里。

他挪动脚步，十几步的距离像是耗尽了他全身的力量，最后，他终于摸到了那个石质经筒，果然，他的手指触碰到石质经筒中经卷的瞬间，那经卷便消失了。

后方，黄牛和老僧人哪怕知道这一切是虚的，还是忍不住叹息，感到无比遗憾。

楚风一把抓住石质经筒并往回走，此时，他满身是血，双足落地时现出一摊又一摊血迹，令人触目惊心。

在此过程中，他内心震撼，他的感应没有错，特殊的石质经筒跟他体内的黑色物质共鸣，律动一致，诵经声竟在他体内微弱地响起，同时，经文在他体内的黑色物质上浮现出来。

很快，石质经筒就碎裂了，化成齑粉，从他手中落在地上，但他体内却浮现出一种呼吸法，这是完整的大雷音呼吸法！便是昔日这里的大能也不会想到，石质经筒能将经卷上的经文在黑色物质上还原与再现出来。

楚风摇摇晃晃，浑身是血，身体的龟裂程度比上次更严重，但他的内心是喜悦的。他往回走去，结果才临近黄牛和老僧人等所在的地方就直接昏厥了。

诸王冲了过来，赶紧将他扶住。诸王才苏醒，刚才还有些蒙，听黄牛介绍情况后，终于知道自己昏睡了多久。雪豹王也醒了，有些羞愧。

“轰隆！”

后方，菩提树炸开，而后化成粉末，就此消失。

不过，那座恢宏的庙宇还在，其他经筒依旧发光，有经卷在经筒中闪耀着。

“或许，那里有金身罗汉级的呼吸法，只是为了保证佛族在这个世界上的传承不灭，但菩萨级的呼吸法不可能随意摆放在那里，那经卷也是虚幻的。”老僧人轻叹。

最终，他们都退走了。

楚风在路上就醒来了，心中充满了收获的喜悦感。他知道，这一次大雷音呼吸法应该完整了。两种无上呼吸法，让他有了以后跟域外群雄争锋的资本。

万物进化，各方人马都在变强，域外生物随时会出现甚至已经出现了，获得完整的大雷音呼吸法对楚风来说太重要了。

昆林山冰雪融化，老树发芽，生机勃勃。

然而，诸王却一个个情绪低落，心中满是阴霾。因为诸王十分虚弱，体内能量枯竭，境界跌落。

数十个王级生物几乎沦为普通的飞禽走兽，这是大事件，如果被外界发现端倪，昆林山必有大祸。

一回到昆林山，老僧人便联系金翅大鹏王。金翅大鹏王当年也是出身于昆林山，后来去谷山做了掌教，现在老僧人请其回昆林山坐镇。

“损失惨重啊。”夔王惨笑道。

天地剧变，万物进化，各地欣欣向荣，新的超级王者不断出现，只有昆林山一片愁云惨雾，没落下来。

黑熊王唉声叹气，联系自己的孙子熊坤，告诫熊坤在外面一定要低调，不能惹祸。

诸王十分失落，在过去，昆林山睥睨天下，俯瞰群雄，而现在，诸王只能小心而谨慎地躲在山中，舔舐伤口，坐看各地高手崛起。

世间没有不透风的墙，因为昆林山诸王太低调了，回到昆林山后，全都蛰伏山中，不见踪影。

外界哗然，昆林山虚弱了？

“据闻，昆林山诸王在布拉卡纳山吃了大亏，疑似失去了战力，昆林山或许将就此没落！”

这则消息太惊人了，起初人们很难相信，但随着时间的推移，种种迹象表明，昆林山真的出大事了！

一时间，天下震动，各方瞩目。

此时，楚风眉头紧皱。因为他接触那特殊的石质经筒后，黑色物质与银色物质疯狂转化，最终在他的体内达成了平衡，黑色物质与银色物质并存。在过去，他体内的物质要么是黑色要么是银色，很纯粹，现在则不同了。

同时，他体内的能量完全失去了，一点没剩。最可怕的是，他连日来都无法恢复能量，毫无进展，不像昆林山其他王级强者那般逐日变强。

楚风得到完整的大雷音呼吸法的喜悦被冲淡，他变得有些沉默，现在的情况十分糟糕。

黄牛为他诊断，小脸绷得很紧，神色异常凝重，道：“这件事太诡异了，我真的没有想到。你自己看，黑色物质与银色物质彼此对立而又相互纠缠，缓缓转动，很像是磨盘在转。”

楚风深感诧异，正如黄牛所说，黑色物质与银色物质并存后，缓缓转动，的确像个磨盘，正因为如此，他体内的能量被磨灭了。“磨盘”碾压，让进入他体内的能量消散，根本留不住。

“这可能是一种机缘！”黄牛担忧过后，又很兴奋，告诉楚风这是在淬炼，在这个境界就有这种东西非常惊人。

楚风有点无奈，他宁愿不要这种机缘，现在他真的废掉了，不见一丝起色。

“你来看我的体内。”黄牛说道。

黄牛很谨慎，在山头附近观察一番，才跑回牛王宫向楚风展示自己的秘密。

黄牛的体内隐藏着一团神秘的物质，像是一个由黄铜铸成的捣药罐。如果不是黄牛自己展示，外人根本发觉不了。

“这是我的机缘，不过我现在还用不了，因为我年龄太小，此时淬炼我的身体大药，会导致血气亏损。”黄牛向楚风揭示秘密，这是黄牛以后的倚仗，据黄牛说，这是得到神秘呼吸法时获得的另一种无上造化。

“这是什么东西？”楚风狐疑。

“前贤所留，将来可以帮我挤压出能量杂质，淬炼体内的能量，洗涤肉体，净化筋骨，总之会有多种妙处。”黄牛告诉他，这种东西一般是大能留给后代纯化血脉，淬炼体内能量的。

“在过去，你进化时最好的选择是用神圣花粉，而我却可以吃异果，不用在意将来的隐患，就是因为我体内有这种东西，它会帮我排除杂质。”黄牛透露秘密。依照黄牛所说，黄澄澄的“捣药罐”介于能量与物质之间，十分奇异，有意隐藏的话，外人根本看不出来。

“只有在那些来头很大的世界，顶级道统的神子、圣女体内才会有这种东西，因为没有出过菩萨级进化者的大教留不下这种机缘。”黄牛道。

楚风惊讶，还有这种事？

随后，黄牛又提到黑色物质。其实，黑色物质也是用来淬炼体内能量的，与黄牛体内的“捣药罐”效果相仿，是妖圣留给后人用的。不过，黑色物质过于霸道，一般来说需要自身达到很高层次才能用。对于低层次的生物来说，它是致命的毒药，而对于神骑士、金身罗汉级进化者来说，它则是梦寐以求的瑰宝。楚风的肉体没有被继续腐蚀，他现在只是沦落为一个普通人已算是奇迹。

“所以说，你体内的变化很古怪。黑色物质化为银色物质，古来罕有，一般只在十大世界中才有传说。而现在黑色物质与银色物质并存，又化为磨盘般的器物，这就更诡异了。”黄牛叹道。

楚风出神，无论是单一的黑色物质，还是菩萨级进化者留给后人的奇异器物，效果都是一样的，而现在他体内的东西像是两者兼而有之。

“我能恢复实力吗？”最后，楚风问到最核心的问题。其他的一切都是虚的，唯有重新踏入王级领域才最重要。

“我也不知道，你体内的物质还在转动，越发像磨盘了，说不定彻底成形后，你的实力就恢复了。”顿了顿，黄牛又提到另一种可能，“如果器物不够完美，可能会出现各种弊端，到那时，或许你就真的只能做普通人了。”

这让楚风皱眉，成为进化者后再沦为普通人，会有巨大的落差。

“需要多长时间才能确定？”楚风问道。

“我想十天应该足够了吧。”黄牛说道。黄牛安慰楚风，这或许是一种重大的机缘，为以后成圣做祖提供契机。

两日后，昆林山诸王决定分散人马，史地剑宫、宝峦山、谷山等都成为昆林山诸王的蛰伏之地，因为诸王担心留在昆林山会被人连窝端，一个金翅大鹏王坐镇，保证不了这么多王者的安全。

世上没有不透风的墙，现在外界已经猜测到，昆林山诸王出事了，可能失去了战力！秘密公开时，也就意味着昆林山最危险的时刻到了。

诸王很果断，就此分开，分别去了各地。

普梦山的太极老宗师来了，亲自将楚风接走，护他周全。黄牛则去了史地剑宫，想研究一下那里的驭剑术，大黑牛、西伯利亚虎王等也跟黄牛去了。

“我们就不去普梦山了，那片古道场天生压制异类。”

离别前，楚风悄然将完整的大雷音呼吸法传给了黄牛，并让黄牛寻一个合适的时机教给大黑牛。

一夕间，昆林山诸王散尽，震惊天下。

所有人都在打探消息，了解到昆林山诸王境界尽跌落，连楚风也在布拉卡纳山的古刹中彻底废掉后，天下沸腾。

不少人叹息，感觉这太突然了，为昆林山诸王感到惋惜。昆林山是陆地上的一股重要势力，昆林山的衰败是否会让海族更加肆无忌惮，咄咄逼人？

“怎么会这样？昆林山诸王击败东伐军，曾经威名赫赫，竟在一夕间风流云散，太可惜了！”

“楚风他怎样了？”

“据闻，他的状态比别人还要糟糕！”

当然，也有人面带笑意，乐见这种事情发生。

最近崛起的新王者就不会同情这批没落的老王者。

“新陈代谢是万物固有的规律，物竞天择，强大的终会崛起。”一个新出现的顶级王者明显意有所指，谁能不懂他的心态？

“真是可惜啊，我还想登临昆林山，向昆林山诸王讨教，同楚风切磋一番呢。”一个新崛起的年轻人类王者这样说道。他练的是八极拳。

新崛起的顶级王者意气风发，觉得自己还能更进一步，因为各座名山的能量一天比一天惊人，山上那些神圣古树再次开花结果后，或许能助他们挣断第七道枷锁。

此外，各座名山最深处，迷雾渐渐散开，一些全新的地域也即将彻底显现。显而易见，等这些地域能够进去后，更高层次的强者必然会应运而生！

海族自然不安分，大批的海族强者登岸，行走在陆地上，不过听从神谕后，这些海族强者没有造成陆地生物伤亡。

各大财团如今也都实力大增，对大财团来说，这次是难得的机遇，他们静等天地间的神圣古树开花结果。

“呵呵，楚风终于安静了，希望他能安度晚年吧。”这是某一财团的人说出的话，看起来只是代表他自己，其实也表明了一些财团的态度。

楚风还年轻，却说他安度晚年，这算是一种奚落。

终究没有人敢轻举妄动，毕竟谁也不能确定楚风是否还能进行“最后一战”。不久前，他可是将海族坑得很惨。

不过，各方势力都有预感，这一次楚风或许真的出事了。

在此期间，普梦山不断有人来拜访楚风，来者都很客气，倒也没有人敢造次。

时间匆匆，转眼间就到了第十天，这是楚风能否恢复实力的关键时刻，这一天终于到来。

第168章

另一条辉煌路

没有积雪的普梦山，清晨的阳光格外灿烂，照在山岩上，落在道观间。

楚风很早就起来了，站在山顶。

山上，紫气袅袅，一缕又一缕。自从天地再次剧变后，各地名山上的能量就浓了很多。

楚风迎着朝霞运转特别的呼吸法，想恢复能量，再次踏入王级领域。在这第十天，他略有紧张。

金光激荡，在他的体表浮现，而后没入他的体内，但是很快又消散。在他的身体中，黑色物质和银色物质凝聚而成的“磨盘”直径不足十厘米，缓缓转动着，将所有能量都碾散了。

楚风叹息，很不甘心。这已经是第十天了，还不能改变这种状态吗?

不久后，他换成完整的大雷音呼吸法，让身体剧烈震荡，发出雷音，骨骼脏腑与雷音共鸣，肉体越发坚韧。但是很可惜，刚刚接引进去的能量还是被那个“磨盘”碾散，涌出体外。

“还是不行，难道我真的要沦为废人吗？”

说不失落，那是不可能的。

自从走上进化的道路，他虽然遇到了很多波折，也曾经多次濒临死亡，但都闯过来了，威名赫赫，天下皆知。

浩大的名声曾让他欣喜，让他意气风发，因为他还年轻，有着真性情。如今一夕间从高空被打落，跌落到尘埃中，这种落差实在太大。

而且，他冒着死亡的风险得到了佛族的无上呼吸法，原本还想更进一步，进化成更高层次的强者，可是如今一切计划都被打破，他无法进化，没有办法走向原来的那条路。

这一天，楚风反复尝试，结果都失败了。他略有沮丧，感受到前所未有的挫败感，觉得这次不同以往，自己可能再也爬不起来了。

“大雷音寺的至高法，刚得到就失去了意义。”楚风感觉有些胸闷。

佛族号称最强十族之一，占据着十大世界中的须弥星界，而大雷音寺是佛族的最高殿堂，蕴有无上呼吸法。

从早上到夜晚，楚风都站在山顶，先是沐浴阳光，而后又被月光笼罩着，但是他体内始终难以留住能量。

太极老宗师来了几次，劝他不要急，总会有办法。

深夜，楚风回到房间，想着未来，以后该怎么办？

第二天清晨，他又很早起来，来到另一座山峰上。这里白云缭绕，山势陡峭，地方不大，仅矗立一座道观，就被占满了。

他在这里将浓厚的能量接引入体内，可惜依旧不行，没有丝毫恢复实力的迹象。

在接下来的日子里，楚风始终坚持，但每天都以失败告终。

黄牛说，十天应该足够有结果了，可是现在已经过去二十天了。他轻轻一叹，非常失望，这个结果让他有点难以接受。

虽然他曾洒脱地对欧阳青、叶轻柔他们说，哪怕废掉，他也能逍遥自在，但是当这一天真的来临时，他的感受却完全不一样。

在此期间，很多财团的人来访，楚风都以身体不适为由婉拒了，他知道他们想探虚实。

不过，他也见了一些人。熊坤、胡生几个知道他的身体出了严重问题后，居然没有变脸，依旧来看望他。熊坤更是很感激楚风将他的爷爷从布拉卡纳山的古刹中救出。

“你保重，我们以后还会来看你。”熊坤、胡生、陆晴等与他闲聊了一会儿，便离去了。

这段时间，楚风听到了很多传闻，比如八卦门、形意门、八极门相继出现，这些古武传承压根就没有断绝过。

这些古武门派中有老宗师，也有才华横溢的年轻继任者，在这个万物进化的时代，他们如鱼得水，迅猛崛起。

就连普梦山的太极老宗师都轻叹，想不到那些老朋友都还活着，当中甚至有比他还高一辈的人，有一百二三十岁了！以前他们不出现，是因为没有寻到大机缘，不曾成为顶级王者，这次天地剧变后，他们赶超了上来。

天下各地都在发生着惊人的变化，五谷成为灵粮，高手不断涌现，一群新王者实现了弯道超车。

金刚、白虎、银翅天神、火灵这昔日的四大异人不负众望，实力突飞猛进。没落一段时间后，他们再次耀眼，因为他们的背后有财团，也有名山。

菩提基因占据了千普山，天神生物占据了崾山……各地变化巨大，一些名山相继有主。

“老大，你别伤心，我相信总有一天你会好起来的。”欧阳青说道。欧阳青他们也来看望楚风了。

“实在不行，你就‘嫁’给我吧，我养你。”叶轻柔笑着说道。她天生波浪卷的长发披散着，眼波流转，双腿修长。

跟这些熟人在一起，楚风很开心，心中的郁气散去不少，跟他们聊了很久。

其间，他们也曾提及玉虚宫，几人说想退出，因为楚风离开时，他们目睹了玉虚宫之主的做法，觉得有些寒心。

“老大，我们去各地名山转一转，寻找机缘，万一遇上什么奇药，说不定就能治好你。”杜怀瑾说道。

据悉，有人误食奇草，并不能帮助进化，却治好了晚期癌症。人们发现一些药草变异后，竟有不可预测的惊人奇效。

又是一个清晨，楚风在练拳，动作舒缓。这是太极拳，不仅可以实战，还能养生，太极老宗师让他每天早上都练一遍，并传给了他太极呼吸法。

楚风很感动，太极老宗师对他真的很好，以前在他没有真正崛起时，就数次为他去跟绝世高手对峙，他一直没忘。

在此期间，楚风也将形意拳以及形意十二真形教给了太极老宗师，希望对他有帮助。

须知，这个老人可不是一般的人，在天地剧变前就是真正的拳法宗师，是高手中的高手，不倚仗进化，他就已经是一个奇人。现在，楚风给他一种完整的传承，相信他可以在最短的时间内掌握精髓。

不久后，楚风又将大雷音呼吸法的一部分，也就是那张大雷音弓中所蕴含的一部分传给了太极老宗师。

他没敢传给太极老宗师完整的大雷音呼吸法，怕域外佛族出现后会给普梦山带来灭顶之灾。他只传了可以在世间流传的那一部分，剩余部分以后若足够安全，可以再传。

时间已经过去了二十几天，早已超出黄牛所说的十天，可楚风体内仍然没有什么变化。

他每天都在练拳，已经掌握了太极拳的要义，练出了门道，可惜没有能量注入，难以体现出太极拳应有的威力。

太极老宗师有些吃惊，暗自点头，觉得楚风太适合练太极拳了，已经领悟了拳法精髓。

他也为楚风感到惋惜，如果能恢复到王级领域，楚风练太极拳足以练出非凡神通，就如同练形意拳凝成能量大钟一般，那就是一种神通。

此时，天下各地，无论是东方还是西方，无论是陆地上还是大洋中，在短时间内出现了大批高手，奇才辈出，各有独到之处。

比如，西方一个年轻男子寻到了教督传说中的圣杯，那件圣物竟可以助他进化，使他宛若神祇行走在世间。

在海洋中，有海人发现了真龙巢穴，在里面采摘到了传说中的龙血草，实力大进，成为海底一方巨头。

八卦门的宗师在汉河岸边发现了一块古碑，上面记载有模糊的河图，助他对八卦掌的领悟达到了超凡之境。

八极门一个年轻的顶级王者在悬田山附近吃到了八颗雷电果实，实力越发恐怖。

而且，最近有传闻，域外有神子、圣女艰险地闯过星路，出现在这个世界！

外界一片喧嚣，许多天才崛起，不少老牌进化者更进一步，甚至传闻有人疑似见到神魔。

“域外生物终于来了吗？”起初，还有人谈论昆林山，提及楚风，但随着时间的流逝，其他耀眼人物的出现，甚至域外生物疑似出现，渐渐成为焦点，成为人们谈论的话题。

相对来说，楚风就显得暗淡了，不复昔日光景，少有人关注。

财团虽然不曾来找楚风的麻烦，但也不会有什么善意，只是暂且忽视了他。

时间都过去一个月了，楚风的心渐渐平静下来，由失落到平静，这是一个苦涩的调整过程。

未经历之时，谁都可以说自己不会失落，唯有经历后才能明白其中的滋味。

现在他虽然心中略感怅然，但已经想通，事已至此，自己还是要向前走，要摆脱过去！

他想到了那个梦。在布拉卡纳山的净土中，在那棵菩提树下，他被佛光旋涡吞噬，陷入了沉眠之中。在沉眠中，他被告知进化是虚假的，过着正常生活的他结婚生子，度过了平淡的一生。

“梦，是预兆吗？”那个梦原本很真实，像是真的经历过那一生。此际，他回首，却发现梦中的那个妻子竟是如此模糊。

梦中的其他一切还可以在脑中浮现，唯有那个女子化成点点流光，就此散开。

数日后，林诺依来了。在这之前，她用通信器与楚风联系过多次，询问他的身体状况。

山顶霞光普照，松青柏翠，山岩兀立，紫气一缕又一缕，道观古朴而恢宏，半山腰处则白雾缭绕。普梦山上，美景随处可见。

楚风跟林诺依一起在山路上漫步。

林诺依了解他的身体状态后，问他有什么打算，要常住普梦山吗？

楚风告诉她，等习惯了普通人的生活后，他可能会回到以前的地方，当然要等所有人将他遗忘了才行。

林诺依问他，想结婚生子，过普通人的生活吗？

楚风点头，告诉她应该会是那样的选择。

林诺依安慰他，不要想那么多，安宁平凡的生活也很好，平平淡淡或许才更真实。

她告诉楚风，在来之前，她接触了几个不错的年轻女孩，想介绍给他。

“再说吧。”楚风说道。他看着附近的云海，又看向天边的红日，这里云蒸霞蔚，煞是美丽。

两人走了很久，话语不多，偶尔开口谈及过去，感叹流年似水。楚风觉得，或许以后相见的机会不多了。

最终，林诺依离去。

楚风心中越发宁静，看着起伏的云海，看着升腾的红日，看着山间的苍松翠柏。这些美景映入心底，让他很想去四处走一走。

苍松翠柏扎根岩壁上，在落日的余晖中带着淡金色的光彩，脚下云海成片，一片白茫茫，远处红日西沉，殷红云朵满天，镶嵌着金边。

楚风没有感觉到黄昏晚霞之凄艳，反而觉得此时的宁静中有种祥和之感。甚至，他忘记了这是夕阳，恍惚间，以为是旭日东升，扑面而来的不是暮气，而是欣欣向荣的朝气。

楚风不觉间吐出一口气，觉得身心舒畅，平和中有种满足感。

他俯瞰远方，原本黄昏落日最易让人愁郁，现在他却有在沐浴朝晖之感。恍惚间，脚下茫茫云雾化作碧海，一望无垠，一轮红日跃出海面，带着太阳初升之气息、万物初始之力。

“或许我应该反向来看一些人或事物。”角度不同，体会完全不一样，他现在有种跳出樊笼之感。

这一晚，楚风吃饭香甜，睡得安稳。

第二天清早起来，他向太极老宗师借坐骑，说想四处看一看。

太极老宗师略有诧异，有些担心他。

“我想从另一条路解决自身的问题。”楚风笑了笑，又道，“现在，我想扔下旧包袱，摆脱进化这个泥沼，作为一个普通人去看一下各地的山川。”

普梦山上有一只山雀，以前身体是灰色的，现在通体红艳艳，体形很大，能载着人飞天遁地。

楚风坐在山雀的背上，一路向东，朝着大海而去，在路上时也注意观察地貌，许多地带跟以前完全不同了。

他此行并非漫无目的，而是以场域研究者的身份远行，看各地山川走势，分明能感觉到磁场异常。

太极老宗师并不放心，现在的王级生物比以前多了十倍还不止，各地超级高手频出，于是，他也跟来了。

楚风站在东海之畔，看着比以前更为广袤的汪洋，这里碧波亿万顷，波涛起伏，壮阔无比。

听着涛声，看着红日跃出海面，楚风舒展筋骨，练了一遍太极拳，同时运转大雷音呼吸法。

太极老宗师问楚风以后有什么打算，因为他觉得楚风像是释怀了，解开了心结。难道真的有另一条路？

“看海，周游名山，享受生活。”楚风大大咧咧地补充道，“当然，也要努力成为最强的人。”

太极老宗师点头，不好打击他的积极性，随他的意吧。

“我是认真的，我并没有放弃进化这条路，现在只是中途小憩，更重要的是我现在发现了一条金光大道，迫不及待想要全身心地投入进去。”楚风心态很好，满面笑容。

他们曾进入海域，落在一些岛屿上，接着又去陆地上的名山中徘徊。在此期间，大到地脉、山峰等，小到磁石、玉块等，楚风全都触摸过，感受过。同时，他也不忘做笔记。

半个月的时间，他们都在外面转，太极老宗师全程陪着楚风，让楚风都不好意思了。

“让山雀陪着我就行了。”

太极老宗师一度认为楚风这小子自暴自弃，游览完名山后，要去红尘中打滚，享受他所说的“多彩”生活。

数日后，他们回到普梦山。这一次楚风开始忙碌起来，每天都在山中画刻密密麻麻的符号，反复试验。

他在研究场域，想成为场域方面的宗师。

目前这个世界上没有一个精通场域的人，相对来说他是这方面的高手。当下地势的变化暴露出古代进化者的布局，有些地带遍布着惊人的场域，让他可以参考，提高造诣，机会难得。

楚风得到的那本关于场域的古册中，有大量类似蝌蚪文的符号需要他去验证有什么作用，在昆林山时他就已经取得了非凡成果。他在昆林山待了很久，将那里的每一寸土地都走遍了。

在布拉卡纳山的十里佛门净土中，他更是发现了很多磁石，上面记载着各种符号。他结合那本关于场域的古册中的记载，分辨出磁石上诸多损毁的符号是什么。

他早已入门，并取得了一定的成果，现在想要精研，真正掌握那些东西。

他曾听黄牛说过，在强大的世界中，有些场域奇人不仅在这一领域技法高深，自身的实力也超凡入圣。因为，场域天赋绝伦的人能布下一些场域来温养自身，实现特殊的进化。

比如，有场域鬼才曾经布下可温养自身的惊世之地，用十八种场域，在一座被废弃的上古凤巢中构建出一片生命能量强度高得骇人的地带。结果，他待在凤巢中，实现了六次涅槃大进化，最终成为实力惊人的一代大能。

这种进化之路很古怪，不吞食异果，而是“吞食”山川，气魄更大，当然也借助了上古凤巢的涅槃能力。

事实上，那所谓的上古凤巢也是一种场域，只是更为复杂，一般的场域研究者摸不透，无法靠自己筑巢，只能借助古凤遗弃的旧巢。

太极老宗师了解了楚风的打算，知道他要干什么后，也是一阵出神，这种进化之路还真是让人神往。

“现在我原有的路断了，我打算从另一侧开辟道路，进而打通原有的路。”楚风说道。他从来没有想过放弃。

他请太极老宗师帮忙，去寻一些古代孤本秘册等，他想了解更多，如果有古人记述下来的经验，那他会少走许多弯路。

这个世界上一直都有真龙的传说，也有古凤的记载。他觉得，无论是真龙穴还是古凤巢都对他有大用，如果寻到，辅以多种场域，足以解决他的问题。他想效法古人，“吞食”山川而进化。

“好，我去帮你寻找，政府秘库中的东西并不是只有那三大异人组织可以查阅，我与其他人也能进去查阅。”

太极老宗师效率极高，没过几日就为他带回来一些纸张发黄的古册，都是极其珍贵的孤本秘册。

这些古册中还真有真龙穴的记载，但是楚风很难抵达。东海的海眼和南域海的海眼中，上古时都有真龙踪迹。据闻，里面龙气很浓，将普通的海底植物都催化成了神圣植物，比如龙血草、龙胎树、逆鳞花等，堪称绝世宝地。

这样的地方如果配合复杂的场域，加以布局，自然能够温养生物，使之进化。

同时，楚风也从一摞古册中寻到了有关古凤的一些记载，知晓了古凤的出没迹象，南域海和北域海都曾有古凤出没。

可是，想要踏足那些地带，对楚风来说难度太大，海族绝不会允许他踏足大洋中的禁地去涅槃，更不可能让他“吞食”海底山川而进化。

“得找陆地上的真龙，以及盘踞在陆地上的古凤的资料。”

他知道这同样难度很大，哪怕是在这个世界最强大的时期，这两种生物也极其罕见。

不过，太极老宗师带回来的几卷残破的竹简上有其他记载，给了楚风启发。

有场域研究者利用三座地磁山布下三花聚顶之格局，刻下一个元磁窟，藏身其中，最终实现超级进化，成就元磁之体，通天彻地，成为一代大能。

此外，有场域研究者有天纵之资，化名山为异土，视自身为神根，以数座名山为根基，“栽种”自己，在地下不断新生，最终成就无上造化。

楚风悠然神往，原来场域研究的奇才们为了摆脱自身孱弱之现状，竟有多种办法，另辟蹊径，让自己超群，比专走进化之路的生物还要恐怖。

“‘吞食’山川进化，果然气魄更大，往往能后来居上。”楚风惊叹道。

只是，他眉头紧皱，不说这种特殊的地方难找，就是真的发现了又如何？他现阶段还没有那种实力，他虽然在这一领域非常有天赋，但才起步，还不可能化腐朽为神奇。

他敢走这条路的倚仗是，他在那本关于场域的古册中发现了几种现成的场域模型，以前不懂，最近不断摸索，才发现了端倪。

他察觉到了里面的“养身”之法！这可不是一般意义上的调养、保养、补养，而是涉及生命层次的跃进、体质的提升等，是进化。

场域符号成千上万，靠自己去组合排列，形成带有个人风格的特殊场域的话，需要时间去积淀，而且这条路太艰难，比进化之路更难走，所以这方面的人才极其稀少，只有顶级道统才能培养。

现在楚风发现了现成的场域模型，自然十分欣喜，而且那几种场域模型看起来都异常成熟，极其不简单。

他意识到，那本关于场域的古册应该比他与黄牛想象中的来头还要大。

在接下来的时间里，楚风不断摸索，在山石上画刻符号，利用特殊的地势，按照那现成的场域模型构建场域。

这种东西很讲究，那么多符号排列组合，哪怕刻错一笔都不行，需要十分细心，布置时更是要精确到极致，刻下的符号位置偏离一分都会失败，甚至酿成大祸。因为，有些霸道的场域很危险，稍有差错，便会引发能量震荡，发生大爆炸，构建者可能会惨死。

这几天楚风一直都小心翼翼的，还好他当下研究的只是养身场域，而不是带有攻击性的场域，不然，失败的那十几次，可能就已经让他惨死十几次了。

“轰！”

即便如此，其间也发生了一次爆炸，游离在天地间的大量能量倒卷下来，让这片地带解体，楚风则满嘴血沫子，被撞飞出去。

还好，楚风身上有炼妖果，剥开果皮，吃下少许鲜红的果肉后，他又龙精虎猛了。

接下来的日子里，楚风过得很充实，一边研究普梦山的地势，琢磨古人留在这里的场域符号，一边构建养身场域。

最终，他轻叹，想要完整地再现那种大型养身场域，目前根本不可能。因为需要的材料太多了，比如特殊的磁石以及纯净的玉石等都是必备的材料，而这些他手头都没有，他现在只能在普通的山石上画刻，效果明显差很多。而且，楚风现在还没有能力去布下大型场域，那需要覆盖很多座山头，工程量未免大得有些吓人。

楚风多次研究后，决定从小处入手，先布下简单的养身场域，也就是古册中现成的那种大型养身场域的一部分。

"砰！"

画刻在普通山石上的小型场域只维系了片刻，还没有来得及让楚风仔细体会，就解体了。那些山石全部炸开，他险些被伤到，还好能量没有跟着大爆炸。

这个小型场域构建成功了，但是由于材料的问题，使用寿命非常短！

他轻叹，有些羡慕那些大财团了，大财团财力惊人，人手众多，如果能够由他支配，未尝不能构建一个大型场域。

太极老宗师淡泊名利，没有惊世的财力，山上也只有几个道童跟着他练拳，在红尘中根本就没有什么产业。

以太极老宗师这等实力，他绝对可以过人上人的生活，但他一直过得很简朴，饮山泉，食松子，跟古代修道有成的道士没什么区别。

了解到楚风的困难后，太极老宗师下山去帮他寻找磁石，又猎了一只王级恶兽，跟人换取品质好的玉石。

楚风心中热乎乎的，但是，这离他所需要的还很远，只能构建较小的场域。

"不行，我得想办法利用财团，让财团为我提供材料！"楚风开始琢磨。

不过，现在有磁石和玉石了，他自然不会罢手，开始继续试验。

果然，小型养身场域构建好后，他立身在当中，感受到了完全不一样的气息，惊人的生命能量不断涌来，进入他的体内。很快，他体内的能量就开始迅速增加。

但是，关键时刻，那个"磨盘"缓缓转动，再次将能量给碾散了。

"可恶！"楚风皱眉，如果这条路都失败了的话，那他真是没有一点希望了。

他没有想到，黑色物质和银色物质凝聚成的"磨盘"那么霸道，连场域的养身之法都被瓦解了。

"要是能布下一个覆盖普梦诸峰的大型养身场域，或许能一举成功，实现进化。"

但是，现在条件不允许。

楚风一时间寻不到办法，便开始研究另外几种场域模型，按照场域模型，用手头的材料构建场域，想在这个领域中不断前进。

“养兵之法？”第二个场域模型让楚风心头一惊。他琢磨出了究竟，这个场域如果能构建成功，可以用来温养兵器，使之成长。

大型场域肯定构建不了，因为缺少材料，他同样布下了一个简单版。

“铮！”

这个简单的场域一构建成功，他身边的赤色飞剑便轻鸣了一声，似乎色彩更加鲜艳了。

“真有效果！”楚风很欣喜。

很快，楚风又心中大惊。这一刻，他感觉体内多了丝丝缕缕的能量，身体竟有好转的迹象。这怎么可能？这又不是养身场域，应该只适合兵器才对。

“是它？”终于，他觉察到自身状况改变的根源所在，是那个“磨盘”，它仿佛在被温养，越发凝实了。

楚风一声大叫，哈哈大笑起来，他感觉找到了破解之法！

第169章

出山

楚风知道自身的症结所在，一切都源于那个“磨盘”，如果将它的问题解决了，自身应该也就无恙了。

以前他一直没有办法，直到置身于养兵场域中，情况才有了根本性的转变。

黄牛说过，楚风体内的物质在化形，将会凝成一个器物，如果最终成形了，可以帮助楚风提纯能量、淬炼血气等。

这种东西价值连城，黄牛体内也有，乃菩萨级进化者所留。这种东西十分特殊，介于能量与物质之间，一般只有顶级道统的神子、圣女才会有，十分稀有。

楚风体内的物质一旦成形就是天大的机缘，可以让他实力大进。同时，它还有无尽妙用，到了更高层次时才会体现出！

可是，如果这种物质没有成形，那就意味着，它依旧带着黑色物质的属性，对现阶段的楚风来说是毒药，会耗尽他的能量，甚至腐蚀掉他的血肉与精神。

现在转机来了，养兵场域可以助它成形！

在这之前，楚风还以为它成形已经失败，所以他才落到这一步。黄牛也说过，让他等上十天，如果还不行，那么多半希望不大了。

楚风惊喜过后，坐在养兵场域中仔细体会，真切感受到了那些许变化。他的体内可以留下少许能量了，“磨盘”也越发凝实，这意味着它在逐步完善。

“砰！”

半日以后，楚风周围的那些磁石以及玉石都四分五裂，被消耗掉了。

一个小型的养兵场域就要消耗很多材料，楚风现有的材料只能维系半天的时间。

他知道，域外以及这个世界上的某些地方有元磁晶体，那样的东西如果刻上场域符号，绝对耐用。据闻还有元磁神晶，可以用万年以上。在强大的世界中，有些道统内的场域动辄运转数十万年，那材料就更加惊人了。

“目前寻不到好的材料，只能用一般的磁石与玉石。”

楚风再次画刻符号，重新构建养兵场域。所谓熟能生巧，他进一步领悟那些特殊的符号后，动作娴熟而富有美感，时间不长，新的场域就形成了。

楚风闭上眼睛，感受着体内的能量潺潺流淌，像是干涸的小溪再现水花，重新有了生机。这是一种享受，失去能量，如今再次获得，让他体会到了种种妙处。

“咦？”他清晰地感受到，自己体内的能量比以前更纯粹，也更强大，是那“磨盘”开始起作用了。

“磨盘”转动，将进入他身体中的能量碾散，赶走大部分，只留下少许，但是留下的那少许能量品质极佳！

黄牛说，这东西一旦成形，就能掠夺外界能量，保证自身体内能量充足，不会有枯竭的迹象。

现在看来，楚风体内刚出现转机，能留住少许高品质的能量，但离掠夺外界能量还差得远。这种现象说明，那“磨盘”还有缺陷，需要养兵场域不断地温养，使之完善。

到了夜晚，楚风也一直待在养兵场域中，没有离开。他的变化是明显的，他已经从普通人回归进化者行列。

五天过去，他已经在觉醒境界五段了。

觉醒，枷锁，这是目前这个世界上的生物所面对的两大境界。

觉醒境界分为九段，五天时间而已，他就成为觉醒境界五段的进化者，这个速度很惊人。

楚风发现，他体内现在的能量比以前品质好很多，非常纯净，他现在的实力也比以前在这个层次时要强一截！

这绝对惊人，是所有进化者都梦寐以求的蜕变！域外一些古老的道统中，那些神子、圣女最在意这些，力求同层次超群，这是他们孜孜不倦的追求。因为，这关乎他们以后的道果。

现在，楚风还不知道其他世界的情况，但眼下这种变化却让他明白，关系甚大！

他意识到，那“磨盘”实在了不得，难怪黄牛曾说，那是成圣做祖的一种契机，便是在能量强度很高的世界，也唯有顶级道统的传人才可能拥有这种菩萨级进化者留下的秘器，异常稀有。

楚风体内的“磨盘”是自己凝聚而成的，不是古代大能所留，就更加稀珍了。

楚风走出养兵场域，此时，他体内的能量不会消散，能留住了。他运转大雷音呼吸法，身体与雷音共鸣，浑身发光，很是惊人。

不过到了第六天，他发现进展缓慢了，而且磁石等材料不多了。

太极老宗师了解到楚风的情况后，非常高兴，见他有恢复的希望，便再次下山，去帮他收集材料。

太极老宗师还为此动用了不常用的关系，请一些王级强者出面，和他一起收集材料，效率很高。

他很快就回来了，带来一大堆磁石与纯净的玉石，供楚风使用。

楚风动作越发娴熟，转瞬间就能完成一个小型养兵场域的构建，可是效果越来越不理想了。

前五天他恢复到了觉醒境界五段，而从第六天到第十天，他只将自己的实力提升到觉醒境界六段。

他皱眉，清楚地意识到，小型养兵场域对“磨盘”的温养效果骤降。

“‘磨盘’需要更厉害的养兵场域才能彻底完善。”楚风这样猜测。

他觉得，有两种办法可以解决这个问题：一是布下大型养兵场域，但目前这对他来说难度太大了；二是寻找品质更佳的材料，那样构建的场域威力也会更大。

在太极老宗师带回来的材料中，有一些泛着光泽的磁石，还有一些稀有的玉石，楚风特别挑了出来。随后，他用这些材料布下场域，效果显而易见。

就在当日，楚风体内的“磨盘”越发完善，碾磨出的能量越发纯粹，楚风的实力也提升到了觉醒境界七段。

“果然如此，猜测是对的。”

可惜，那些品质好的材料只有那么一点，很快便用完了。

果然，接下来的几天，他耗去大量的普通材料，也只恢复到觉醒境界八段。

太极老宗师再次下山，可是带回来的普通材料对他彻底没用了。

楚风渴望好材料，但是让太极老宗师去找显然有难度，若是背靠一家大财团，这绝对不是什么问题。

“不行，我得借助那些大财团的力量，挣脱樊笼！”楚风说道。

这段日子，楚风身上的赤色飞剑被温养得越发不凡，越发鲜红莹润，品质有所提升，这着实惊人。

同时，他注意到，被他放在身边用来做试验的一把普通匕首竟也有了不小的变化，变得异常坚硬与锋利。十几日的工夫而已，这把匕首已经能斩断同类材质的匕首，虽然自身也受损不轻，但是并没有断，品质提升明显！

“我可以跟那些财团合作，帮他们温养兵器。对了，听说他们一直渴望炼出飞剑，寻找到很多稀有材料，还真炼出了一些半成品，我完全可以帮助他们更进一步。”楚风面带笑容，自言自语。

楚风询问太极老宗师，现在外界怎样了，他想了解一下那些大势力的动态，跟他们合作。

“外面很热闹，高手辈出，新的超级王者不时涌现，出了一些霸主级的强者。”太极老宗师说道。

当了解到楚风想借财团之力时，太极老宗师像是想起了什么：“再过几天，海明城中会有一场盛会。”

他告知楚风，海明城那边的人也曾邀请楚风前去，有人送来了请柬。

如果是以前，楚风肯定会推掉，太极老宗师也习惯了，原本都没打算告诉他。

“好，这一次我接受邀请！”楚风决定出山。

同时，他向太极老宗师了解这次聚会的目的。

“强者越来越多，一些超级王者之间时常发生争斗，有的是意气之争，只为争个高下，也有的是为了争夺名山，冲突不断。这次的聚会是想让各方坐下来，商谈对策，减少冲突，劝诫各方共同应对域外的威胁。”太极老宗师说道。

新老王者不断对抗，绝顶强者争霸，最近的天下很乱。

楚风讶然，算一算时间，自从身体出了问题，他就远离了那些纷争，冰雪都融化三个多月了。这也意味着，他从人们的视线中消失了三个多月。

“那些人很强吗？”楚风问道。

“后生可畏，有些人的确非常不凡。”太极老宗师点头。

旁边，一个小道童告诉楚风，这三个多月，起码有五批人来过普梦山，想要让此地易主。

可以想象，一些霸主崛起，相继来挑战太极老宗师，想抢他的道场。还好，那几批人最终都铩羽而归。

楚风了解情况后，真的希望自己能立刻恢复过来，再次出现在外界，谁敢来挑战太极老宗师，便由他出面去解决！

“离开太久，还真想来一场大战，横扫那些所谓的霸主。”楚风目光灼灼。

小道童如小鸡啄米般点头，道：“楚大哥，你赶紧恢复过来吧，那些人太讨厌了，一个个自以为是，妄想把我们赶走，虽然老宗师还能压制他们，但总是有人来挑战也不行，万一哪天有个闪失就糟了。”

“嗯，这次我出去后会想办法解决自身的问题，还这里一个安宁。”楚风道。

他也没有想到，三个多月，外界变化就这么大，大批高手崛起，有些超级王者不时来普梦山挑战太极老宗师。

接下来的几日，楚风依旧很专注地研究场域。马上要出山了，他得有所准备才行。

“可以让人失魂？这种符号不错。”楚风在那本古册的某一攻击性场域模型中拆解出一些特殊的符号，发现另有妙用，很是欣喜，便着手画刻在一些磁石上。

数日后，他与太极老宗师动身，一路来到海明城。

海明城历史悠久，昔日不少王朝曾在此建都。

天神生物的总部就在这里，菩提基因在此地也有重要的实验室与产业等，一些高层长居于此。

时隔三个多月，楚风终于出山，再次出现在世人的眼前。

海明城中的桑武湖，东枕紫旌山，西靠古城墙，人文历史悠久。

现在的桑武湖明净如玉石，湖上一缕缕紫气蒸腾，释放出惊人的能量，湖中不时有金色的鲤鱼跃起，有的有数米长，光芒闪闪。

楚风和太极老宗师来了，临近桑武湖，感受到了勃勃的生机。

“两位这边请！”有专人守在这里，看了两人的请柬后，面露惊容，但很好地掩饰了，只负责引路。因为，他被告诫过，在这里无论遇到谁都不得大惊小怪，须知这次会有很多有名的高手来这里。

“咦，我怎么看着那个人有些眼熟？”后方有人看到楚风的背影，面露异色，盯着看个不停。

不过，楚风没有回头，只是淡定地跟太极老宗师走在绿茵上。

冰雪融化，万物迅猛进化，这片湖泊附近与以前完全不同了，如今不亚于名山区域，湖边就有奇草与异树，清香扑鼻。

菩提基因、天神生物等不少财团入主这片地带，园林与别墅成片。

“不会吧，我看到了谁？那个人很像楚风！”有几人吃惊地盯着楚风的身影。

最近这三个多月，楚风从人们的视线中消失了，很长时间没有关于他的传闻，人们的目光都聚焦在新崛起的霸主身上，现在他突然出现在这里，让那几人非常吃惊。

“这可不是一般的消息，确定是他吗？”

“有点像！”

那几人十分激动地追了过去，但被人拦住了，没能接近。

忽然，不远处动静很大，天空中烈焰腾腾，一只红色猛禽宛若传闻中的朱雀般喷吐赤色火焰，从天而降。

毫无疑问，它是一个非常强大的王级生物，散发着十分恐怖的气息，震慑住了附近诸多的进化者。

“这是哪位？气场太强了！”一些人心惊肉跳。

红色猛禽足有一百五十米长，落地时狂风大作，赤光漫天，释放出的能量如同浪涛般席卷此地。

刚才盯着楚风背影看的几人也同其他人一般，目光顿时被这红色猛禽吸引住了。

“啊，它只是坐骑？”这里的人们吃惊不已，要知道这只红色猛禽已经挣断了五道枷锁。

红色猛禽背上驮着一座宫殿，此时，有几个人从里面走出来，一跃落在地上。

为首者是一个二十五六岁的年轻男子，他穿着紫色衬衫，眼睛很亮，头发略长，超过耳朵，垂到肩头，看起来很飘逸。他面带微笑，整个人有一股难以言喻的精气神。不过，哪怕他面带微笑，人们也能感觉到他那内敛的锋芒，这绝不是一个平常人。

“八极门的年轻宗师高源！”

竟然是八极门的年轻宗师来了，这引发了不小的轰动。

这可是后来居上的一个进化者，将八极拳练到了出神入化之境。传言他在悬田山附近采摘到八颗紫色的雷电果实，拳法中都带上了雷电属性，让人防不胜防。更有传闻称，他练拳已练出神通。

“八极门的人果然厉害，将一只挣断了五道枷锁的猛禽当坐骑，有气魄啊。”一些人低语，既羡慕又忌惮。

“不知道那位老宗师来了没有。”也有人看向红色猛禽背上的宫殿，道。

谁都知道，八极门迅猛崛起，除却因为有这个年轻的强者高源，还因为有一个一百多岁的拳法通神的老宗师！

高源向前走去，顿时有人迎了上来。面对这样的贵客，这里的人都不敢怠慢，全都赔着笑脸。

时间不长，一辆跑车驶来，“轰”的一声停在这里。跑车线条流畅，颜色鲜艳，一看就属于女性。

今天来了很多有名的强者，自然少不了各种吸引人目光的交通工具，人们已经习惯了。但是，跑车上的人下来时还是吸引了所有人的目光。

“姜洛神！”有人喊道。

几个月过去，姜洛神越发艳丽动人，秀发披散着，面孔白皙而完美，挑不出一点瑕疵，眼睛如同黑宝石般，眼波流转，红唇鲜艳，一举一动都富有美感。

“据悉，女神在千普山成王了。”有人低语。

天地剧变，改变了很多人与事，有强者恒强的，也有弯道超车的。姜洛神原本就不弱，加上背后有大财团，想不进一步都不行。

姜洛神施施而行，脸上带着笑，问领路的人林诺依来了没有。

菩提基因跟天神生物一直是竞争关系，两女又同为女神级人物，虽然看着关系和睦，但少不了比较。

“呼！”

罡风呼啸，天空中一道银色身影盘旋而下，那竟然是一条通体银白锃亮，带着神圣气息的银龙。

“银龙瑞库拉！”许多人惊叫出声。这条银龙在西方名气很大，是最近崛起的绝顶王者，实力恐怖，据闻有神圣血脉。

银龙瑞库拉落在地上，化成一个很年轻的银发男子，脸上带着迷人的笑容。不得不说，这条来自西方的银龙化成人形后气质极佳，称得上罕有的美男子。

连西方高手都来了，可见这次的盛会各方都分外重视。

“瑞库拉施主，幸会，想不到我们一起赶到了。”一个骑着白象的男子赶到，向银龙瑞库拉打招呼。他是一个僧人，留着短发，披着袈裟，看样子不足三十岁，表面上很安静，体内却血气滚滚。

“来自梵杜国的高僧！”有人认出他的身份。

无论是银龙瑞库拉，还是这个年轻的僧人都会讲东方语言，他们交流起来并不困难，一起笑着远去。

片刻后，一架银灰色的飞行器以超声速赶来，落在草坪上后，天空中才传来音爆声，吸引了很多人的注意。

“飞碟！”一群人睁大眼睛，盯着那架飞行器，都感到难以置信。

此时，从银灰色飞碟中走出几个强者。一个蓝发女子美得惊人，头上有晶莹的龙角，有种超然之姿。在她旁边有海人，还有满身都是青铜鳞片的海猴子等，全都能量波动骇人，都是顶级高手，让人生畏。

“龙女，这是一群海族强者！”不少人都很紧张。

冰雪融化后，天地迅猛变化，桑武湖扩大了十倍不止。绿茵尽头，一条狭窄的绿色通道如同浮桥般通向桑武湖中，那里有面积很大的岛屿，通过绿色通道跟陆地相连。

楚风和太极老宗师已经登上岛屿，这里早已来了很多人，人影幢幢，他看到了一些熟悉的面孔。

“天啊，那个人是谁，楚风？”

楚风到了岛屿上后，不可能不引人注意，有人第一时间就发现了他。

附近，一些人回头，都面露惊容。

就在楚风不远处，许婉怡吓了一大跳，手中的红酒杯差点坠落在地，她轻抚胸口，脸色略微苍白。

当初，楚风除掉她的妹妹许婉清，她因此记恨楚风，曾动作不断，结果楚风迅猛崛起，登门找上天神生物时，差点吓死她。

哪怕这三个多月楚风消失了，传闻他已经废掉，再次相见时，许婉怡还是十分不安。还好，楚风只是扫了她一眼，就没有再关注她。

“楚兄，久闻大名，没想到今日才相见，幸会。”最先朝楚风走来的是一个儒雅、气质出众的白衣男子。

楚风讶异，他跟这个白衣男子接触过一次，印象无比深刻，因为他从此人那里得到了形意拳谱！

这个白衣男子正是徐清，他是形意门天纵奇才，年纪轻轻便成为真正的形意宗师，早已挣断了六道枷锁。

他自我介绍，脸色温和，看不出有什么敌意。但是，楚风心中十分警惕，这可是一个极度危险的人物，一直在暗中谋算想得到他的绝世呼吸法，心思缜密，而且实力强得惊人。

楚风在跟人战斗时，动用过形意真形，交手的人差不多都被他消灭了，只有部分海族强者逃脱。不知道徐清是否跟那些海族强者有过接触，如果徐清知道内情的话，估计不会跟他善罢甘休。

不过，现在徐清很温和，面带笑容跟楚风交谈，两人之间气氛非常融洽。

“说实话，以前我跟楚兄没什么交情，甚至对楚兄有恶感，但后来发生了很多事，知晓域外的神子、圣女随时会降临，我觉得自己以前心胸有些狭隘，现在遇到楚兄，颇有相见恨晚之感。”见徐清这么谦逊、坦诚，楚风自然也很随和，跟他相谈甚欢。

这时，八极门的年轻宗师高源来到岛屿上，正好看到了不远处的楚风与徐清。

“哦，这就是楚风？有些意思，他今日居然出现在这里。”高源双目炯炯，在一些人的陪同下，向这边走来。

第170章

顶级对抗

高源最近声名鹊起，一路击败很多成名的王者，奠定了顶级王者的地位。八极拳被他练得出神入化，如今拳印一出，已经能显现神通。

“高兄，还是不要妄动为好，普梦山的太极老宗师也在这里。”高源身边的一个人劝道。

“你当我是什么？他一个废人，我有必要去跟他动手吗？”高源笑了笑，道。他神觉十分敏锐，自然能够感应到楚风体内能量稀薄，觉醒境界的楚风哪怕再掩饰，也瞒不过他。

“八极门少主来了！”附近的人发现高源后，都面露异色。

八极门的这个年轻宗师现在风头正劲，是明星级强者，他曾经说过，楚风废掉了，让他很遗憾，原本他还想向楚风领教一番呢。现在这两位真的相遇了，高源会怎样？周围的人纷纷侧目，密切关注这里的动态。

高源来到楚风近前，打量着这个昔日威名赫赫，而今废掉了的人。

“你就是楚风？大名鼎鼎，如雷贯耳，只是可惜啊，再也不可能跟我一战了。”高源相当直接，不知道是真性情流露，还是言语带刺而咄咄逼人。

附近，有不少人都在留意这里的动静，这可是楚风时隔三个多月后第一次在公开场合亮相，如今遭到一个新崛起的绝顶王者的言语挑衅，他该如何应对？

楚风哪怕废掉了，依旧引人瞩目，受人关注。

现在，这片区域略显安静，附近的人纷纷侧目，看向这里。

楚风十分淡定，道：“打打杀杀最没意思，我如今戒了。”

这话一出口，让在场的所有进化者都愕然。人们张口结舌，目光异样，楚风居然这么说，实在让人无语。

在过去，谁不知道他的名号？他一路大战过来，威名赫赫，被称为楚魔王，战绩最是辉煌，现在居然说打打杀杀没意思，戒了。

“扑哧”一声，旁边有人忍不住笑出声来，是戒的吗？分明是你自己废掉了好不好！

但是，没人敢直接讽刺他，人们现在还忌惮于他的威势，而且他一向不按常理出牌，他早就放出过风声，说自己身体不行了，结果却进行了好几次“最后一战”。

高源十分诧异，显然也没有料到楚风会这么回应，像是打太极般，直接给他来了个四两拨千斤。

这时，普梦山的太极老宗师跟一个熟人打过招呼，重新来到楚风身边，看了一眼高源，问道：“你师祖还好吧？”

“见过前辈，师祖很好，身体硬朗，精神矍铄，一直想和你切磋一番呢。”高源脸上带着笑意，说道。

人们听闻，全都吃了一惊，那可意味着两位老宗师可能会有一战，若论拳法，两位老宗师造诣之高不可想象，当世恐怕无人可以比肩。

别人实力高强，是因为赶上了天地剧变的好时机，借异果等得到了进化，而两位百岁老人在天地没有剧变时就已是拳法宗师。

楚风开口：“这话我不爱听，你师祖那么厉害，当初我身体无恙时，怎么不见他来找我切磋？”

他这是“揽活”呢，将可能存在的挑战向自己身上揽，跟高源刚才的话差不多，像是真性情流露，又像是咄咄逼人。

周围有不少人面露异色，楚风曾经的一些对手更是难掩眼底的兴奋，这楚魔王还跟以前一样，又要惹事了！

在众人看来，现在的他已经废掉了，还怎么迎战八极门的老宗师？真要惹恼了八极门，他可得吃不了兜着走。

高源微笑道：“楚风，你昔日的确不凡，不过那时我们八极门运气不好，没有找到足够多的异果来进化。在你成名之时我未显，在我成名之时你颓败，没能真正与你一战，我的确有遗憾。”

所有人都眼神异样，这个八极门的年轻宗师果然不服昔日的楚风，不认可他当初的地位。

高源嘴角挂着一丝笑意，道：“我看你能动用觉醒境界的能量，要不咱们简单过两手？我也不欺你，也只动用觉醒境界的能量。”

这一刻，楚风曾经的对头们更加兴奋，看向楚风，又看向高源，非常期待两人的较量。就连徐清都心动了，想看一看这两人较量的结果。

“算了，没意思。”楚风摇头道。

“你不敢，怕失败后让得来不易的威名受损？”高源微笑道。

一时间，很多人将目光投向楚风那里，能来此地的人都不是等闲之辈。

“我是觉得，那样做是欺负你，赢得毫无悬念，太没有意思了。”楚风说道。这话一出，尽显自负，让一群人哗然。

“这还真是他的风格，面对什么敌人都这么……有气魄。”有人嘀咕着。

当然，“有气魄”三个字也可以换成自负、自大等，但是那人没敢直接讽刺楚风，对他始终有些忌惮。

其实，很多人都十分无语，楚风如今都废了，还这么本性难改，一副唯我独尊的架势。

当然，这里也有不少对楚风有好感的人，他们觉得楚风的心态实在太好了，他现在落到这步田地了，还是如此自信，这是强者必备的品质！

高源心里很不爽，他崛起后，一路横扫对手，成为当今至强的王者之一，无人不知，无人不晓，而这个楚风如今废掉了，竟还敢这么张扬。

不过，他倒没有发怒，只是看了一眼楚风，平静地开口：“那么，就让我看一看你能怎么欺负我。”

这时，有人赶到，对高源道：“高兄这边请，玉虚宫之主等前辈已经在另一座岛屿上等你，请你过去。”

众人闻言，都面露羡慕之色。

桑武湖中的岛屿不止这一座，另一座岛屿上多为前辈高手，一般人踏足不了。高源这么年轻，便已经如日中天，实力惊世，又被玉虚宫之主等人看重，着实令人羡慕。

“好吧，我马上去。”高源点头，而后又看向楚风，道，“我们稍后再见，我真想看一看你怎么欺负我。”

楚风相当淡定，点了点头，道：“既然如此，你就先去吧，回头再过来领拳头吃。”

“哼！”高源可不是一个好脾气的人，他一直在克制自己，让自己看起来很宽厚，现在听到楚风的话，冷哼了一声，便转身离去。

一群人面面相觑，严重怀疑楚风是否真的废了，他居然到现在还这么锋芒毕露，一点也不收敛。如果是别人，沦为普通人后，多半早已黯然神伤，找个无人之地去舔舐伤口了，哪还敢再像以前那般锋芒毕露？

“你们懂什么，这就是强者，即便身体出了问题，心态依旧无敌！”就在这时，有人开口说道。反正高源已经离去，说什么都不怕了。

“不愧是楚魔王，唉，这位小叔爷太牛了。”不远处，熊坤叹道。熊坤和胡生等也来了，听得真切，都有些无语。

当然，也有人撇嘴。

就在此时，有人来请普梦山的太极老宗师去另一座岛屿商议一些事。太极老宗师这等身份的人到来后，想不让人知晓都不行。

太极老宗师一叹，看向楚风，玉虚宫之主等人难道不知道楚风也来了吗？请走了高源，又来请自己，却始终没有来请楚风？

“老宗师这边请，海族强者也来了，这次各方相商，要订个章程，您一定得过去。”来人客气相邀。

楚风见状，知道太极老宗师的心意——想带他一起过去，但他摇头，表示不想去那边。

“好吧，你自己在这边小心。”太极老宗师说完，便离去了。他其实并不担心，楚风身上有一些古怪的磁石，他已经领教过了那些磁石的威力，确信楚风足以自保。同时，他不相信有人敢真的对楚风下手，最多也就是言语上针锋相对。真敢明目张胆地动手，那等于在给自己招祸，毕竟楚风在虎泷山救下了不少绝世强者，那都是楚风的护身符！

徐清很低调，也没有在被邀请之列，他很平和，一直跟着楚风，与楚风相处很融洽。

这时，熊坤、胡生、陆晴几个都跑过来了，依旧很热情，并未因为楚风废掉了而表现得冷淡。

楚风面露笑容，手持红酒杯，跟熊坤、胡生、陆晴等聊得很高兴。

熊坤小声道："小叔爷，你还真是艺高人胆大。现在外面不断有超级王者崛起，许多新生王者都想挑战你昔日的地位，来证明自己，像高源这样的王者还有一些，甚至还有更强的，你这样来赴会，总让人觉得不放心。"

"无妨，都是土鸡瓦狗。"楚风相当淡定地说道。

胡生听后，直接缩了缩脖子，觉得这位真是什么都敢说啊。

熊坤即便再大大咧咧，现在也无语了。

"太自大了吧？"不远处有人小声说道。

"小叔爷，咱说话悠着点吧，别被人记恨上。"熊坤小声说道。

楚风点头道："嗯，那些打打杀杀的事就不说了，实在没什么意思。"

楚风昔日的对头有不少在现场，现在听到这种话都想收拾他一番！

"楚风？"姜洛神靠近这里，见到楚风，深感意外。居然在这里见到他，他还敢出现！

姜洛神身材修长，迈开长腿，袅娜而来，明眸善睐，容貌与风姿无可挑剔。

"才多久没见，就不认识我了，这么稀奇地看着我干吗？"楚风说道。

姜洛神笑得很甜，十分动人，开口道："你来海明城，嗯，我想一想，该不会是来见你的初恋情人林诺依吧？这可是她的地盘。"

显然，她跟林诺依一直在较劲呢，什么时候都不忘拉林诺依下水。

"你想多了。"楚风淡然回应，而后瞥了她一眼，"咱俩之间不是关系更亲密吗？"

众人都惊诧不已，楚风这是亲口证实他跟姜洛神之间有旧情吗？关于他们的绯闻曾经可是有不少，不过后来都渐渐被澄清了。

"别闹。"姜洛神赶紧转移话题。

"你究竟为什么而来？我可知道你这家伙的性情！"姜洛神觉得楚风来这里绝

对有事。

“想念这里的各位，来看一看大家。”楚风脸皮很厚地说道。

他以前的一群对头全都睨视他，很想破口大骂。而对他有好感的那批人则略有伤感，心情复杂，觉得他是因为废掉了，被遗忘在角落，现在出来跟大家见见面。

“其实，我来这里是想帮助老朋友们炼制武器，嗯，最近我夜观天象，心有所感，一时间得悟大道，想馈赠各位。”楚风大言不惭。

“这就是强者的品质，自负兼厚脸皮吗？”有人嘀咕着。

姜洛神催促道：“赶紧说，你到底为什么而来？要是想找林诺依，我帮你去喊她。”

楚风收起笑容，一脸郑重之色，道：“实不相瞒，我现在正在钻研铸造有灵气的武器，如今我可以提升一些兵器的品级，甚至能炼制飞剑，这次来是想跟大家合作的。”

一群人还真被惊住了，都有些狐疑，不太相信，很多人都觉得他在说笑，当不得真。

“我以人格担保，这并非虚言。”楚风正色道。

人们很吃惊，这是真的假的？

“呵呵，这不是当初叱咤风云的楚魔王吗？如今，啧啧啧……”就在这时，一个俊美无比的紫发年轻男子走来，面带嘲讽之色，肆无忌惮地针对楚风。

在他身边还跟着一些强者，有异类也有人类。

楚风神色微变，笑道：“孔盛，你居然还活着，当年射了你几箭，你居然还能恢复。”

这个紫发年轻男子是孔盛！

当时，孔盛带着黄小仙等一批异类在雷天城气势很盛，人类各方势力都对其极尽拉拢。那时楚风还不是王级强者，跟孔雀族和盆灵山一脉有激烈冲突，这个孔盛便是对手中的主导者。当日，楚风连斩孔雀族、盆灵山一脉的准王，唯独孔盛重伤逃脱，想不到他今天又出现了。

现在的孔盛早已成为王级强者，实力惊人。事实上，以孔盛当初的实力，身为孔雀王看重的后人，哪怕天地没有继续剧变，他也肯定成王多时了。

孔盛对楚风自然有着刻骨铭心的仇恨，目光冷厉。

过了一会儿，孔盛敛去双目中的寒光，笑了起来，道：“怎么，堂堂楚魔王改行当铁匠了？你以前的无敌气魄呢？真是可悲啊！”

“你懂什么，觉得自己挣断了五道枷锁，就可以来我面前张狂了？过去我追得你上天无路，入地无门，现在在我眼里，你依旧什么都不是！”楚风的话语相当不客气，让孔盛直接变了脸色。

对敌人，楚风从来不会给好脸色。

一时间，这里安静了，所有人都注视着楚风和孔盛，预感到这里会发生剧烈的冲突。

“普梦山的太极老宗师等庇护你，我不会要你性命，但是教训你一顿还是可以的！”孔盛冷冷地道。

孔盛挥了挥手，他身边一些强者便上前，跟着他一起围了过来。

“你们这算什么本事，楚风身体没出问题时，你们敢出现吗？现在来逞凶，只是无能的表现！”有人说道。

“你们休得无礼！”熊坤、胡生等也斥道，挡在楚风前面。

孔盛向前踱步，道：“他自己不行了，怪得了别人吗？如今他实力不济，还敢在我等面前嚣张，真以为自己还是昔日的楚魔王吗？这是不知死活的体现，都给我让开！”

“你……”胡生等又惊又怒，同时很担心楚风。

“孔盛，算了吧。”姜洛神也劝阻道。

“你们都退后。”就在这时，楚风很从容地开口了，“原本那高源想过来领拳头，我以为他会第一个哭爹喊娘，没想到你们比他还心急，都过来吧。”

一群人发蒙，楚风还真敢说话，真当自己还处于巅峰状态啊？

“你这个人真是自以为是，不知死活，那就成全你！”孔盛俊美的面孔上带着轻蔑的笑，带人逼近楚风。

这个时候，楚风轻踢脚下的一块磁石，改变了磁石的方位，而后附近草地中多块磁石跟着亮了起来，这片地带顿时不同了。

“这个也给你们。”楚风将手中一块刻着符号的磁石扔向前方的地面。

结果，众人看到了惊人的一幕，孔盛等一个个东倒西歪，像是失魂了一般。

“我最讨厌暴力了，打打杀杀很没意思，但你们总是让我不得已而为之。”楚风嘴上说讨厌暴力，结果他上去就给了孔盛几个大耳光，让孔盛直接瘫软在了地上。

众人全都目瞪口呆！孔盛可是挣断了五道枷锁的王级生物，实力超凡，可此刻挨了几巴掌，就如同一摊烂泥般不动了。这是什么情况？

孔雀一族天生俊美，孔盛身材颀长，面孔白皙如玉，风采出众，让很多女子都自愧不如，可现在他那白皙的面孔上已是青一道紫一道。

“这就是孔雀王的孙子？当初你爷爷起码还能跟我过几招再逃，你也太弱了，怎么看到我就吓昏过去了？这样教训你也太没意思了。”楚风边说边摇头。

这景象太让人震惊了，要知道孔盛刚才兴师动众，带人将楚风堵在这里，知道他废掉了，想好好地教训他一顿，结果转眼间自己就被人打了几个耳光。

人们意识到，草地中那些发光的磁石起到了很惊人的作用，让孔盛几个栽了一个大跟头！

“砰！”

楚风一脚踢出，孔盛便如一个稻草人般横飞出去很远。

“孔盛，英才榜中的后起之秀，潜能巨大，竟这么不堪一击，简直……无法想象。”一个老牌王级强者进入岛屿，正好看到这一幕，惊得目瞪口呆，喃喃自语。

姜洛神美眸眨动，也惊得不轻，完全没有料到会是这么一个结果。

“可叹孔盛！”其他人也觉得实在诡异。

孔盛最近迅猛崛起，潜力巨大，号称孔雀王第二，却在今日这么重要的一场盛会中一露面就被人修理，无论他以后有多大的成就，这都是无法洗刷的污点。

“各位，我刚才说了自己最近在研究兵器，教训孔盛只是施展养兵之法的一段小插曲，你们看效果如何？”楚风开口，同时从地上拔起一把匕首，可以看到丝丝缕缕的能量汇聚着没入匕首中。

人们神色古怪，这家伙太损了，竟这样介绍他的养兵之法。以后，这所谓的养兵之法默默无闻还好，一旦有效果，名闻天下，人们少不了要提及它是如何问世的，到了那时孔盛就惨了。

"砰砰砰——"

楚风没有止步，陪着孔盛围过来的几个强者也都昏倒在了地上。

这一切自然都跟场域有关，磁石上的失魂符号起到了至关重要的作用。

另一座岛屿上景色优美，绿草如茵，落英缤纷，一些老树开着晶莹的花朵，清香扑鼻，简直是一片世外桃源。

临着紫气蒸腾的湖水，岸上草地柔软，摆放着很多玉石桌，一群强者席地而坐，在这里商讨要事。在此地的都是高手，都是挣断了六道枷锁的王级生物。

有人来密报，孔雀王顿时瞳孔收缩，"嗵"的一声站起来，转身就走。同时，普梦山的太极老宗师也离座而起，跟了过去。

人们诧异，发生了什么？

很快，玉虚宫之主也得到了禀告，不禁面露惊容，看向湖泊中的另一座岛屿。他真的没有想到楚风还这么强悍。

他早已知道楚风来了，以为楚风只是来露个脸，出来走动一番，不会再如过去那般神采飞扬了。

事实上，不久前也曾有人建议将楚风请到这里来，可玉虚宫之主未置可否，更偏向几家财团，现在看来，楚风无论在哪里，想不引人瞩目都不行。

这座岛屿上的一群超级王者先后得到消息，都知道楚风来了，而且正在发威，教训孔雀王的嫡系后人。

一时间，在场的绝顶王者都面露异色，心情复杂。楚风居然还敢出现，而且出手时绝不手软，让他们深感吃惊。

"既然楚风来了，他也曾是一个顶级高手，何不将他请到这里来，与大家一见？"有人开口建议。

"有道理！"一些人面带微笑，点头道。这些人中有财团的人，也有海族强者，不少都是楚风的对头。他们觉得楚风如今废掉了，将他请来也好，无论如何，他都翻不出风浪来了。有些人乐见他窘迫，让他体会到今昔的不同，让他明白自己已经从高空坠落到深渊，再也不是威震天下的楚魔王了。

孔雀王赶到另一座岛屿上时，正看到楚风在摇头感叹着。

“打打杀杀最没意思了。”楚风一副不屑的样子。

然而，孔雀王看到地上的几人后，双目中顿时露出了凶光。

地上几人包括孔盛在内，刚才都被楚风的紫金雷电锤砸得浑身焦黑，动弹不得，十分凄惨。

孔雀王怒气冲天，这就是所谓的打打杀杀最没意思了？

周围的人早已远远地躲到后面去了，看到孔雀王赶来，心里都发毛，知道要出大事。

“轰！”

孔雀王抬手间就想要对付楚风，毫无顾忌。

楚风早已看到孔雀王，此时，他周围的磁石发出光芒，弥散着蒙蒙雾气，而后全都消失了。

“砰！”

不过，不等楚风施展场域之力，太极老宗师就出手了，他一把抓住孔雀王的手掌，将孔雀王的能量消卸得干干净净。

“你如果动他，我必灭你们孔雀一族。”太极老宗师神情严肃，开口道。

附近所有人都心神悸动，这位老宗师很少发狠，现在这么说，绝不是随便说说而已。

“嗬，老宗师，你未免太自信了吧！今天我们就是要解决他，如何？”就在这时，离岛屿还有两三里远的地方，一只巨猫走来，步履轻快，无声无息。

“九命猫王，你果然还活着！”楚风看到巨猫后，心中一惊，目光也冷厉起来。当初他被九命猫王和金乌王截击，他全力以赴，重创九命猫王。那一役，九命猫王被金乌王带着残体离去，如果是别人肯定死了，没想到今日它又出现了！

“都说猫有九条命，还真不是说说而已啊。”楚风轻叹。

“楚风，拜你所赐，我涅槃了一次，耗去一条命，等我恢复过来，我的挚友金乌王竟被你斩灭在雷天城的玉虚宫中，这个仇我必报！”九命猫王冷冷地道。它自己死了一次，救它的金乌王之后也被斩灭，这让它恨怒交加。

“手下败将，在我手里死过一次，也敢在我面前放肆？来，来，来，我就站在这里，你过来对付我试试看！”楚风站在那里，面不改色。

所有人都很吃惊，孔雀王和九命猫王都来了，那绝非孔盛之流可比，那可是绝顶王者，有多少人可敌？

九命猫王哂笑，盯着楚风，道：“你已沦为废人，不过学了一点场域之术，就以为能困住超级王者？今天我要让你明白，外物外力皆是虚幻，一切都要靠自身强大，不然终究是镜花水月，无根浮萍。我现在除掉你易如反掌！”

九命猫王很不凡，竟然知晓场域！它面带不屑之色，身上散发出的气息十分恐怖，惊动了桑武湖附近的所有高手。这是属于绝顶王者的气息！

众人心惊肉跳，看向楚风，想到他过去能压制九命猫王，几乎让九命猫王丧命，那是何等的威势？再看到他如今已废掉，生死捏在别人的手上，对比真是太强烈了。

“楚魔王过去真是了不得啊！”有人轻叹。

楚风开口：“手下败将，你觉得现在可以俯视天下了？也不想想当日亡命而逃的惨相，今日我就在这里，看你怎么除掉我！”

楚风向九命猫王叫板，同时，他身上的一些磁石化成流光，没入附近的草地中。此时，无论是他现在掷出的磁石还是他此前放置的磁石，都消失了，并且这片地带隆隆作响。

显然，有更强的场域形成，那些磁石没入地下后，如同有了生命，会自主改变方位，自主隐去。

“在绝对实力面前，这都是小伎俩，我要除掉你，这些破烂东西拦不住！”九命猫王进入岛屿，到了楚风近前！

人们轻叹，对九命猫王的话深感认同，除却自身实力强大，其他或许都是虚的，楚风哪怕真的掌握了场域，在绝顶进化者面前依旧不行，命运不掌握在他自己的手中。

“九命猫王，如果你今日霸道行事，我也会对你族出手。”太极老宗师喝道。他转过身，一个人面对孔雀王与九命猫王两大强者。

“呵呵，我这次出关，就是为了对付他，正好遇上了，绝不会放过，我不受威胁！”九命猫王冷冷地道。

突然，一道金色流光冲来，带着惊人的气息，以及汪洋般的能量，让许多人近乎瘫软在地上，一个金发男子刹那间出现，降落在地上，目光如电。

“金翅大鹏王！”有人惊呼。

“我看哪个敢动楚风，走近一步试试看，我现在就斩了你！”金翅大鹏王开口，周身金色光辉流转，气息骇人。

“锵！”

一柄飞剑划破天际，如惊天神虹，发出耀眼的光芒，疾速俯冲而来。接着，一只白鹤降落在地，睥睨九命猫王和孔雀王，虽然没有说什么，但是态度明显。

在这里对峙的两方可都是顶级王者，都是久负盛名的高手，要是发生战斗的话定会非常恐怖，而这一切全因楚风而起。

人们受到了震撼，虎泷山一战的影响太大了，楚风曾救下一些绝顶王者，现在这些绝顶王者发威，震慑各路心怀叵测者。

另一座岛屿上，诸王都感应到了那强大的能量，哪怕相距很远，以他们的神觉，他们也能知道大概。

“有意思，我们也去看一看。”一些人起身。

“既然如此，各位一同过去吧。”玉虚宫之主开口道。

来自财团的王级强者、海族的高手也都面露笑意，站了起来，要去看一看从高空坠落到深渊的楚风如今怎么与超级王者相处。

第171章

众星捧月

然而，这些顶级王者赶到时都面露异色，因为这座岛屿上的情景跟他们想象中的不太一样。

太极老宗师、金翅大鹏王、白鹤正与孔雀王、九命猫王对峙着，气氛的确很紧张，但是楚风却很淡定，正在跟人谈生意！

楚风在向那些进化者介绍他的养兵之法，一点也不紧张，丝毫不担心可能会爆发王级大战。

“什么情况？他都废了，还能有这么好的心态？”从另一座岛屿赶来的顶级王者们都一头雾水，看向楚风。

楚风现在简直就像一个经验老到的推销员，将周围一群人忽悠得一愣一愣的，看着他手中的那把匕首。

楚风介绍着养兵之法，告诉众人养兵之法的种种妙处，可以化腐朽为神奇，让各种兵器晋阶，可以孕育出飞剑等。

“他在推销什么养兵之法？”刚赶到的王者不了解情况，都持怀疑态度。

但是，他们看得出附近的人听得很入神，因为楚风手中的匕首发出微光，正在接引游离的能量，像是在经受淬炼，而后开始闪烁灵异的光辉。

“呵呵，楚魔王，你也有今日？你竟成了一个货郎，在卖匕首吗？之前的无敌气魄去了哪里？”来自大洋的海族强者开口。

这是一只海猴子，浑身覆盖着密密麻麻的青铜鳞片，连面孔上都是如此，看起来有些可怖。

楚风很淡定地道：“猴儿，当初在虎泷山没斩你，你不懂得感恩也就算了，现在还跑这里来奚落我，你人品真不怎么样。”

这种话语一出，顿时让海猴子气恼不已，凶相毕露。

不过，一些高手却面露异色，有所体悟，看向不远处。

此时，玉虚宫之主很平静，脸上看不出一丝波澜。

不少人都明白了，楚风这是言有所指，不仅是刺激那只面目狰狞的海猴子，还是讽刺玉虚宫之主这样的人。

当初，楚风奔行千里，赶到虎泷山，大战海族强者，救下陆地上一批顶级王者，震动天下。可以说，他对一些人有救命大恩，但是有些人后来对不住他，让人心寒。

在这里的都是进化者，自然感知敏锐，一些人不由得看向玉虚宫之主等人。

但是，玉虚宫之主并没有发作。

“海族的朋友，如今来到陆地上还请遵守承诺，不要妄起杀心，我们需要精诚合作，共同对抗随时可能会降临的域外生物。”玉虚宫之主开口，话说得十分得体，让人挑不出毛病。

随后，他又看向楚风，像是没有听到楚风此前带刺的话，轻叹道：“楚风，玉虚宫为你查到了一些治疗身体的办法，一会儿我告诉你。”

众人面露疑惑之色。

“嗬，多谢宫主。”楚风说道，也没有说其他的。

海猴子脾气暴躁，此时神色不善地盯着楚风，向前迈步就想动手，它才不会听玉虚宫之主的。

“不要毛躁。”这时，一个女子开口。女子很高挑，拥有一头闪闪发光的水蓝色长发，发丝间有一对很小的龙角。她姿容出众，有种古典美，是一个罕见的丽人。

一般的进化者不知道她的身份，但是在场的所有顶级王者都知道，她是来自东海的龙女！在场的海族强者，无论是海猴子还是海人，都以她为尊，听从她的号令。

海猴子听到她的责备后，难得地安静下来，没敢动手。

“猴儿，你真听话。”让人惊诧的是，海猴子安静了，楚风却生怕闹不起来似的，直接出言挤对它。

“小子，你活腻了吧？”海猴子大怒。现在就连龙女劝它它都不会听了，它“嗖”的一声蹿了过去，一爪子拍向楚风。

“砰！”

一只山龟突然出现，没有发起攻击，只是挡在那里，任海猴子一爪子拍在那金色纹路交织的龟壳上，顿时能量翻腾。

宝峦山的掌教出现，挡住了海猴子凶猛的一击。

山龟可是东方十大强者之一，活了有一两千年了，只是运气不够好，若是在前几次天地剧变中就发现异果，以它的底蕴，足以称霸世间了。

这时，所有人都倒吸了一口凉气，楚风结下的善缘太多了，随便站出来一个就大有来头，可以帮他解围！

“前辈，不用拦它，放它过来，我想检验一下我的场域强弱程度。”楚风对山龟说道，而后冲着海猴子招手，“猴儿，过来。”

一群人都无语了，就连山龟也张了张嘴，之后默不作声地让开了。

“哇呀呀，气死你猴祖宗了！”“轰”的一声，浑身发光的海猴子冲了过去，伸出大爪子就向着楚风抓去。

“嗡！”

可是，下一刻的场景更惊人，只见地面发光，出现神秘的纹路。

“锵”的一声，楚风将手中的匕首重新插在地上，可以看到诸多能量向那把匕首汇聚，令匕首近乎透明。

海猴子的能量竟被场域全部吸收，去温养场域中心的匕首。

这很古怪，也很惊人。

“各位来看，这匕首的灵异光辉在增加，品质在提升。”楚风趁机介绍道。

楚风这次有点冒险，在这里布下了两重场域，一是养兵场域，他最为精熟，还有一种场域是从大型进攻场域中拆解出来的，其中有让人失魂的符号，还有接引能量与转移能量的符号。

海猴子受到场域中失魂符号的影响，在那里打转，虽不至于昏倒，但是感觉脑袋略疼。

“啊！”它大叫着，就要冲向楚风。

“猴儿，别捣乱，我在演示养兵之法，你且退到一边去。”楚风说道。

山龟正准备再出手，龙女先一步发话了，她神色凝重，喝退海猴子，来到近前，盯着场域中的那把匕首。

事实上，在场的顶级王者都心有所感，意识到这场域的惊人价值。

他们神觉敏锐得骇人，能够清晰地感受到那匕首被莫名的力量温养，品质在提升，灵气在增加。

这么短的时间就有丝丝变化，如果被那场域温养数月甚至数年，那会有怎样的变化？肯定更惊人。

“我相信你的话，我这里有一件器物，不知道你能否温养。”龙女开口，想跟楚风做生意。

“没问题，我可以让凡剑化成飞剑，温养有灵气的兵器就更容易了。”楚风笑道。不管能否做到，现在肯定要先吹牛。

没有想到，龙女竟然郑重点头，道：“不错，海底石刻上的确有这种记载，可借场域之能化凡铁为神兵！”

此时，许多人震惊了，刹那间醒悟过来，楚风的养兵之法远比他们想象的还要重要！

各方人马都不能平静了，就连孔雀王和九命猫王都心惊不已，所谓的场域竟能厉害到这一步？

一些大财团的人更是百爪挠心，他们现在有顶级王者，甚至打下了名山，最缺的就是飞剑等武器。楚风的出现，让他们看到了光明。

此时，就连楚风的对头都激动不已，这是一次难得的机会。

“楚兄弟真是一代奇才，据一些古书记载，场域知识最难掌握，艰涩而深奥，一般人揣摩与学习数十年都不见得能掌握皮毛。”

“哈哈，真是意外啊，楚兄弟在进化之路上遇到挫折，不承想踏出了另外一条更光明的路。”

就这么片刻间，一些王者的态度来了个一百八十度大转变，他们热情得不得了，对楚风极尽赞美。

不远处，姜洛神狐疑，这是真的吗？楚风刚出现在这里时，还被人轻视，只因他废掉了，不再是绝世强者。可是这才多长时间，一切都变了！楚风废掉后，沉寂了一段时间，竟又踏出了一条特殊的道路，再次被人拥簇在中间。

一群王者上前，与楚风攀交情，目的很明确，想请楚风帮他们培育神兵！

不远处，玉虚宫之主的脸略微抽搐了一下，这实在太意外了，就连他也没有想到楚风在场域方面会有如此惊人的成就。

海猴子心里很不爽，知道楚风是故意借它来展示场域的力量，没想到竟造成这种轰动性的局面。

这时，孔盛等被扔到一边后苏醒了，他们更可悲，是楚风展示场域力量的牺牲品，看到眼前的情景后急火攻心，气得又差点昏厥过去。

不久后，楚风再次开口，借此机会发布悬赏令，矛头直指九命猫王。

“各位，我这人有恩报恩，有仇报仇，谁能把那只猫的尾巴给我剁下来，他以后的兵器我负责培育到底。”

“你找死！”九命猫王当即瞪眼，冷冷地看着楚风，随时准备扑击。

不少王者一阵愕然，认为楚风这种悬赏毫无意义，真会有人愿意为此出手吗？

然而，下一刻，诸王就明白了，真的有强者想与楚风合作。

龙女直接出手，相当果决，因为她从海底石刻中深深地了解到场域研究者到底有多么超凡，如果能获得这种人的友情，以后打开东海的真龙巢穴都可能没问题了！对于龙族来说，那太重要了！

“轰！”

龙女实力非凡，一出手便将九命猫王震得横飞出去，口中咯血。

楚风话音刚落，就有人响应了？有王者意识到，自己低估了场域研究者的地位，这种人有大用！

接着，一些财团的人暗中商量是否要出击，因为他们现在也有挣断了六道枷锁的绝顶高手，不弱于他人。

“哧！”

金光大盛，金翅大鹏王也出击了，其速度不说天下第一，也能排进前三，传说中的大鹏鸟可扶摇直上九万里。

“喵！”

九命猫王怒叫，金翅大鹏王的攻击让它险些再次受创。

“嗖嗖嗖！”

下一刻，图宁山的老怪、宝峦山的山龟等都出动了，向前冲去，普梦山的太极老宗师则守在楚风的身边。

人们心中战栗，他们看到一些大财团也都开始出手，去追击九命猫王了。

研究过古代进化者的各大财团都明白场域研究者的价值与作用，现在不少大财团都出手了。

“什么情况？”八极门的年轻宗师高源也在这里，此时一脸发蒙。他可不知道场域研究者的影响力与作用，他不明白，一个废掉的人而已，哪怕掌握了某种技法，值得为他这样做吗？

“你说只动用觉醒境界的能量和我较量？”这时，楚风看向他。

“是又怎样？”高源随口答道，下一刻，他知道坏了。

楚风还没有说什么，“嗖嗖嗖”就过来几人，直接向高源出手。那是龙女命令的，因为她决定要拉拢楚风，请他帮忙去探真龙巢穴！

人是会盲从的，陆地上的王级强者见到龙女命人动手，很快便跟着出击了。

“砰砰砰——”

高源很强，但是瞬间被人围攻，直接中拳，横飞了出去，嘴角流血。

楚风张了张嘴，想告诉他们，他真没想请他们出手攻击高源，误会了。

“喵！”

远处，九命猫王暴跳如雷，眼睛都在喷火，同时心中惊悚万分，因为一群人向它冲来，以龙女和金翅大鹏王为首，刹那间，它就被重创了，险些死掉。

“大家悠着点，我只要猫尾巴，别伤它性命。”楚风喊道。他想以后亲自收拾九命猫王，现在只是先出口恶气而已。

“喵喵喵——”

九命猫王闻言更愤怒了，当它是什么了？

但是，它不由得万分惊悚，因为楚风的话非常管用。片刻间，它的尾巴就被先后斩下几小段，一群人争着动手，实在太恐怖了！

金翅大鹏王的速度太快了，比楚风全盛时的速度慢不了多少，加上一个实力恐怖的龙女，九命猫王想逃都逃不走。

一群人抢九命猫王的尾巴，它气急败坏，简直要疯了。

不远处，孔雀王直冒冷汗，孔盛几个则直接倒在地上，假装再次昏厥过去。

趴在地上假装昏厥的孔盛几个很不幸，被激战的王者猛力踩踏，那可都是浑身发光，正在释放强大能量的王者，他们忍不住发出野兽般的惨叫声，原本就被打伤了，现在伤上加伤。

“啊！”

挨着孔盛的一个强者跟他关系很好，被一道光束打中大腿，顿时脸色变了，跳起来凄厉地大叫着，逃遁而去。

原本没人关注他们，但现在他们引起别人的注意了，有人询问楚风是否要动手。

“楚兄弟，这只孔雀崽子也要收拾吧？”

孔盛几个闻言，跳起来就逃，但都是一瘸一拐的，非常吃力。

“砰！”

图宁山的老怪见到后，凌空而来，他须发皆白，仙风道骨，跟个老神仙似的，但是下脚可真不含糊，踹得孔盛几个连滚带爬，十分凄惨。

孔盛肺都要气炸了，其他几个强者也跟着大骂，趴在地上假装昏厥还不被放过，实在可恨啊。

同时，他们打了个冷战，深刻意识到，楚风哪怕废了，现在也再次成为顶级大势力的座上宾，不能招惹。

孔雀王眼皮直跳，见几个年轻人没有性命之忧，便没有管，而是带着五色光芒冲向九命猫王那里，因为这个盟友快要抵挡不住了。

九命猫王比猛虎都要巨大，但是现在谁都没有它凄惨，它身上的光亮皮毛少了一块又一块，尾巴都不知道被多少人打中过了。它跳脚诅咒着，从来没有这么痛恨过敌人。

这些狠角色太不是东西，听从那个楚魔王的话，认准了它的尾巴，使劲攻击，让一条光滑漂亮的猫尾断掉，都快彻底消失了。

“喵！”

九命猫王怒叫，疼是次要的，主要是悲愤，想它堂堂一代顶级强者，走到哪里不威风凛凛，俯视各路高手？可今天却蒙受了这样的耻辱。

孔雀王来了，不想看着九命猫王受辱，但是……没用！因为，这地方出手的人太多，孔雀王也遭到了攻击，身上血迹斑斑。

“喵！”九命猫王一声大叫后，冲所有人喊道，“停！”

它实在受不了了，在这里简直没有尊严可言，不能继续这样下去了。

诸王暂时罢手，但是下一刻，各种能量光束再一次飞去，打得九命猫王上蹿下跳，身上血迹斑斑。

九命猫王气坏了，羞愤地叫起来：“喵！都给本王住手，尾巴已经打没了！”

说出这些话后，九命猫王真想找条地缝一头钻进去，脸色都变了，因为，它回头看时，发现屁股后面真的光秃秃的了。

金翅大鹏王、白鹤等终于停手，看向楚风。

“算了，真可怜。”楚风摇头，一副很同情它的样子。

九命猫王真想一爪子拍死他，被死对头这样作态怜悯，它受不了。

这里的强者可不在少数，全都盯着九命猫王的尾巴看。

“砰！”

九命猫王跳进桑武湖，一个猛子扎进水中，就这么消失了。它真是羞愤无比，觉得没法在这里待下去了。

“九命猫王投湖自尽了！”

“九命猫王性情刚烈，羞愤自尽！”

岛屿上有人喊道。

九命猫王愤懑不已，它只是觉得无颜在这里立足，想借水逃走而已。

“嗖！”

孔雀王带着孔盛，也直接离开。

“砰砰砰——”

不远处，高源在被人围攻，已经鼻青脸肿。他非常恼怒，先前的意气风发、自信与沉稳全都不见了。

不得不说，高源实力高深莫测，练拳练出了神通，周围八个雷电光球浮现，围绕着他旋转。

"轰！"

有雷电光球入水，激起一大片水花。

最后，高源还是没能逃走，被人打得横躺在地上，一动都不能动。他很强，也很能打，但架不住多人围攻。

他真的接受不了，一个废人而已，居然有这么大的号召力，都没有亲自动手，就让他在这里动弹不得了。如果不是那些人忌惮八极门那个一百多岁的老宗师，估计他已经没命了。

不远处，胡生、熊坤、陆晴等目瞪口呆，这个过程有点离谱，他们亲眼看到楚风淡定地扭转局势。

银龙瑞库拉一头银发，浑身散发着光辉，在不远处盯着楚风，感觉匪夷所思。在来东方之前，他已经将楚风从竞争对手中去掉，没想到，这个人真能折腾，都废掉了，还能如此！

梵杜国来的年轻高僧则双手合十，一副虔诚郑重的样子，像是在口诵佛号。

此时，龙女跟楚风站在一起，交谈甚欢。她一头水蓝色长发在阳光下发光，肌肤白皙，眸子带着灵气，琼鼻挺翘，红唇鲜艳，笑容动人心旌。

两人很投机，正在聊场域的事，龙女极力拉拢楚风。

财团的人不甘落后，也走上前，一时间，很多人围了上去。

楚风的生意终于谈成了，各方都想跟他合作，短暂交流后，不少人打算让他帮忙培育神兵利器。

楚风思忖着，或许可以构建大型的养兵场域，争取一举成功，让体内的"磨盘"成形，弥补所有缺陷。

一时间，草地上众王者与楚风相谈甚欢，举着红酒杯频频碰杯，初步达成了一些意向。

远处，其他人也都坐不住了，意识到养兵之法能造就飞剑等神兵，会让更多的王者拥有精神武器，这绝对是大事件。

他们也都上前了解情况，这片绿草如茵的场地十分热闹。

玉虚宫之主站在远处，虽然神色平静，眼底深处却有波澜，内心情绪波动剧烈，这完全超乎他的预料。

独臂的八景宫之主也来了，站在草地上，盯着楚风手腕上的金刚琢，又看向那所谓的养兵场域，目光灼灼。

“没想到，他在场域方面的造诣这么惊人，走场域研究之路比走进化之路更有天赋！”

两大宫主彼此对视，眼中都有光芒闪过。

此时，场中的人谈笑风生，楚风提出的条件并不苛刻，他要在场域中温养他的赤色飞剑、金刚琢等，而且，他想要各种关于场域的书籍！

在外人看来这很正常，他如今舍弃进化之路，专注于场域研究，自然需要这样的书籍。

各大财团看到他不提古武拳谱和呼吸法，相互看了一眼，都面露笑意，彻底放心。不少人确信楚风真的废掉了，不再走进化之路。这样，以后他就不再是威胁，而是非常有价值的合作者！

“呵呵，我们发现过一处遗迹，曾从中得到一批竹简，有些保存较好，其中虽然没有记载场域之法，却有关于古代场域大师的一些传说，记述了他们的手段。那可真是惊人啊，移开成片的太古神山，焚天煮海，踏足凤巢，寻幽探秘……种种秘闻，当真是匪夷所思！”菩提基因的一名老者开口，告诉楚风，他们可以将那些竹简赠送给楚风。

虽说是赠送，但是谁都知道，这就是交换，只不过菩提基因会做人，说得好听，表现得大度。

楚风笑道：“好，我很期待，稍后我会帮你们构建出精密而完善的场域，孕育秘宝！”

先秦研究院的齐宏林早已成王，现在实力精进一大截。他不是第一次跟楚风打交道，当初曾在雷天城将蕴藏着蛟魔拳的玉石书送给楚风赔罪。

“我们先秦研究院曾发现过一座战国时期的大墓，内有几件铜器，上面刻有神秘符号，像极了场域文字，回头送给小兄弟。”他很豪爽，亦非常直接。

但是，楚风知道，这个老头子一向狡诈，说是有几件铜器，估计有一批，不可能都给他。不过他不急，从这些大势力手里掏关于场域的古册，得慢慢来。

“海猴子，你立刻回东海，去将那些海底石刻运来！”龙女吩咐道。

她告诉楚风，那些海底石刻中有各种场域符号，可惜他们研究很久也无法掌握，决定都送给楚风。

这绝对是一份大礼，让许多人都吃惊不已！

楚风也吃了一惊，龙女可真是舍得，他表示感谢，称必会竭尽全力帮龙女培育秘宝。

不远处，姜洛神目睹这一切。看到楚风再次成为各方追逐的对象，她美目眨动，大受触动，觉得这家伙真是有点邪乎，即便废掉了，也依旧能搅弄风云，成为风云人物。

菩提基因的一名老者走来，一副语重心长的样子，道：“洛神啊，上次你和楚风在千普山同宿一室，可谓关系亲密。虽然他跌入了低谷，但我们的目光不会那么短浅，你看，这次可是好机会，你应该和他更进一步！”

姜洛神回头，非常生气地瞪着他。

“唉，你这孩子怎么回事？我可是看着你长大的，这不是为你好吗？你还这样瞪着我。”老者叫屈。

“死老头，你为了拉拢一个场域研究者，真是什么话都敢说！”

老者压低声音道：“楚风不是和林诺依交情很深吗？我是怕煮熟的鸭子飞了。而如果你抢了竞争对手的男友，对于她来说也是一种打击。”

“都是什么馊主意啊！”

……

另一边，楚风开始跟各大势力谈及合作细节，告诉他们，他需要磁石和顶级玉石，他们要尽快运来。

对于各大势力来说，这根本不算什么，他们有资源，有手段，完全可以满足他的要求。

楚风微笑着点头，这才是他更看重的，什么场域书籍、上古手札，那些他虽然需要，但他现在更迫切的是借各大势力之力，恢复实力，再尝试突破！

他觉得，九命猫王有些话说得很对，到了最后，终究要靠自身，外物外力都如无根浮萍。

当然，场域对他来说也很重要，不能丢，要让它生根发芽，以后他可以探古凤巢，构建“吞食”山川的大型场域，夺取世界的各大机缘。

第172章

恢复为王

桑武湖，紫气缭绕，金色的鲤鱼不时跃起，溅起大片的浪花。岛屿上绿草如茵，景色秀美，有几棵老桃树扎根在此，花朵盛放，晶莹的粉红色花瓣不时飘落下来。

这片区域和谐而静谧，像是一幅画卷。

楚风神情专注，手持赤色飞剑，正在磁石上刻写像蝌蚪文一般的复杂符号。

没有人打扰他，这座岛屿成为一片净土，其他人远离了这里，哪怕再好奇也只能站在岸上，不得进入岛屿。

只有普梦山的太极老宗师担心楚风的安危，留在了岛屿上。

不久前，许多大势力与楚风谈成条件，要跟楚风合作。

天神生物的大本营就在海明城，调动资源最为方便，因此第一时间送来大量的磁石与玉石，请楚风温养神兵。

天神生物送来一柄带着锈迹的古剑，据闻为古代的名器，想请他培育，看一看效果。显然，这些财团没有彻底相信楚风的实力。

楚风在成堆的材料中精挑细选，不曾动用一般的磁石与玉石，只选取当中的精品，在上面画刻场域符号。

因为，一般的磁石和玉石对他没什么用了，他主要是想让自己体内的“磨盘”成形，弥补缺陷，至于给财团温养神兵，只是顺手为之，算是次要的。

那些泛着光泽的磁石、稀有的玉石果然都是珍品，效果甚佳，楚风才布置完养兵场域，这片地带的能量就激荡起来。

“快看，那是游离在天地中的各种能量，居然都显形了，朝着那片地带凝聚而去！”岸边，有人惊呼起来。

古剑锈迹斑斑，得到特殊的能量滋养后，竟然开始发出微弱的光。

这还真是古代的名器，而且称得上是一件非凡兵器。没多长时间，它就开始轻鸣起来，“咔嚓”一声，有锈迹剥落，青色的剑体显露出来，散发着光辉。

仔细看，剑体上有一道细微的裂痕，令这柄古剑险些裂开，那是遭受过重创所致。而今，能量激荡，古剑轻鸣，光华流转，整柄古剑像是有了生命，那裂痕仿佛都模糊了。

“还真是让人意外，这是古代的一柄名剑，自身有灵气，被我用养兵之法注入能量后，剑体之伤居然在渐渐愈合。”连楚风自己都感到很惊讶。

岸上，人们都面露惊容，因为古剑在发光，剑气一道又一道地射出，十分惊人。

“天神生物了不得，还真有一柄古代名剑，原本以为他们糊弄人呢。”

“这只是初步试探而已，就拿出这么一件非凡兵器，他们手中肯定有更惊人的东西，只是不宜暴露而已。”

许多人猜测，天神生物秘密藏有神物，一旦得以在养兵场域中温养，品质得到提升，肯定了不得。

三天后，这柄古代名剑上的细微裂痕彻底消失，剑体越发坚韧与锋利，轻轻挥动间，青光蒙蒙，能轻易劈开很厚的金属。

“利器啊！”一些人惊叹道。

“可以了，这柄剑温养到这一步就到头了，除非有更惊人的材料。”楚风说着，将这柄剑交给了天神生物的人。

在这三天里，其他大势力也运来了小山般的材料，楚风布置养兵场域的速度极快，在岛屿上构建了一个又一个场域。

每一个场域中都有一件兵器，都是各大势力送来的。那些大势力跟天神生物一样，起初都带着试探的意味，送来的兵器有的是古器，只是破损了，有的是材质不错的当世名剑，锋利得惊人，想让楚风相助，使之更进一步。

楚风知道，他只有表现出足够的实力，才能让那些大势力将手中压箱底的宝贝拿出来，给他提升品质。当然，这一切肯定会秘密进行，他们一定会单独找他在暗地里布置场域，不会公开。

楚风在岛屿上布下一个又一个养兵场域，自然有自己的目的，他在尝试将这些场域连接在一起，构建大型场域。

显然，第一阶段的尝试失败了。大型场域需要特殊的地势配合，才能构建出来，这可不是一件简单的事。

“锵锵锵——”

数日来，岛屿上剑光冲起，银枪闪耀，那些非凡的兵器流转着惊人的光华，散发出不一般的灵气。

至此，所有大势力见识到了楚风的手段，都服气了。就这么几天时间而已，楚风就让他们送来的兵器有了惊人的变化，破损不严重的都修复了。

这几日，楚风也有收获，他的实力已经恢复到觉醒境界九段，即将踏足王级领域，体内的“磨盘”也明显更凝实了。

在此期间，岛屿外十分热闹，林诺依也曾来过，远远地看着楚风，不过没有登上岛屿。

无人可以随意登上岛屿，谁来了都只能等在外面。

数日以来，各大财团对楚风态度一致，起码表面上看起来都一样热情，在岛屿外静候着，尽量满足楚风对各种材料的要求。

“要小心啊，并不是所有高手都需要兵器，比如我，施展拳法就足够了。”太极老宗师提醒楚风，不要以为那些大势力的人都变得慈眉善目了，更不要相信天下所有绝顶王者都不视他为威胁。

楚风点头，他自然明白。虽然被人如众星捧月般拥簇着，但是他知道，那些人随时可能会翻脸，现在，他们不过是彼此利用而已。

楚风估摸着，一些大势力正在想办法研究场域，想从他身上找突破口。他能觉察到远处有各种先进的探测仪器，甚至，岛屿上都有监测器，想看他怎么构建场域。

只是，他构建场域的手法越发娴熟，造诣越来越高，磁石上所刻的所有符号都会消失在内部。别说偷师，就是直接把磁石送给那些人，他们也研究不透。

事实上，就算手把手教那些人，那些人也不见得能学会。那些如蝌蚪文一般的符号复杂而深奥，有任何一点瑕疵都不行，纹路的深浅、画刻的先后顺序，甚至投入的精神等，都会影响到实际效果。

有些东西只可意会不可言传。

其实，有些财团内也有关于场域的古册，虽然比不上楚风得到的那本，但也是残缺的传承，可他们研究了很久，根本攻克不了。

现在，在一些大势力内部有一种声音，那就是将楚风请来，跟他交心，给他这些传承。因为，他们自己实在参悟不透。

也有的财团想跟楚风谈判，送他古册，但要他收徒，教会他们的人。

当然，还有十分危险的势力盯上了楚风，恨不得将他拿下，永远据为己有。因为，场域研究者的作用可不局限于培育兵器，还在于破开各种禁制，登上名山，瓦解那些隐秘的场域等。

第五日，楚风将岛屿上所有的兵器都送回去了，各方都很满意。

在这一日，有人送来一块号称神兵的金属。这是残缺之器，只有手指那么长，看得出是剑体的一部分，通体幽蓝，有些暗淡。

这是先秦研究院送来的，齐宏林告诉楚风，这可能是传说中的神剑——赤将！

楚风惊呆了，经过了漫长的岁月，那种传说中的神剑还能在当世显现？赤将、莫渊、湛龙……这些剑在史书中都有记载，号称古东方十大名剑，他居然有幸见到其中之一？确切地说，是一小块。

齐宏林说，这一小块应该就是赤将的残片，问他能否修复。

“老齐，你多想了，如何能确定这是赤将残片？再说了，那些传说中的神剑多为青铜器，且当时冶炼条件有限，名气这么大，只是口口相传，美化的结果。”这是楚风的话，他的确认为，那些青铜剑放到现在，不见得有多么锋利。

“可是，它的确就是赤将残片，能修复吗？”齐宏林再次问道。

楚风接过去后，仔细凝视，这蓝幽幽的一块残片，材质特殊，根本无法辨认，将其放在养兵场域中后，居然光华大盛，蓝光冲天。

“难道说，赤将、莫渊、湛龙等古东方十大名剑不是凡人所铸，都是神话兵器？”楚风面露异色。

何止是他，就连太极老宗师以及岸上的人也都变了脸色，因为这一小块残片带着蒙蒙的彩光，太惊人了。

古东方十大名剑，若是完好无损，岂不是能惊天动地？

“出乎我的预料啊。”楚风惊叹道。

他只是温养兵器，利用场域提升兵器的品质，而非锻造兵器，不可能修复赤将，让残缺的兵器再现完整体。

不过，这几日间，那一块残片光芒迸发，让他确定足以将其当飞剑用，经过培育，其灵异的光辉再现出来。

赤将残片锋利尽显，像是除去了岁月的灰尘，先秦研究院很满意，将它带走了。

楚风怀疑，先秦研究院可能有赤将神剑更多的残片，只拿出这么一块，依旧是为了试探他的能力。

在此期间，楚风体内的“磨盘”更清晰、更超凡了，将进入他体内的能量提纯到惊人的地步。

两日后，楚风踏入王级领域，体内能量翻腾，他欣喜不已，真是久违了！

“这种感觉真的很好！”楚风闭上双目，默默体会，体内能量再次充盈后，他周身舒泰，感觉十分美妙。

他用精神力可以看到，直径不足十厘米的“磨盘”在慢慢转动，碾散能量，只留下精粹，向四肢百骸填充。

芜杂的能量被提纯，留下的能量更强，磨掉糟粕后，楚风在相应的层次上比以前更强！

“离巅峰状态还有一段距离。”他自言自语。如今他相当于挣断了两道枷锁的王级生物，但是，就同层次而言，就能量而论，他已超越过去，一旦彻底恢复，实力将大增，这让他非常期待。

这是那“磨盘”导致的，它不仅磨去了能量杂质，还初步淬炼了楚风的血气，这对他体质的提升有促进作用。

用精神力一番观察后，楚风不得不感叹，想出这种办法，在体内留下这种神秘器物的古代大能，实在厉害。

不过，他体内的“磨盘”并非传承自古代大能，而是靠自己成形的，越发显得神秘。

黄牛说过，这种东西越到后期效果越显著，以后还会有更惊人的妙用，现在还展现不了。他不禁满怀希冀。

“这是随着我的身体进化而形成的‘磨盘’，看它现在的表现，如果过些日子彻底完善，那一定更加值得期待。”楚风睁开眼睛，看着附近的养兵场域，决定过几日换个地方，寻找特殊的地势布置场域。

他没有立刻起身，依旧坐在岛屿上，小心地展开一捆竹简，仔细翻阅，记下其中如蝌蚪文一般的符号。

作为交换，各大势力送来了跟场域有关的古册，有些人诚意十足，送的东西中有真材实料，值得楚风琢磨。

“嗬，有点意思，真的精通场域了，这种人在域外也能活下去，甚至能混得风生水起。”此时，一名老妪出现。她满头发丝雪白，可是脸红扑扑的，皮肤甚至有点细嫩，名副其实的鹤发童颜。她站在岸边，身板还算挺直，拄着一根黑亮的拐杖，穿着古代的服饰，气场很足，眼睛跟金灯似的，盯着岛屿上的楚风。

周围的人面露异色，甚至一些顶级王者都很诧异，这名老妪究竟是谁？看她一身服饰十分古朴，像是一个古代人！

在她旁边，林诺依陪着。显然，这名老妪是天神生物的人，是一个人们从来没有见过的神秘高手！

一些王者凝视着老妪，总觉得她身上的气息跟他们的不太一样。

老妪有所察觉，不想受到太多关注，便走向一边，在远处看着楚风。

老妪点头道：“嗯，是个人才，靠自己领悟场域。像这种有潜力的年轻人，我们应该多加照顾，将他请进山中，让他不被世俗打扰才好。”

她笑呵呵的，满脸慈祥。

但是，林诺依却神色微变。她转头看向老妪，劝道：“还是顺其自然吧，随他四处走，如果有需要，跟他合作就是了。”

老妪微笑着，没有说话。

一个眉心有一点殷红印记的年轻男子脸上带着温和的笑，看向林诺依，道：“外面快要乱了，请他入山也是为他好，山中安全而宁静，适合他这种人专心研究场域。”

不远处，银翅天神垂手而立。他现在已经是挣断了六道枷锁的王级生物，真正成为第一梯队的强者。

银翅天神、金刚等曾经的四大异人如今大放光彩，实现了弯道超车。

只是此时，英俊的银翅天神却站在老妪、年轻男子和林诺依的后面，没有跟他们并排站在一起。

南域海，这里的海底世界很奇异，居然没有水，毫无风浪，鲜红的老树盘根错节，紫莹莹的植物一簇又一簇，半空中花瓣晶莹，纷纷飘落。这里如梦似幻，色彩鲜艳，十分明亮，根本不像是海底，加上还有一些玉石建筑，就更加奇异了。

这是南域海龙族的栖居地，是南域海龙族发现的一座上古水府!

“楚风成了场域研究者？嗬，运道真是不错啊，不过，我不需要这种人！”说话的是一个年轻男子。他身材高大，乌发浓密，目光冷厉，穿着一身锃亮的盔甲，坐在玉石桌后面，俯视着从宫殿外进来禀报的人。

“想办法把他给我捉来，如果有人阻拦，困难很大，那就直接斩了！”他是黑膳的哥哥黑螭，也就是南域海老龙王的第二个儿子，一身实力无比惊人，坐镇南域海府邸中，一向很威严。

“东海的龙女在那边，正在拉拢他。”一个背着龟壳的强者这样禀告道。

“无妨，你们找机会动手，不久后我会亲自踏上陆地，看谁能阻我！”黑螭说道。

极地，冰天雪地中竟有一个山谷花香鸟语，温暖如春，地磁光不时冲起。这是一片奇异的地带。

一名老者赤着上半身，露出古铜色的肌体，皮肤发光。他虽然满头灰发，年岁不小，但是依旧强大而有力，眼眸中带着野性，像是由一只可怕的野兽化形而成。

“若论高品质的磁石，哪个地方有这个山谷中多？那个楚风有些门道，你们想办法将他给我请来！”

“是！”不远处，有几只野兽都带着元磁光，还有两个人类也是如此，他们一同向老者施礼，而后退了下去。

……

显然，楚风在场域这条路上崛起后，引起了一些很强大的人的关注，其中有些人要对他不利。

“呵呵，他还真幸运，原本已经废掉了，居然还能走上另外一条路！”就连一些财团内，也有部分人冷笑着这样说道。他们虽然需要楚风帮忙温养兵器，但是内心深处对楚风是极为不屑的。

曾经强大无比的楚魔王终于倒下了，被他们所俯视。哪怕知道楚风如果真正精研场域，以后的成就会很大，这些人也还是带着冷冷的笑意。谁会给他时间？他们觉得，在这个世界想要真正强大，俯瞰天下，还是要靠自身。

在一些人看来，利用完楚风后，应该想办法抓住他，将他囚禁在山中，专为他们温养兵器，制造高品阶的武器。

普梦山的太极老宗师所担忧的事情，开始出现一些迹象。

在这个世界上，并不是每一个人都需要场域研究者，有些人依靠自己的拳法就足矣。哪怕真的需要楚风温养兵器，也不会尽心尽力关照他，现在就有一些人想要对他不利了。

桑武湖的岛屿上。

楚风正在聚精会神地翻看一本纸张枯黄的古书，这自然是帮人温养兵器所得，那些大势力虽然都留了几手，但也不可能不拿出实质性的东西来。

大势力不算少，各自送上一些，加在一起便非常可观。这些日子以来，楚风如痴如醉，全身心地投入书册中。

刻写养兵场域的符文耗时并不长，余下的时间他便可以钻研这些有关场域的秘籍。其间，他不时地在一些磁石上画刻，进行试验，这都是从这些秘籍中领悟出来的东西。

终于，他起身了，准备离开岛屿，换一个地方构建场域。他在这里待下去已经没有意义了，他需要特殊的地势，展现他所学到的精华。

楚风相信，有合适地势的话，他能立刻恢复到巅峰状态，甚至更进一步！

他十分期待，如今“磨盘”反复碾压，将进入他体内的能量提纯到惊人的地步，一旦他回归以前的境界，战力得有多强？

岛屿外，许多人都在等待着。最近他们不断送来器物，让楚风温养，已经摸清了他的虚实，他养兵造诣极高，值得深入合作。

各大势力手中都有压箱底的好东西，如神兵残片、神话武器等，但他们不会在人前显露，准备请他单独去布置场域。只不过，这些天楚风说要钻研古书，他们也不好强人所难，便一直在外静静等待。

果然，楚风一出岛屿，各方人马就找上来了，要跟楚风进一步合作，想请他去其他地域，那里都是各大势力的总部所在地。

楚风略带歉意，告诉众人，他不宜远行。

“各位，海明城也有一座名山，你们看，那里紫气冲霄，隐约间有龙吟声传出，乃一处佳地。如果你们有需要，我们可以到那里合作。”楚风指向远处，正是赫赫有名的紫旌山。

紫旌山虽然是海明城的名山，但是一直无人占据，因为它看起来气象非凡，紫气缭绕，可是山上并没有什么奇花异树。

人们都说，它伴着海明古都，蕴有海量龙气，只是还没有到爆发之时。

楚风观察多日，觉得紫旌山十分不凡，一部分山体还隐在云雾中，不可触及，不然早已满山飘果香，促进大批生物进化了。

他不想进各大财团的大本营，那样有点冒险，还不如就在此地，让各大势力相互掣肘，形成平衡。

尽管很多人不满，不断游说他，但是他始终没有答应远行，他打算就在紫旌山布下场域。按照他的推测，如果引出这座名山蕴含的能量，利用特殊的地势布下场域，他将彻底恢复，重回巅峰！

众人无奈，只能跟着他前往紫旌山。

路上，林诺依找来，跟楚风相见。她清艳绝伦，面孔精致无瑕，看得出她略有犹豫，黛眉微皱。

第173章

所谓底蕴

林诺依肤色白皙，双瞳若点漆，鼻梁挺俏，美貌罕有，无论是在大学时代，还是在离开校园后，她都是女神级人物，走到哪里都引人关注。离开校园很久了，她不说话时似乎依旧保留着学生时代那种宁静的冷艳。

“你还好吗？”她开口问楚风。离上一次他们在普梦山见面，已经过去了很长一段时间。

“还好。”楚风点头。如果不是他研究场域，重新出山来到外界，或许两人相见的机会就不多了。

他们并肩漫步，远眺紫旌山，只见山体相连，紫气缭绕。

两人话语不多，林诺依看向楚风，心中有些不平静，她虽然知道他性格坚毅，但是没有想到他竟能走出另外一条路。

可是，当想到超越这世间的某种力量时，她不禁摇头，楚风哪怕再出色，再非凡，也还是差了一些。

林诺依提及场域，跟楚风聊起这方面的话题，但是话语依旧不多，有些事点到即止。

楚风看出她有些顾虑，甚至带着歉意，想要跟他说什么，但有些难以启齿，顿时心里“咯噔”一下，有所预感。

不久后，林诺依问楚风，舍弃进化之路后，是否真的想自此一心研究场域？

楚风回答：“对，我想深入研究。人得有寄托，无论在哪个领域，当你专注，当你认真，当你全身心投入的时候，都可以享受其中的乐趣，忘记烦忧。”

林诺依略微犹豫，问楚风，如果帮他选一个特殊的地方，那里很安宁，没有纷争，只是有些与世隔绝，他是否愿意去?

楚风讶然，直接摇头，直言自己喜欢自由。他虽然对此有预感，但此刻还是很失望。

林诺依轻声告诉他，那里有场域书籍，可以让他翻阅，还有特殊的地势，以及大量的顶级材料等，供他试验。

“我不想去。”楚风态度坚决。

林诺依闻言，带着歉意，轻声道：“对不起。”

两人有些沉默，都不再说话。

很长时间后，林诺依轻叹，请楚风不要怪她，并告诉他，她是担心他出事，才这么建议的。

楚风诧异，有些不解。

“我知道你以前很强，但和一些人相比，力量还是有些弱，何况现在你身体出了问题……”林诺依欲言又止。

她回首看向远方，又接着轻声说道：“哪怕有太极老宗师等人庇护，也不见得稳妥。”

“世间已经有这么强大的力量?”楚风诧异地问道。

林诺依没有回应，而是旧事重提，在这后文明时代，已经发生了数次普通人不知情的神秘变故，其中离现在最近的就是二十一年前的那次。

楚风听闻，瞳孔收缩，想到了什么。二十一年前，有些生物就已经成王，只是没有出现在世人面前，一直蛰伏着。甚至，他一直在猜测，在更早的那几次变故中，是否也有生物踏出那一步，早就开始进化了呢?

他直接把他的疑惑说了出来。

林诺依摇头道：“我要说的不是这些。”

随后，她以精神力传音给楚风，而不是开口说。

“现在有域外生物即将降临，随时会出现那样的生物，一切都是因为天地剧变，打开了某些通道。”她神色凝重，看着楚风。

“事实上，在二十一年前，也有个别通道开启，有域外生物成功过来！”林诺依的传音像是一道惊雷，在楚风的耳边炸响。这可真的是大事件！

这一刻，他终于明白了，为何一些财团底气很足，有消息称他们有底蕴，原来他们所仰仗的就是这些！

二十一年前就有域外生物过来，曾与财团合作，难怪他们比其他人先一步了解到天地剧变的本质。

先前，天地还正常时，林诺依与家人在校园外对话，就提到了花粉、触媒等。

事实上，楚风也不算后知后觉，他也曾怀疑过，也曾深入联想过，只是不曾确定。

当初，他从西部区域回来时，跟周全同乘一辆列车，列车在途中出了事故，停在轨道上一晚。

那一夜，植物疯长，曾有一株藤将太空中的一颗人造卫星都拉扯了下来。清晨，他们到车顶去探察，意外发现一个穿着古代服饰，佩戴着一柄黑色短剑的人。

当时，楚风就怀疑那是一个古人，可是后来在那个人身上发现了一部通信器，他这才打消疑虑。

如今想来，疑点太多，那很有可能是域外过来的人，在这个世界生存一段时间了，当日不知道因为什么发生了意外。或许，他在探寻新的道路，或许，他是被敌人斩灭的。

如今，那黑色短剑还在楚风身上，只是他很少用了，因为他有过诸多联想，怕那黑色短剑被人认出，引来莫名强者。他一直觉得，那个人有非凡来历。

楚风短暂出神，等他回过神来，林诺依已经走出很远了。他跟了上去，两人再次并肩漫步。楚风思绪万千，一时间弄清楚了很多事。

林诺依看向他，并告诉他，以他现在的状况，他可选择的道路不多，希望他能平安，如果可以过普通人的生活也不错。

“那些人在哪里？”楚风问道。

“有些在极地的元磁窟窿中，有些在名山场域开启后出现的药园中，有些在麒麟巢附近。”林诺依知道一些情况，以前她不会说，但是今日她告诉了楚风。有些情况她早就知道，有些则是她最近了解到的。

楚风没有说话，仔细琢磨着，这些所谓的底蕴似乎还没有到现身的时候。

“他们不出来，是因为现在世间的果实、花粉等对他们无效，他们需要更高层次的果实来进化。”林诺依告知楚风。

楚风懂了，他思忖着，他的场域造诣足够精深后，他能否先下手为强？若是这些人对他没有善意，想将他囚禁起来，帮他们温养兵器，那他还不如先找到他们，布下大型场域，将他们一窝端呢！反正这些人扎堆在元磁窟窿等地，这些特殊的地势最适合布下恐怖的大型场域！

林诺依离去，回到天神生物阵营那里。现在各大势力都在动身，赶往紫旋山。

“怎么样，他愿意让我们保护他，进山去专心研究场域吗？”那个眉心有一点殷红印记的年轻男子面带笑意询问林诺依。

林诺依摇了摇头。

鹤发童颜的老妪拄着黑亮的拐杖，看似一脸慈祥地道：“那个孩子还真是不听话，该打屁股喽。”说罢，她的眼中有金色光束迸射。

林诺依闻言，道：“给他一段时间，跟他合作不是更好吗？”

“他要听话才行。”老妪脸上带着淡淡的笑意，轻声说道，“当然，我对他的场域造诣还要再观察一下，如果火候不到位，或许他都没有资格被我等保护进山。”

紫旋山很特别，哪怕是天地剧变前，山顶也常有紫云缭绕，现在越发气象非凡。这里的草绿莹莹的，如同用碧玉雕刻出来的一般，栽在泥土中，散发着灵气，也散发着光芒。这里的山崖哪怕光秃秃的，也带着紫光，莹莹灿灿，石头缝隙中都有灵芝生长着。

很可惜，这片地带没有什么奇花异树，不然早就被大势力占据了。

“我必须在这里回归巅峰，寻求突破！什么底蕴，那些人如果来针对我，我定不轻饶！”楚风暗下决心。

来到紫旋山后，他便开始丈量这里的土地，观看周围的地势，仔细揣摩。

这片地带果然不一般，带着淡淡的光芒，而且，仿佛有龙吟声传出，想来必然有一座雄伟的大山隐没在云雾中，被场域掩去。

这是楚风的判断，他清晰地意识到，紫旋山超凡而惊人，远超世人的想象，必有惊天之机缘。

接连数日，各大势力搬运来了大批磁石和玉石，供楚风使用。

在这几日间，楚风走遍这片地带，仔细观察这片紫气缭绕的山地，内心无比震撼。因为，他看到了外人无法想象的东西，越发确定自己会在这里重新崛起！

这片地带看似平静，没有什么危险，其实蕴藏着场域，只是没有被激活，没有发威而已，不然，外人根本无法踏足。

这里是腾龙之地，太适合他了。

次日，东海龙女派去的海猴子回来了，带着一些海族强者搬运来数百块海底石刻。也就是海族强者力气大，才能远距离地搬运这么重的东西。

对于这些海底石刻，楚风起初还没有在意，真正研读后，马上被吸引了，不久后内心震撼。

有一位古代进化者，堪称场域大师，他曾想破开东海的真龙巢穴，围绕真龙巢穴布下了各种大型场域，希望藏身真龙巢穴中，来一次大进化。可惜，最后他失败了，死在了东海之底，只留下自己对场域的一些心得体会。

这对楚风来说太重要了，其他人看不懂，他却看得懂，揣摩到了很多秘术与精华符文。

这些海底石刻上涉及的传统符文较少，主要提及了一些山川，讲述了如何利用各种地势，怎么判断地脉等。

场域这条路果然惊人，要研究的东西非常多。他那本关于场域的古册讲的是符文的妙用，而这些海底石刻讲的是如何寻找地势、研究特殊山川等，太惊人了。

楚风足足研究了三天三夜，记下了海底石刻中的所有内容，领悟了诸多有关场域的手法，他对东海龙女很是感激。

当再次起身，盯着紫旌山这片区域看时，他发现了非同一般的东西，远不止之前所看到的腾龙之势那么简单。

这里太妙了！按照海底石刻上的记载，这片地带地势复杂，有多种布局。

比如，临近海明城方向，龙气蒸腾，袅袅而起，那所谓的紫气就是从海明古都中接引来的龙气。

随后，他看向紫旌山的正南方，那里热浪灼灼，依照地上的土石颜色、草木排列等，可知那里蕴藏着太阳火精，能吸引来充沛的日晖之精。

这都是海底石刻的功劳，在此之前，楚风根本无法做出判断。

片刻后，他又发现一个方向有滚滚阴气，太阴之力流转，藏在地下深处。

“那里有一座大墓，竟能提供太阴之力？”楚风惊呆了。

这依旧是他依据海底石刻揣摩出来的。他根据那里的地势、土质，透出的丝丝气息，以及磁场的强弱等，猜测那里的地下有一座了不得的大墓，可能涉及神话人物！

事实上，依据史书记载，古代有一些人就埋葬在紫旌山，大到王侯将相，小到无人知其名的道士等。

楚风确信，那座大墓跟神话有关！不过，他现阶段不准备动它，他只想借助这里的地势，再次真正崛起！

两个时辰后，楚风发现了庚金之气。他布下某一小型场域测试时，感受到有一股杀气从地下冒出。他快速撤掉那个小型场域，知道那地下了不得，蕴藏着庚金之气。

楚风在这里寻觅，最后有点惊悚，这种地势异常罕见，跟那海底石刻中记载的传闻中的地势有些像。他猜测，当年那位死在东海之底的场域大师来过这里，所以才有那种记载。

紫旌山八个方位，有八种不一样的能量，比如来自海明城的龙气，比如来自地下上古大墓的太阴之力，比如来自奇异土壤的太阳火精……

他依据八方地势，寻到最中心的地点，发现了一个充满生之气的元磁地穴！

“八个方向的八种能量如同风火焚烧中心地，这简直就像是一个八卦炉！”楚风怀疑，神话传说中的八卦炉不见得是实物，有可能是这种地势！

按照海底石刻上的记载，这里就是极其罕见的八卦炉之地，布下合适的场域后，可以养兵、养身、养神。

楚风心中激动，很长时间都无法平静下来，内心充满满足感，这地势简直太妙了！

之前，他虽然一直给自己鼓劲，认为一定可以借场域之力消除体内“磨盘”的隐患，但其实没有百分之百的把握，觉得在名山中温养，也不见得能真正完善那“磨盘”。

因为，类似的器物，比如黄牛体内的那个“捣药罐”，都是金身菩萨级进化者所留，其他世界各大古老圣地的传人体内类似的东西，也都是菩萨级进化者、妖圣等所留，而楚风的是自己形成的，这让他心中没底。

但是，现在他有把握了！

依据记载，这里就是八卦炉地势，是最强的养兵、养丹之地，绝对能完善那“磨盘”。没有比这个更合适的好地势了！

山地起伏，内蕴八卦炉，紫气袅袅，宛若仙气缭绕。

楚风对这里的地势越看越欣喜，心中满怀期待，他徒步丈量，反复观测，并且不断计算。

场域的构建，需要缜密的计量和繁复的推演，这像是一门科学，甚至比科学更深奥。楚风深入领悟后，越发觉得这一领域博大精深，需要不断积累，实地演绎，全身心地投入其中，才能提高自身的造诣。

人们看他这么郑重，将这片山地踏了个遍还没有停下来，且一路上做下了很多标记，密密麻麻，光是看着都让人头痛，佩服的同时，也深感场域研究的艰难。

众多进化者远远地跟着，鸦雀无声，没人敢打扰他。

“哧！”

突然，一股浓郁的紫气从地下冲出，很像是一道瀑布倒流，并且伴着一阵隐隐约约的龙吟声。

所有人都吓了一大跳，这还真是邪门，楚风只是在那里刻了一些符号，埋入了十几块磁石而已，紫气便猛烈喷出。

“这个地方派专人守护，但不要妄动，回头我要仔细布置。”楚风吩咐道。

这是通向海明城的地脉，接引着古都中的龙气，地表看不出什么，但地下分明像是蛰伏着一条深紫色的真龙！

“有点门道啊，看来他造诣不俗，值得我们将他带进山中。”远处，那个鹤发童颜的老妪拄着拐杖，淡淡地笑道。

“要我立刻去请他吗？”眉心有一点殷红印记的年轻男子露出洁白的牙齿，笑着说道，那笑容看起来很灿烂。

“不急，先看他在这里会有什么布置，到头来他不会违逆我的。”老妪和蔼地说道，只是那种语气分明很霸道，不允许楚风反抗。

最后，楚风回到中心地，也就是有八卦炉的地点。他沉静下来，仔细琢磨如何将这里的地势全面地利用起来，让自身在八卦炉中得到安全的“熬炼”。

大家都在耐心等待着，各大财团也对楚风寄予厚望，因为，这是第一次有人在名山中布置场域，而且，看起来规模很大！

足足思忖了两天两夜，楚风才开始动手。

在他身前，成堆的玉石晶莹剔透，皆是上佳美玉，如果拿去售卖必是天价，可是在这里只被当作材料来用。

楚风动作娴熟，姿势优美，祭出赤色飞剑在各种磁石和玉石上刻写，碎屑纷飞。在他附近能量激荡，各种材料被刻上符号后都不同了，带着灵异的光辉，一片璀璨。

楚风开始全面布局。他亲自掘土，引出特殊地势内蕴的能量。

也有财团的人帮忙，负责搬运磁石和玉石，事实上是想偷师，可是到头来这些人都头昏脑涨，不明就里。因为，那些符号密集如蛛网，繁复得骇人。楚风已经精通，所以才能驾驭，进行有效的组合与排序。

“啊！”

突然，有人惊叫起来，一只手掌被灼伤，火花冒出，怎么扑都扑不灭。

“别乱动！”楚风呵斥道。

原来，刚才在他布置时，那个人悄然挖开土石，仔细观察，结果引上来太阳火精，被烧伤了。最后还是一个王者出手相助，才将太阳火精熄灭，但是那个人的那只手掌废掉了。

这一刻，所有人都倒吸了一口凉气，面露惊容。要知道，刚才这里还风平浪静，结果楚风一番布置后，地下居然冒出了火焰。

楚风抓了一把泥土，感受着泥土的滚烫，泥土中有金光，有丝丝缕缕的火光，他重新埋下了几块顶级磁石。

“你们都退后，不要干扰楚风。”一个王者沉着脸说道。

不久后，另一个方位也发生了意外。那里土层漆黑，楚风在那里刻写符号，埋下玉石后，那片区域显得有些阴冷。有人不小心踏入一个土坑中，一股黑气立刻沿着他的右脚蔓延开来，化成黑色冰霜，封住他的脚掌，让他惨叫不已。

这一刻，不少人对楚风越发敬畏，这才多长时间，他就让这片地带产生出诡异的力量，实在有些妖邪。

先秦研究院的人躲在远处，彼此对视了一眼，一个个神色凝重。因为，他们对这片地带并不陌生，早些年，他们曾在这里发现一座大墓，想要掘开，结果那一次损失惨重，来的人几乎都死了。

他们了解这里，知道这里是一个凶险之地，但没有告诉楚风，想看看他是否真的有很高的场域造诣。

现在他们明白了，楚风果然了不得，显然，他已经发现了地下大墓，正在借用那股太阴之力呢。

半日后，楚风大体布局完毕，八个方位都被他亲手刻下了场域符号。看着这片地带能量密布，渐渐变得祥和起来，他心中有种满足感。他知道自己的大机缘即将到来。但是，很快他又皱眉，他仔细凝视这里的地势，不禁毛骨悚然。

“地火风水，这里什么都有，八卦炉被置于中心，一旦烈火焚炉，我承受得了吗？”楚风越观看越是心惊肉跳，八个方位都隐藏着复杂的场域，这些场域一旦激活，会霸道无比。

没错，在他所布置的场域之下，还藏着古代的场域。

“还好，这些场域彼此孤立，没有连接在一起，并未形成八卦炉的炉火，不然，此地会很凶险！”楚风思忖着，有点不甘心。难得遇上这种惊天动地的造化地，难道只能汲取表面的能量，不能引动地下更深处的东西吗？

“嗯，这八卦炉很妙，能汲取八方秘力，或许可养圣器，蕴神丹，还能化尽地火戾气！”楚风琢磨完八个方位后，再次凝视中心地的元磁地穴，彻底放心了，这个八卦炉足以承受一切。

同时，他很震惊，一个地穴而已，居然能化掉能量中的戾气，这简直像是神话传说中可挡灾劫的无上秘宝。

楚风越是观看越是狐疑，这地穴中有些纹路看起来是天然形成的，但跟场域非常契合，堪称完美。

他在这里足足研究了一夜，认真揣摩，并多次试验，确信这地穴炉体足以化解炉火危机。

楚风决定将八个方位的古代场域激活，展现出最大的造化。

“哧！”

一道剑光向着楚风劈来——有人要对付他！两个海族强者突然出现在楚风近前，神色冷峻，一起施展手段，攻向楚风。

“砰砰砰——”

普梦山的太极老宗师出手，挡住刺向楚风眉心的一剑，击退正面冲来的一个海族强者。

“你们敢！”龙女从山林中凌空而至，强力出手。

“大胆！”财团的人也喝道。财团的人可不希望楚风现在出意外，还等着他帮忙温养兵器呢，更有人想将他掳走。

各方出手，这次突袭注定失败，两个海族王级强者当场被斩。

“这两个海族强者来自南域海。”龙女说道，表示这件事跟东海无关。

这件事过后，众人都警惕起来，不想在关键时刻再发生意外。一些财团带来了压箱底的神兵，还想在这里提升品质呢。

楚风不在意，继续研究，决定激活八个方位的古代场域！

无论是那本关于场域的古册，还是龙女送给他的海底石刻，都有激活之道。他要选择最为可靠的方案，同时他还想布置一番。谁再敢中途来干扰他，或者来袭击他，都要吃不了兜着走。

事实上，八个方位的古代场域一旦被激活，将会霸道无比，谁闯入都会承受不住。

楚风仔细研究后，心中惴惴。他觉得威力未免太大了，都不需要怎么布置，这里就会成为铜墙铁壁。谁要不自量力闯进来，那是名副其实的飞蛾扑火！甚至，他在考虑是否要化解一番，万一有人误闯进来怎么办？

最终，楚风没有化解，而是警告众人都退出去，他要一个人研究，不能打扰，不然后果自负。他相信跟他关系好的人会听从劝告，心怀叵测者才会悄然闯来。

不久后，楚风将所有古代场域都连接到中心地的元磁地穴，也就是八卦炉。而后，他刻下密密麻麻的各种符号，只要在八卦炉近前稍微动手，就能引来八个方位的神秘能量，彻底激活此地。

“万事俱备，只欠东风。”楚风略有紧张，一切都准备好了，只要他进入元磁地穴中，紫旋山区域就会出现腾龙之势，就会有八卦火焰席卷。

关键时刻，说不紧张那是不可能的，因为这关乎他是否能得此地大造化。

楚风没有妄动，而是让自己冷静下来，从头推演，又再次检查各种场域符号，简直像是推倒重来般。直至他确信，没有任何问题了。

这样折腾了数日，各大财团的人都等不及了。

“楚风，要到什么时候？”有人问道。

楚风心头一动，道：“不急。”

现在，他反倒不急了，没有立刻付诸行动。这几日，他光顾着琢磨场域，忽略了外界的情况。怎么觉得气氛有点古怪呢？他看向外面。

“还要多久？”天神生物的人问道。

“其实现在就可以试着温养兵器，不过可能略有瑕疵。”楚风答道。

“那好，小兄弟，我这里有一根拐杖，早年破损了一些，你看能修复吗？”不远处，那名拄着一根黑色拐杖的老妪开口。

“好，我试试看，就从前辈这根拐杖开始吧。”楚风点头道。

老妪轻轻一抖手，黑色拐杖便轻飘飘地飞来，落在楚风近前。

楚风看到老妪，心头一动，她身穿古代服饰，鹤发童颜，不远处还跟着林诺依。

“这……是域外生物，所谓的财团底蕴？”楚风暗自思忖。

楚风没有激活古代场域，只利用自己的养兵之法培育这根黑色拐杖，即便这样，此地也是能量惊人，彩光缭绕，神圣非凡。

所有人都意识到楚风在这里的布置卓有成效。

“楚风，可以启用此地了吧？”有人问道。

“嗯，最好完善两日。”楚风口是心非，观察着这些人的反应。

“呵呵，很好，你场域造诣很高，通过了我的考验，将获得我们的庇护。”就在这时，老妪突然开口，“跟我走吧，外面快要乱了，我带你去一个好地方，那里有场域书籍，有名山地势，足够你发挥。”

什么意思？众人心中都是一惊。

楚风也皱眉，该来的还是来了，这个域外生物想将他掳走，让他专门为他们服务！不过，他布置了这么长时间，真当他在做无用功吗？

“前辈，我家大人对他也很感兴趣。”就在这时，一个金发男子走来，对老妪说道。他面带笑容，从容而镇定。

“你是谁？”有人喝问。

“我叫埃布尔，奉神谕而来，请楚风西行。”金发男子道。他周身都带着一层神圣的光辉，眼睛碧蓝，鼻梁高挺，五官立体，十分英俊。

“哪个神？”老妪眯缝起眼睛，面露异色，问道。

“神还未降临，只是降下神谕而已，此前的神使名为亚曼，同时迈德冈的席勒也听从神的号令，不过他们都办事不力，陨灭了。”埃布尔不紧不慢地说道。

楚风神色一动，又是他们！亚曼是他解决的，席勒也是他除掉的，可以说他对那个所谓的神没有一点好感。

“止步！”楚风喝道。

此时，埃布尔已经快踏足楚风所划定的禁地了。

埃布尔微笑道：“虽然你曾经对神不敬，斩了神的使者，但神是宽容的、仁慈的，不会降罪于你，还让我请你过去，进入折叠空间与他相见。”

“神？哼！”鹤发童颜的老妪摇头，也向前走去，道，“敢以神自居，太自负了，不过是一个降临者而已。这个人受我庇护，听从我的支配，你带不走。”

中心地，楚风十分平静，就那么看着他们不听警告地接近他，站在了古代场域之上。

远处，南域海老龙王的第二子黑螭也来了。黑螭在一群海族强者的陪同下，脸上带着淡笑，道：“有意思，让他们去争吧。”

黑螭也向前走去，打算找机会对楚风下手。

接下来，还有一些人向前走去，气氛突然变得紧张了，一场暴风骤雨即将到来。

在人们看来，楚风麻烦大了，将有大祸。

林诺依以精神力向楚风暗中传音，劝他还是跟老妪走，因为他争不过，力量太单薄。

楚风听闻，心绪很难平静，他自然拒绝了。

同时，他认真地告诫那些人："各位，我在布置场域，要在这里温养兵器，你们还是出去吧，这里能量混乱，很不安全。"

"这里很祥和，你不会觉得这里的地势能伤神的使者吧？"埃布尔笑容灿烂。他手持一个灯笼，内蕴黑色烈焰，气息恐怖。他非常自信，确信自己可以所向披靡。

"楚风，跟我走吧，我庇护你。"老妪很慈祥，但是隐隐有一种威慑力。

此时，她与埃布尔等一些不听劝告的人都进入了场域中。

楚风摊了摊手，叹道："我是为你们好，这里很不安全。"

"你不用多说，还是立刻跟我走吧。"老妪淡淡地说道。

"楚风，神对你既往不咎，你跟我西行吧。"埃布尔满面笑容。

这两人都不把楚风的话当一回事，而此时，黑螭等也都进来了。

楚风摊了摊手，一副很为难的样子，欲言又止，看着那些人。

第174章

炼群王

楚风这副为难的样子落在一些人的眼中，让他们觉得他很无奈，很头痛，掌控不了局面。

远处，一名老者身材颀长，穿着古代服饰，显得仙风道骨，飘逸出尘。

老者正在教育自己的孙女："看到了吧，所谓的场域研究者最没用，看似风光，其实算不得什么，在绝对的力量面前很脆弱。这么多人逼近，他能做什么？只能成为砧板之肉。"

他带着仙气，一身古代衣着，让远处的楚风心惊，或许这也是一个域外古人？

在老者的身边有一个少女，她十二三岁的样子，长得十分漂亮。她非常叛逆，听到老者的话，大大的眼睛眨动着，使劲对那老者翻白眼，道："我不管，我就是喜欢场域研究者，你把他救下来，我要拜他为师！"

"胡说，我们的传承号称无上，岂容你另投他门？"仙风道骨的老者顿时瞪眼，喝道。

"那我嫁给他好了，我了解他的过去，我就喜欢这样的魔王。"漂亮至极的少女笑嘻嘻地说道。

"你敢！"老者急眼了，冷哼一声，道，"你仔细瞧好了，我走过去威势一现，他必定会匍匐在地，臣服在我的脚下。那个时候，你还会觉得他是酷酷的楚魔王吗？"

老者脸上露出淡淡的笑，向前迈步，也进入那片场域中，要找楚风麻烦。仔细看，他穿着道袍，竟是一个道士！

"老头子，你小心一点，别威压不了别人，反被人威压！"少女笑容灿烂，在那里挤对她爷爷。

她穿着打扮很成熟，面孔却非常稚嫩，让人一眼就能看出她年龄不大。

楚风面露异色，这名穿着道袍的老者，再算上老妪，疑似出现两个域外古人了。他踅摸着，看是否还有第三个域外古人。还好，他没有发现。

此时，场域中的人都相当从容，尽管彼此忌惮，但看着楚风时完全是俯视的姿态。

老妪一脸和蔼之色，说出的话语却略带威胁。她道："年轻人，你应该明白分寸，有些选择关乎你的一生，错了的话，你会遗憾与后悔一辈子的。"

她笑呵呵地看着楚风，此时她从西北方而来，踏入古代场域的关键区域了。八卦炉的八个方向都有奇异能量，现在她立足的地方，地下埋藏着大墓，能引出太阴之力。

楚风暗笑，这老家伙倚老卖老，以为可以轻易地拿捏他，殊不知自己已经进入锅中，等着被煮熟呢！如果不是想要一窝端，等着其他人"各就各位"，他早就发动了。

"楚风，我给你机会了，神谕难违，你要懂得珍惜。"埃布尔温和地说道。

"已经各就各位了。"楚风发现，说话间这些人都走到了相关的位置。他嘀咕着，但是没有几人听清，神觉极敏锐的人隐约间听到，自然觉得古怪，怎么还要各就各位啊？

此时，黑螭脸上带着轻蔑的笑，看着楚风。黑螭已经看出，各方都想掳走楚风，那老妪和所谓的神使最为霸道，都不会让步，到最后楚风肯定没有好下场。

"你永远不知道自己的弱小，以为掌握了场域，便真的可以翻天吗？可笑！"黑螭不加掩饰地嘲笑楚风，也不怕别人听到。

楚风站在原地，脸色阴晴不定。在外人看来，他应该是心中慌了，不知该如何取舍。事实上，他在物色人选呢，究竟哪个最碍眼，该最先受到教训！

如果让这群人知道，被他们所俯视的楚风，其实正在用审视的眼光物色着他们，估计他们都会气坏。

其间，太极老宗师、龙女等暗中用精神力传音，要救楚风，但都被他暗中拒绝了，他告知他们不要靠近。

林诺依面露忧色，看向楚风，又一次劝解他，让他暂时服软，跟老妪一起离开，也被拒绝。

“我再说最后一遍，各位千万别乱来，这地方很古怪，我虽然研究场域，但也看不透此地，你们还是早点退出去吧。”楚风最后一次提醒道。他表现得很诚恳，还略显无奈，但是看在一些人眼中，他是心虚，没办法了。

老妪脸上露出一丝轻蔑之色，不再慈祥，因为，她觉得楚风一再拒绝她，不够“乖巧”，缺少“教育”，要给予惩罚！

埃布尔则觉得楚风十分愚蠢，早已陷入危境还不知。

“呵呵，宝贝孙女，你看到了吧，都说百无一用是书生，其实场域研究者也差不多，此时他就是砧板上的肉，任人宰割呢。”那仙风道骨的老道士手捋胡须，眯缝着眼睛，面带笑容，临场教育远处的孙女。

楚风听闻后，脸色难看。他已经开始激活场域了，他原本还在犹豫先拿谁试水，现在一眼就相中了那穿着道袍的老者。

那片地带，地上突然浮现出纹路并发光，显示出场域之能，接着一大簇太阳火精从土层中冲起，“嗖”的一声蹿向老道士。

“嗷！”

老道士原本带着仙家气质，结果现在直接一声大叫并蹦了起来，声音十分凄厉，仙风道骨的气质一扫而光。

他的身体被点燃，那可不是普通的火，而是最为精纯的太阳火精，而且量很大，他真的受不了了。

所有人都目瞪口呆，盯着他看。这位老道士怎么了，身体着火了？

“爷爷，死老头，你不是要去展现威势，让我师父臣服在你的脚下吗？你自己的身体怎么着火了？”那少女在后面喊道，竟然有点幸灾乐祸。

“小孽障，你爷爷在受苦，你这是什么态度！”老道士气得想打人，疼得实在受不了了。他浑身发光，散发出恐怖至极的气息，想要灭掉太阳火精。

这一刻，所有人都骇然，这老道士强得离谱，超越想象！

不远处，老妪、埃布尔都异常心惊，感到不妙，想要遁走，但是已经晚了。

楚风激活场域有先后，但其实没差多长时间，八个方位的古代场域差不多同时复苏。

现在这片地带景象有些可怕，有的区域太阴之力爆发，黑色雾霭遮天蔽日，阴冷刺骨，有的地方则太阳火精沸腾，地上一片金黄，热浪滚滚。

所有人都灵魂战栗，毛骨悚然。这是怎样的一片地带，怎么突然就恐怖到了极点？

走到场域中的人都想逃走，但是发现根本走脱不了，场域激活后非常恐怖，加上这里的特殊地势，威力更大了。

场域规则不同，效果自然也不同。

惊人的异象产生。这里，八簇火光腾空而起，焚烧苍宇，骇人至极，而在中心地，元磁光凝聚成一个古朴的炉体，神圣无瑕，令人心神悸动。

八个方位火光冲天，化作八卦符文，为神炉提供能量，像是神仙在炼丹！这实在匪夷所思！这分明是山地，怎么会显出这等异象？

八个方位八种火光，有太阴黑火寒冷刺骨，有太阳火精炽热难挡，有庚金火焰铿锵作响，有紫色龙火发出龙吟声……太恐怖了，也太古怪了！

“啊——”

惨叫声不绝于耳。但凡闯进这片地带的生物，不管多么强大，现在都被困住，第一时间遭受重创。

“嗷——”

其中，那个老道士跳得最欢，叫得最响。其实，他负伤最轻，还能在那里极力灭火。因为，他是最后一个进来的，没进入最危险的地带。

他处在太阴黑火与太阳火精的缝隙间，忽冷忽热，让他十分难受而又恼羞成怒。他原本想以楚风为反面教材教育他的孙女，结果自身反倒成为反面教材。

“爷爷，老头子，你没事吧，都传出烤肉味来了！”他那孙女笑得很开心，在那里奚落他。

“你个小孽障！”老道士又急又气，一边骂他孙女，一边诅咒楚风。

“唉，我被你们连累，受困于此，估计会被炼成‘人丹’啊！”楚风开口。他身在元磁地穴内，现在此地化成八卦炉，神圣光辉普照，外面则烈焰腾腾。

显然，他在佯装，因为不知道这群人会不会被烧死，为保险起见，他装出了被困于此，很危险的样子。

“唉！”楚风嘴上叹着气，眼睛却观察着各路人马的状态。

闯进来的人那叫一个惨啊！

老妪被太阴黑火淹没，被烧得披头散发，浑身焦黑，艰难地挣扎，到了后面她的头发都被烧没了，原本细嫩而红润的脸变得干枯，失去了光泽。

“啊——”

她惨叫不已。

另一边，所谓的神使位于太阳火精中，地面腾起阵阵金色烈焰，将他淹没。他想逃走，但被场域的力量逼了回来。他满身是伤，焦臭扑鼻，一头金发早就没了，一条手臂都被烧断了。

他手中提着的灯笼是一件惊人的法兵，内蕴太阴之火，原本可以守护他，可是现在他被至阳的太阳火精淹没，连那灯笼都暗淡了，被冲击得即将熄灭。

不过，灯笼终究是有些作用的，不然他可能早就被烧成灰烬了。

“楚兄弟，救我，什么神使，我不当了，快将我从这里带出去啊！”埃布尔惨叫。他完全崩溃了，他不想死，这里能救他的也只有这个场域研究者楚风了。

“啊，我也很惨啊，被困在火炉中，逃不出去。”楚风对他说道，还不时号叫一声。

事实上，现在的楚风激动得想大叫，在他的身边，赤色飞剑被八卦炉锤炼着，越发晶莹剔透。他又取下手腕上的金刚琢，将它也放入八卦炉中，随着神秘能量起伏，金刚琢越发雪白，竟浮现出一些神秘纹路。

“八卦炉炼金刚琢，这……简直是天意啊！”他自己都忍不住惊叹起来。

至于他体内，那“磨盘”在快速旋转、成形，甚至重新塑造了一遍！

“啊——”

不远处，黑螭惨叫不已，在地上翻滚着。很不巧，他落入了庚金火焰中，那庚金火焰还带着金属气，像是剑光般，烧得他浑身焦黑也就罢了，斩得他手脚都断了。

其他人也都非常惨，不少强者已经化成飞灰。

“小兄弟，你有办法带我出去吗？老身向你赔罪了。”那老妪惨叫道。她实在受不了了，身体都快被大墓中透出来的太阴之力腐蚀得干枯了。

“前辈，我还想等你来救我呢！快带我去你们的神山吧，我跟你走！”楚风大叫，一副也被困住了的样子。

事实上，看着金刚琢雪白发光，出现纹路，楚风激动无比。同时，他体内的“磨盘”在蜕变，可为他以后提供成圣的契机，对于他来说，一切是如此美好。

八个方位八种火光，这可不是楚风布下的，而是古代场域的力量。八种火光化作八卦光焰，提供源源不绝的神秘能量，焚烧中心地的八卦炉。

“小兄弟，罢手吧，老朽错了，不该以你为反面教材，我自己才是反面教材，放我出去！”那老道士也惨叫着。

“嗷——”

这是楚风的回应，表示自己暂时脱不了困，没法施以援手。

只是，他叫得有些夸张，让那老道士觉察到了他在装，老道士心里大骂，这太可耻了！

“啊！嗷！”

老道士惨叫，又一次呼唤楚风，心中却在诅咒他。

“嗷——”

楚风回应。这一次其他人也都狐疑了，因为，他叫得实在太夸张了。

“啊啊啊——”

成片的强者惨叫，八卦炉周围那八种不同的火光中，那些闯进来的强者被烧得满地打滚。

“嗷嗷嗷——”

元磁地穴中，楚风也跟着叫个不停，声音之大，传遍此地。

两种不同的叫声，两种截然不同的结果。

那些闯进来的部分强者已然化作灰烬，而楚风则身体舒泰，各种彩色的能量向他的身体里涌来。

场域外，人们听得一愣一愣的，到底什么情况？听着诸王的哀号，那无疑是在经历人间惨剧，可是听着楚风的叫声，似乎有点不对头。

"嗷——"

楚风的叫声传到老道士的耳中，老道士恨不得跑过去一巴掌拍死他。老道士神觉非常敏锐，已经确定楚风无恙，那叫声是装的！

老妪哪怕被烧蒙了，反应有点迟钝，此刻也一阵愕然。

"我受不了了，楚兄弟，你精研场域，就没有办法吗？快救一救我吧！"一个王级强者浑身都是火焰，被烧得化出了本体，那是一只大公鸡。

"鸡兄，我也挡不住这些火焰，快被你们连累死了，嗷！"楚风在那里干号，暗叹可惜，那可是挣断了六道枷锁的鸡王。

他才不会去营救这些人，他早就告诫过众人不要踏足这里，但凡对他带着善意的，绝不会进来，而心怀叵测者不听他的劝告，现在落难纯属自找。

炉外烈焰腾腾，炉内光芒绚烂，各种神秘力量流转着，让楚风都要悬空而起了。

楚风心中充满了收获的满足感，几件兵器进化明显！

金刚琢置于八卦炉心，一会儿落地，一会儿离地数尺高，被彩色光芒包裹着，被仙气般的白雾环绕着。雪亮的金刚琢上，丝丝纹路浮现，繁复而深奥，连他都没有看透，需要以后慢慢研究。

他知道，这所谓的究极废料有些古怪，远没有想象中的那么简单。现在，它在八卦炉中得到锤炼，一些神异之处显现，越发神秘莫测。恍惚间，他看到金刚琢上的那些纹路化作画面：紫气东来，云聚三万里，而后一朝凝聚，成为雪亮的手环。

在金刚琢的旁边，赤色飞剑也在变化，而且变化非常剧烈。在锵锵声中，殷红的剑体在缩小，伴着火光焚烧着，一些暗红色的物质剥落下来。

这是在去掉杂质，留下精华，相当惊人。

红艳艳的剑体以肉眼可见的速度不断浓缩，越发晶莹剔透。那暗红色的物质更多了，簌簌坠落在地。

这是惊人的变化！这鲜红的剑体很不凡，不可能有如此多的杂质才对，这分明是进一步优化。

楚风觉得，养兵场域做不到这一步，这一切完全是八卦炉所为！这种自然界存在的地穴炉体最适合养兵、炼丹，实乃造化秘境。很可惜，他身边没有什么异果，不然把异果扔在这里，可能会直接化成一炉灵丹。

“下次试试看，把异果采来，放在八卦炉中炼上一炼，不指望能出什么九转金丹，能让我进化就足够了。”楚风暗自思忖。

他体内的“磨盘”在重塑，一旦彻底成形，以后他直接吞食异果、灵丹都没事了，不必非得用神圣花粉进化。

黄牛说过，这种东西十分超凡，可以帮助拥有者纯化能量、精血等，去掉各种有害物质！

一切都在向好的方面发展，楚风十分期待。

“嗷！”

楚风忍不住又发出了一声“惨叫”。

“太可耻了！”场域外，姜洛神轻啐了一口。

其他人听着楚风的号叫声，也觉得不对劲。

只有那少女赞叹道：“这声音带着磁性，好听！”

场域中，那老道士咬牙切齿，道：“小孽障，你真给我丢脸，矜持一点好不好？你体内流着圣血，要想着压制各界天骄，让你进红尘走一遭是为了让你体悟，而不是为了让你动凡心，看你的装扮，看你的姿态，成何体统！”

“哼！”那少女撇嘴，完全不当一回事。

老道士愤懑不已，斥责道：“你爷爷我都被烧成这个样子了，你还这么没心没肺！”

“老头子，你实力那么强，肯定没事，顶多趴床上养一段时间就好了！”少女拍着手笑道。

老道士气得简直想要吐血。

“啊！”

八卦炉周围，有些地带传来最后的惨叫声，不少人被烧死了！

“各位不要愣着，我们联手救他们出来。”场域外，有些人脸色惨白，急得如同热锅上的蚂蚁。因为，他们的人有的陷落在场域中。

“快，一起出手毁掉此地，瓦解这片场域，救群王脱困，这是大功德，救人一命胜造七级浮屠。”有人响应。

显然，相当一部分势力都有强者闯进了场域中，而且，进去的大多是头领，是风云人物，如果陨灭在里面，影响太大了。

然而，当场域外的人出手时，有火光蔓延出来，席卷向他们，名副其实的引火烧身。一道又一道纹路在地上出现，发出光辉，纵横交织，冲出火焰之地，将部分救援者笼罩在内。

“啊，不！”有人惨叫。

这一刻，他们体会到了场域中那些人的痛苦，有禽王想要飞向高空都不行，被一股力量牢牢地锁在地面。他们如陷泥沼，根本动不了，片刻间便被火光吞噬。

山地中有大量的进化者，他们看着场域中诸王的惨状，听着他们的声音，一个个心惊肉跳。这到底是怎么回事？场域竟有这么可怕？

“大型场域竟这么可怕，构建它的人借山川地势，一念间就可要人性命，太恐怖了！”有人叹道。

“难道是楚风所为？”玉虚宫之主说道。

“应该不是，他自己也遇险了，被困在那里，能否活着出来还很难说。”先秦研究院的齐宏林道。他提及一些旧事，当初他们来过这片地域，进入地下的一座大墓，结果险些全军覆没。

人们听闻，都沉默了。

“那应该是古代的场域研究者所为，他们刻写下各种神秘符号，在这一世还能展现威势。”

原本在他们看来，精通场域的人虽然是人才，但只是为进化者服务的，如引出地火天精来温养兵器等。可现在他们惊悚万分，这种人的厉害程度超乎他们的想象！

“这个世界上目前只有楚风精通场域，可他也被困住了，谁还能救他们？”这一刻，各方人马都绝望了。

“二太子，你挺住啊！”来自南域海的海族强者大叫着。

有海族强者护主心切，再次拼命，可是犹如飞蛾扑火，也被烧得号叫起来，瞬间便惨死当场。

“我恨啊！”黑螭大叫。此时，黑螭被烧得化成了本体，结果更惨了，因为目标太大。火光缭绕，庚金之气激射，数百米长的黑色蛟蛇不断翻滚，到最后一动不动了。

“呼！”

烈焰冲天而上，黑螭被烧得一片焦黑，彻底毙命。

“楚风，快行行好，救救我吧！我只是奉命行事，要掳你去西方，根本不关我的事啊！”埃布尔惨叫着，他也快不行了。

“咔嚓！”

他手中的灯笼解体，里面的太阴之火散去，跟太阳火精相遇，引发了大爆炸。

埃布尔惨叫，伤势更加严重，眼看就要死了。

“神啊，你这卑劣的浑蛋，为你做事的人都没有好下场，先有席勒，后有亚曼，现在轮到我了。啊，你这该死的神！”这是埃布尔最后的诅咒，而后他就被烧死了，带着诅咒离世了。

“楚风，快想一想办法，老身给你赔礼了，不该想着强行带你走，救一救我吧！”老妪伤势严重，但还没有死，让人惊叹。

她手中抓着一截青藤，那截青藤先后三次发光，将淹没她的火光引走。

“前辈，嗷，我也要死了，快被炼成‘人丹’了。前辈，你来救救我吧，我要跟你进神山啊！”

楚风的号叫声在老妪听来太刺耳了，什么进神山，简直是赤裸裸的讽刺，她还有什么资格带走楚风，自己都快要完了。

“砰！”

终于，那截青藤被烧断了，老妪干枯的躯体再也承受不住了，熊熊燃烧起来，同时，老妪发出了鬼哭狼嚎般的声音。

“什么味道？”楚风鼻翼翕动，而后一声惨叫，他竟然真的从自己身上闻到了丹药味。

他手忙脚乱，恨不得立刻扑灭炉火。真要将自己炼成“人丹”了？他气得大骂起来，几乎把自己也搭进来了。

此刻，他感觉眼睛生疼，跟针扎似的，疼得难以忍受，接着，他的双目迸发出金光。

楚风惨叫着，满地打滚，让场域外的众人吃惊，以为他多半真要完蛋了，因为他身上也有些许火光。

就在楚风要断掉火源时，他感觉眼睛处一阵清凉，眼睛居然不疼了，接着双目中射出两道金色光束。

“嗯？”他发呆，什么情况，自己的视觉怎么这么强了？

“火眼金睛？”楚风狐疑。这八卦炉将他的眼睛炼得有些特殊了。

当向外看去，目光落在人群中时，他神色古怪，怎么隔着衣服能看到身体啊？他赶紧捂住眼睛。

第175章

火眼金睛

楚风看向前方，眼睛中金光流转，越发灿烂。

一群人也都在盯着他，有些狐疑，见他周围尽是火光，以为他也要遭劫了，可是他的眼神看着有些不对劲。

楚风苦着脸，口诵大雷音呼吸法，想“净化”自己。

他能感觉到，自身还在变化中，附近的火光缭绕着他，不时钻进他的身体中，简直像是在焚烧他的身体。

庆幸的是，八卦炉超凡，过滤掉了火中的戾气，因此，火光没有对他造成致命的伤害。

海底石刻中提及，这样的玄妙地势，这样的神炉，最适合养兵与炼丹，这种说法果然有道理。

有戾气的火光冲进来，怎么可以炼丹？药草必然会化成灰烬。

只是，随着能量交织，火光越来越盛，都快把楚风淹没了，他有点心虚。丝丝凉气蔓延向他的双眼，炉火还在熬炼他，没有结束，他眼中的金光越来越炽烈。

“我不会真的被炼成‘人丹’吧？”楚风心中忐忑，这样熬炼下去，他会不会出事？

“哎呀，糟糕，身体的气味越来越浓了！”他怪叫起来。他身体的气味十分诡异，有烤肉的气味，也有丹药的气味，他不知道自己会先被烤熟，还是会先拥有药性。

他觉得，人体本身就是一种大药，这样熬炼或许有好处，能促进进化。他的视觉大大增强，可能就是熬炼身体导致的。

“我再坚持一下，实在不行就结束！”楚风给自己画了一条警戒线，超过了警戒线的话，他绝对会果断地熄灭炉火，不去冒险。

他的体表有些发黑，但他发现身体内部晶莹，血液流淌时伴着精纯的能量，而且，他的身体被火光灼伤后，变得坚韧了一些！

同时，楚风注意到，那“磨盘”被重新塑造，完善得差不多了。

突然，炉中火光大盛，一下子将他淹没。

场域外，所有人都吃了一惊，不少人发出惊呼声，觉得楚风危矣。

就连楚风自己都吓了一大跳，这太突然了，八卦炉中火焰来势汹汹，将他这里全部淹没了。这时，他体内的“磨盘”彻底成形，开始快速转动，并疯狂吸收火光，汲取炉中的能量，像是无底洞般。

“是它导致的！”楚风吃了一惊。“磨盘”已趋近完美，现在正在疯狂吸收炉火，让自身无瑕。

他有点紧张，用精神力观察体内的“磨盘”。

楚风来这里布下这么大的阵势，激活古代场域，焚烧这八卦炉，就是为了温养“磨盘”，让它彻底成形，从而消除自身的隐患。现在到了最为关键的时刻！

那“磨盘”在他的体内转动，虽然直径不足十厘米，此时却有了非凡气象，像是可以磨砺世间万物，碾碎一切阻挡。蒙蒙的雾霭，炽烈的火光，以及浓厚的能量，一起将它包裹起来，那里一片朦胧。直到最后，“磨盘”变得晶莹剔透，彻底完善了。

这一刻，楚风感觉神清气爽，虚弱感消失了，能量从体外涌进来，经过“磨盘”的碾压，涌向他的四肢百骸。

此时，他体内的能量品质高得吓人，比以前强了一大截。他恢复到了巅峰状态，确切地说比以前还要强，因为如今他体内的能量比以前还要精纯，调动起来时威力会更大！

而且，他有一种感觉，只要他愿意，他现在完全可以挣断后面的枷锁，直接突破！

但在这种场合下，他没有妄动，还不想暴露。

那“磨盘”成形并彻底完善后，便对他没有危害了。

事实上，现在的“磨盘”给他带来了莫大的好处，瞬息间就能接引大量的能量，并且提纯。同时，他的筋骨受到“磨盘”的碰撞，也在轻颤，像是在经受打磨，从而变得更坚韧。

楚风真切体会到，黄牛所说的话没有错，这种器物为成圣提供了契机，体内蕴藏着这种器物，好处太多了！

“难怪金身菩萨级进化者、妖圣等费尽心力也要给后人留下这种东西。”

接下来，楚风发现“磨盘”转动速度变慢，而且由晶莹变得晦暗了。

他心头一动，依照古籍记载，这是神物自晦！它已经成形，没有问题了，却“自我蒙尘”，看起来十分古朴，像是经历了千秋岁月。

“嗯？”

到了后来，一层蒙蒙雾气将它包裹起来，使它与外界隔绝开来。

“需要如此吗？过于非凡，所以自我隐藏？”楚风惊诧。

很快，他发现了异常，那层蒙蒙雾气发出微光，而后化成胎膜般的东西，裹着“磨盘”。同时，他体内的能量涌动，不断被“磨盘”吸收。

“这是怎么回事？它还在汲取外面的能量？”楚风惊疑不定。

随后，“磨盘”掐断了与八卦炉的联系，藏于他的体内，只借助他的能量，像是在进行最后的熬炼。

现在，他体内充满能量，比以前更强了。

楚风觉得，自己平静地度过这段时间为好，不要急于挣断后面的枷锁，等“磨盘”彻底变化完毕再说。他怕体内血液激荡得过于剧烈，影响到“磨盘”最后的蜕变。

体内趋于平衡，他回过神来，开始关注体外。

八卦炉内，火光跳动，金刚琢越发明亮，而后“当”的一声坠落在地，上面纹路灿灿，接着慢慢收敛，消失在内部。

这件无上的武器在八卦炉中的熬炼结束了。

楚风捡起金刚琢，感觉到有些不同了，雪亮的金刚琢似乎跟他多了某种联系，他觉得如果将其打出去，可凭心念寻回。同时，金刚琢的威力肯定提升了，具体如何还需要实际检验。

他手持金刚琢，十分心安，似乎可以不惧其他任何武器。

“持着它竟有这种感觉，难道它厉害到了这等地步？”楚风疑惑。

“当！”

随后，赤色飞剑坠地，它跟以前大不相同了，从接近巴掌长浓缩到手指那么长，晶莹剔透！地上有不少暗红色物质，都是从赤色飞剑上脱落下来的，它明显被八卦炉优化，熬炼到了一个惊人的层次。

楚风手持赤色飞剑，觉得它锋利得可怕，品质比以前提升了很多，稍微催动，便赤光迸发，染红此地。

除此之外，紫金雷电锤也小了很多，此时缭绕着电光，无须细想，它的威力肯定更惊人了。

出乎意料的是，玉瓶跟金刚琢一样，外表没什么变化，不曾缩小，没有杂质脱落。

“这玉瓶不简单！”

至于黑色短剑，他没有拿出来在此地熬炼，因为他有赤色飞剑足够了，而且那黑色短剑可能属于域外生物，他担心被人认出，从而惹来不必要的麻烦。

此时，他双目中金光流转，视觉更惊人了。

“真成了火眼金睛？”楚风狐疑。

他没有急着出去，又等了一段时间，觉得自身接受洗礼到头了，视觉等没有再出现什么变化了。

“好疼啊！”直到此时，楚风才感觉皮肤又疼又干燥。先前他太投入，忘记了这种灼伤。

不过，八卦炉化去了火光与能量中的戾气，相对来说，他比那些人受的伤害小多了。

“嗯，人呢？”楚风发现那些闯入者大部分被烧死了。

他仔细扫视四周，发现只有两个人还活着。

老妪身体焦黑一片，但还活着，她的心口处有一团绿光护着她。

“好东西还真是不少。”楚风笑道，不过他知道，现在的老妪不足为患。

老道士很惊人，居然熄灭了身体上的火焰，正在远处笑眯眯地看着他，这老家伙有些恐怖。

“孙女啊，这次爷爷再现身说法，告诉你所谓的场域研究者终究太脆弱，你来看我如何指点他。”老道士换了一件紫袍，此刻不怀好意，想要收拾楚风，同时教育他孙女。

“那是什么东西？”楚风面露惊容。他现在有火眼金睛，视觉异常惊人，看到那片地下有黑影浮现。

“前辈，你还是赶紧离开吧。”楚风劝老道士。

“小子，你刚才嗷嗷叫，不理会道爷的求援，以为道爷我会在这里栽跟头是吧？现在，道爷我要跟你算账！”老道士“嘿嘿”地笑着。

楚风熄灭了周围的火焰，劝道：“前辈，你还是赶紧退走吧，那片地带危险。”

“怕了？晚了！”老道士翻白眼，而后冲他孙女道，“看好了，我现在就告诉你什么是砧板之肉，什么是脆弱不堪。”

他想教训楚风，出一口恶气。

然而，此时地面突然裂开，土石迸射出去，一只长满黑毛的大手刹那间伸出，向着老道士抓去。

这一刻，所有人都惊呆了。那只大手非常恐怖，漆黑如墨，满是黑色的长毛，带着太阴之力。

“哎哟！”老道士反应迅速，一跃而起，可他那原本就被烧伤的身体还是被大手擦到了，他脸色都变了，在那里“嗷嗷”直叫。

“老头子，你今天出门没看黄历吧，太倒霉了。”少女在那里喊道。

“道爷我今天倒霉透顶，这个世界上还能有这种尸体？快逃！”老道士一瘸一拐的，逃之夭夭。

“天啊，是神话大墓中的那具尸体！”先秦研究院的齐宏林惊呼起来，也转身就跑。

人们见状，都吓坏了，一起向紫旌山外狂奔。因为，那太阴之力太恐怖，黑云遮蔽天日，简直像是盖世神魔复苏，要踏毁日月山河。

楚风也跑了，不过没跑多远，他就停下来了，他看到那只长满黑毛的大手又退回了地下深处。

他叹息，八卦炉不是天然形成的，这里是人为培育的地势。

“真正自然形成的神炉地势，估计能炼仙丹，养圣器。”楚风猜测着。

之后，他不紧不慢地走出紫旌山，太极老宗师来找他，看他平安，长舒了一口气。

随后，龙女等也出现了。

许多人都回来了，因为感受到那太阴之力已消失。

人们面露惊容，看向楚风，那么多高手都被烧死了，他居然能活下来？

“身体有丹药香气，天啊，楚哥哥，你不会将自己炼成了长生肉吧？”那少女跑来，水汪汪的大眼睛看着楚风，一脸稀奇之色。

楚风看到她跑来，赶紧捂住了眼睛。

各大势力的人都回来了，看向楚风，想要向他了解详情。

“你捂着眼睛干什么？”有绝顶王者问道。

“怕被天打雷劈。”楚风说道。

一群人顿时惊疑不定。

“你的眼睛怎么有金光？”有人惊异地问道。

“被烧伤了！”楚风答道。

“你总是看天干吗？”又有人问道。

“我在看什么时候打雷，我准备渡劫。”楚风随口答道。

打雷？开什么玩笑，此时碧空如洗，艳阳当空，哪里有什么雷电？

“扑哧”一声，姜洛神嫣然一笑，道：“你是不是亏心事做多了，怕遭天打雷劈，所以才这么紧张，盯着天空？”

楚风心头一跳，他自己都觉得，自己的火眼金睛竟然有这种特殊的能力，真是罪过！但是，他一时间竟无法解决这个问题，这火眼金睛未免太霸道，怎么才能隐去这种特殊的能力？

此时，那个老道士正拨开人群，黑着脸走来。老道士一瘸一拐的，换的一身紫色道袍现在也破破烂烂的了。

“小兔崽子，你可真行，烧得道爷我快要死了，你还跟着嗷嗷怪叫，这是找死吧！”老道士憋了一肚子气骂道，没想到牵动了伤口，不禁龇牙咧嘴。

楚风不看他，干咳几声，转移话题道：“前辈，你们家孩子是怎么养大的，这么小就出落得这么漂亮了？”

“楚哥哥，你这样说人家会不好意思的。”少女摆出一副娇媚的姿态。

老道士当即就不乐意了，捋起袖子。

“敢打我孙女的主意？我打你个小王八蛋！”老道士瞪着眼，就要动手。他早就看楚风不顺眼了。

少女动作迅疾，挡在前方，道：“爷爷，你再蛮不讲理，干涉我私生活，我就跟你绝交！”

“一边去！”老道士生气地说道。

“前辈，我看你情况不太妙！”楚风说道。

“你说什么？”老道士狐疑。

“别误会，前辈你中了上古大墓的毒，一股黑气浮现在印堂，你得赶紧化解。”楚风说道。他的眼睛很厉害，他看得清楚，老道士体内一股黑气盘绕，正蒸腾而起。

老道士脸色变了，其实他自己也早已觉察到，过来就是为了带走他孙女，不愿久留。

他没有想到，这里竟有这样恐怖的大墓，那里面埋着的人物一定大有来头。

“前辈，你现在得刮骨疗伤，不然会有性命之忧！”楚风郑重说道。

“怎么有一股腐烂的味道？”有人开口。

老道士闻言，十分难堪，他的身体被那长满黑毛的大手擦到，真的腐烂了？

“走！”时间耽搁不得，老道士抓住少女，转身就走。

这一次，少女也觉得问题严重，没有反抗，快速跟着老道士离去。

“楚兄弟，刚才到底怎么回事？为什么有火光冲天？那些人几乎都被烧死了，你却……无恙？”这时，一群人都围了上来，不断询问。有人疑惑，有人质问，也有人带着杀意。

死了那么多高手，这件事影响极大。失去高手的势力自然十分心疼，很是愤慨，置身事外的人则只想知道究竟。

“我早就说过，不要闯进那片禁地，否则会有大祸，我警告过所有人，但有些人不听劝告，还连累了我！”楚风指着自己的身体，道。他现在的身体也是一片焦黑，被烧伤得不轻，起码表面看起来是如此。

“你们看到了，尤其是我的眼睛，都快看不到东西了，那些浑蛋害惨了我！”楚风一副愤慨的样子，一边说着一边眨了眨双目，顿时金光湛湛。

这让一些人无语，他这双眼睛真烧坏了吗？怎么觉得越发亮了，跟两盏金灯似的？

“楚风，你没事吧？”林诺依上前问道，她面孔绝美，清丽动人。

楚风看着她，像是被水呛住了，直咳嗽。

“没事，刚才被火烧的，身上火气太盛。”

“咔嚓！”

一阵雷声响起，楚风顿时身体紧绷，诅咒道：“还真要遭天打雷劈啊？”

他仰望天穹，可是，空中并无雷电落下，依旧晴空万里。

“不是天上，是紫旌山那边，那场域附近传来雷鸣声。”有人提醒道。

“哦，这样啊，太好了！”楚风长舒了一口气，所谓做贼心虚，莫过于此。

他补充道：“我退化严重，已经半废，所以神觉没那么敏锐了。”

楚风边说边用精神力观察自己的身体内部，进一步将体内能量注入那“磨盘”中。

一群人不管是否对楚风有意见，都一致认为，眼下他的场域造诣最高，这个世界上无人能出其右，还需要跟他合作。

一群人陪着楚风，再次来到那片山地，四处观看。

“那地下大墓竟引来雷电，刚才的雷电分明是在震慑那地下的东西！”有人神色凝重地说道。

楚风观察良久，道：“这地方暂时不能用了，平衡被打破，下次说不定有更古怪的事发生。”

突然，那片地带传来痛苦的呻吟声，有一截“焦炭”动了，费力地爬出，让一群人心里都发毛。众人仔细观看，那竟是天神生物的老妪，她也没死，生命力顽强得惊人，只是被烧残了。

那个眉心有一点殷红印记的年轻男子冷冷地看了一眼楚风，而后快速冲了过去，将老妪扶起。

一群人都围了过去，因为他们已经知道，这可能是一个域外生物，来头极大！谁都没有想到，她才现身而已，就被烧残了。

不过，各方势力还是很慎重，对她带着敬意，想跟她拉上关系，为以后留一条路。

“前辈，你可真是个奇迹，生命力顽强。”楚风也上前，假意恭维，而后又很认真地开口，“你们的神山在哪里？我想跟你们进山，去研究场域。”

他现在真想去了，惦记上了老妪等人收藏的场域书籍，因为他已经恢复了实力，又有金刚琢在手，还真是不怕什么。当然，如果这些人有歹意，他不介意大闹天神生物。

老妪心中有一股火气，觉得太憋屈了，她才出山啊，就这么残了！现在楚风主动要求跟她进山，她真是有些疑惑，甚至略带惧意。她在想，刚才的场域中火光冲天，焚烧四方敌人，到底是否跟这个年轻人有关？

众人一起离开这里，回到海明城。

短时间内，这片地带没法再布下场域了。可是，各方势力都还想借楚风之力温养兵器，提升自家神兵的品阶呢。

此时，有人盯着楚风手上的金刚琢，目光灼灼。

“我们可以换一个地点，再次布下场域。”有财团的人说道。

“去‘封禅之地’吧，还有比那里更惊人的地势吗？楚兄弟场域造诣惊人，说不定可以在那里开辟道路，带我们进入有祭坛、有古老圣树的神秘空间，获得大机缘。”有人这么建议。因为在很早以前，肽山上就有药香飘出，但是人们就是寻不到神秘空间的入口。

这么重要的一个地方，到现在为止，却少有人在那里获得机缘，这明显不正常！

所有人都觉得，“封禅之地”乃第一圣地，一旦寻到正确的路径，进入古老的折叠空间中，收获必定会很惊人。

玉虚宫之主脸色变了，他不希望别人前往“封禅之地”。

楚风闻言，道：“好，就去那里！”

他还真想探一探“封禅之地”的虚实。紫旌山都有八卦炉地势，“封禅之地”又怎样呢?

第176章

开启“封禅之地”

肽山脚下，一家酒店中。

楚风浑身焦黑，现在还是一副烧伤了的样子，但他没有急于处理伤势，以他现在的实力，他身上根本不会留下伤痕。

早在觉醒境界时，他负伤后就不会留疤痕，伤势会迅速好转，更不要说他挣断心脏部位的枷锁后又获得再生术了！

他已在肽山脚下，静等各方人马赶来。

进军“封禅之地”是大事，谁都不会妄动，达成意向后，各方人马便都回去做准备了。

“会不会太冒险？你跟他们合作，无异于与虎谋皮。”普梦山的太极老宗师皱眉，道。他还真是有点担心楚风，因为，他发现楚风越玩越大，在紫旋山闹出的动静已经够惊人的了，现在还要去“封禅之地”？

“有件事我还没有告诉前辈。”楚风微笑道，同时释放出丝丝缕缕的能量，很隐蔽，但是在这么近的距离内，太极老宗师还是感应到了。

“你……”他霍地站起身来，分明感觉到楚风完全恢复了，那丝丝缕缕的能量很恐怖，是绝世高手才会有的能量！

太极老宗师真的惊呆了，楚风下山，想借财团之力恢复实力，他当时还有各种担心。

事实上也是如此，在紫旋山时，有多少强者要对楚风下手？若非那八卦场域火光冲天，谁能抵挡住那些强者的攻击？

可是，楚风竟然成功困住了那些强者，实力也恢复了！楚风的战力早已得到过检验，一个人就能横扫一群顶级王者。他恢复过来后，哪怕身边都是对他有敌意的人，也没有什么可担心的了！

下一刻，太极老宗师哑然，他知道楚风要坑人了！

楚风在房间中施展太极拳，一手雪白如玉，一手漆黑如墨，在空中画出一道道弧线，飘逸而轻灵，舒缓而有道韵。随后，那里发光，不过能量被楚风很好地控制住了。

“果然，你练拳有成，造诣惊人。”太极老宗师感到很欣慰，楚风在体内没有能量时就开始练太极拳，如今恢复了实力，所练的太极拳威力不可同日而语。

他刚才看到，楚风练拳练出了神通，黑白光芒迸发，绝对恐怖，要是跟人交手，施展出太极拳，必定所向披靡！他自身早就练拳练出了神通，深深地知道到了这一步后会多么强大。

太极老宗师放心了。

楚风演练拳法完毕，开始用精神力观察自身，研究火眼金睛。这火眼金睛平日不用时怎么才能隐去？不然也太苦恼了！

“嗯？减弱能量就行，就这么简单？”楚风发现，他的眼部附近有非常旺盛的能量，他只要压制那里的能量，火眼金睛就会隐去。

紫旌山完事之后，他便动身，坐在一只禽王身上赶到了肽山脚下，现在才有时间体悟。

火眼金睛这种特殊的本领，在那些传说很强大的世界中也非常罕见，这种能力很神秘，难以说清是怎么开启的。

接下来，楚风开始研究场域。

经过龙女同意，他在将海底石刻上的内容都记在了脑海中后，便将海底石刻毁掉了，因为怕里面记载的八卦炉的事曝光。

他沉思着，回想那些海底石刻上的内容。

在他身边，还有一本又一本发黄的书册，都是残本，多的二十几页，少的只有几页，皆是各大势力送来的，供他研读。

在紫旌山经历过八卦炉这种地势后，看到那些古代场域复苏，楚风收获巨大，现在再研究这些残本，便能领悟得很透彻。

接下来的几日，他的场域造诣明显精进不少。

几日而已，各大势力便准备得差不多了，不少人马已经到了肽山脚下。

玉虚宫之主、八景宫之主很不高兴，因为这是他们内定的道场，他们想全力以赴地拿下，结果要被群王瓜分？

数天过去，楚风的烧伤好得差不多了，倒也合理。

此时，他正在吃一颗鲜红的果实，果实喷香，入口即化，满嘴香甜的汁液带着沁人心脾的芬芳，太诱人了。

“这就是异果？”作为一个吃货，楚风到现在才吃到异果，深感羞愧。

这是财团送上的心意，足足一箱子，被他当作普通水果吃。为了跟他合作，那些人送了不少珍贵的礼物给他。

此前，他以神圣花粉进化，不敢服食异果，因为黄牛说有副作用，他担心会影响以后的成就。但现在不同了，他体内的“磨盘”已成形，以后这不成问题了，服食异果也不会阻碍他的进化之路。

美中不足的是，“磨盘”还在蜕变中，为了保持体内宁静，他没敢妄自挣断后面的枷锁，想安然度过这个时期再说。

“肽山上那些无法踏足的地带肯定有很多异果，到时候采摘干净，带到八卦炉中去炼丹药。”

楚风静极思动，来到外面。他这几天研读关于场域的书册，现在想去实地试验一番。

封禅，封为祭天，禅为祭地。显然，祭天处是在肽山之顶，而祭地处就在山脚下。

楚风让人搬运磁石和玉石到山脚下的祭地处，准备在这里试验。

天地剧变后，祭地处也不同了，变得广阔很多。很快，这里就会成为他的试验之地，在真正登山前，这片地带被他不断布置，一般的人不允许接近。

不少大势力都到了，眼下都不断满足他的要求，尽量配合他，让他安静地研究，提高场域造诣。

两日间而已，这片地带便烟雾迷蒙，外人看不透了。楚风布下了一层场域，覆盖此地，他在里面安静地刻写符号。

“不错，本领不凡。”就在这时，楚风布下的场域中传来淡淡的声音，有人硬闯进来了，夸赞他的场域造诣。

这片区域原本被迷雾遮掩，仿佛与外界隔绝开来，现在竟有王者进入，且不是多友善。

“你是谁，怎么闯进来的？”楚风问道。

“你太迷信自己的本领了，这又不是什么高难度的场域，不就是刻了一些云雾符号吗？真以为可以让所有人都迷失方向，都进不来？”那人嗤笑道。显然，那人懂得一些场域符号，虽然谈不上精通，但是这种云雾还是无法让他迷失方向的。

“你想做什么？”楚风问道。

楚风现在可以看清那人了，那是一个中年男子，四十几岁的样子，是一个强大的王者，并且懂得场域。

“我来这里想现场见识一下你的场域实力，更想知道紫旌山那里的灾祸是不是你有意造成的。”中年男子道。显然，他认为紫旌山那里的火焰焚烧诸多高手，跟楚风有密切关系。

“你觉得呢？”楚风问道。

“现在看来，你没有那么大的手笔，凭你的造诣还差得远。”中年男子带着自信的神色，接着补充道，“不过，你的场域本领也算不错了，重要的是你非常有天分，我特意来这里接你走。”

楚风诧异，这个中年男子来此是为了探究，更是为了掳走他？

“我虽然废掉了，但是，场域本领还是有一些的，你也是场域研究者，要跟我动手吗？”楚风问道。

“我是进化者，场域多少懂一些，这么近的距离，我想要掳走你，还需要什么场域之法吗？你没什么机会！”中年男子淡笑道。

“你恐怕带不走我。”楚风说道。

“你是想等普梦山那位太极老宗师来保护你吗？他被人引走了。”中年男子说道。

“这不公平。”楚风说道，“若非废掉了，我根本不惧。”

就在这时，另一个声音响起：“看来是我多想了，你身体的确出了问题，紫旌山的事是个意外，不过，这样更好，我带你回山。”

楚风见过这个人，他来自天神生物，曾跟那个老妪走在一起，眉心有一点殷红印记，是一个容貌十分英俊的年轻男子。

“你是域外的人？”楚风皱眉，问道。

“看来你知道得不少啊，该不会是诺依告诉你的吧？不过我劝你，不要痴心妄想，你配不上诺依。”那年轻男子微笑道。

楚风很平静，道：“二十一年前你还小，不可能是那批降临者，你应该是他们的后代吧，是那个老妪的后人？”

“她只是我父亲的侍女，当年有幸跟着成功降临。”年轻男子面带笑意地说道。

楚风揶揄道：“那个老妪年岁不小了，这么说，你父亲也是个老怪物，你是他与这个世界的女人生下的？”

年轻男子脸上露出一丝恼意，道：“我们看你是人才，才对你客气点，希望你不要激怒我等。”

“诺依很被你们那个道统看重吗？”楚风问道。

“你现在还没有资格知道，加入我们，以后你会慢慢了解的。”年轻男子淡淡地说道。同时，他旧事重提，说他们有场域书籍，他身边的中年男子就是研读了不少场域书籍，才领略了一些场域知识的。

“跟我走吧。”年轻男子说道。

“看来，你的地位不高啊，应该是你父亲留在外面的私生子，对很多事不是很了解，你不愿多说，只不过是在掩饰自己懂得不多的事实。”楚风说道。

“你放肆！”

“我想知道，你父亲出山了吗？知道你来这里吗？”楚风问道。

“告诉你也无妨，他还不到出山的时候，来这里请你，还不用惊动他老人家。”

楚风笑了，道：“这我就放心了。”

下一刻，他出拳向前击去，“砰”的一声直接给了那个懂得场域的中年男子一拳。

“你……”中年男子临死时都在震惊，他可是挣断了六道枷锁的王者，怎么会这样不堪一击，这么快就死在了一个“废人”的手里？

“真当我可欺啊？相对场域来说，我更喜欢直接动手！”楚风微笑道。

年轻男子神色变了，他知道糟了，这个人哪里废了？分明是在故意等人上门找死！他果断后退，想要逃走。

但是已经晚了，“砰”的一声，他被楚风迅疾如鬼魅般的身影追上，一把拎起，抓了过去。

“怎么可能？”年轻男子又惊怒又羞恼，他就这么脆弱不堪吗？

“嗯，跟我说说域外的事吧，不然，你知道我的手段！”楚风冷冷地道。

年轻男子名叫韩飞，此刻，他万念俱灰，觉得太可笑了，一个“废人”，便将他这个降临者的子嗣轻易拿下了，这太恐怖了，这是能跟域外天骄争锋的“土著”！

他不会料到，楚风体内多了一个“磨盘”后，肉体中的能量更加精纯，战力大大增强。域外也只有无上道统的传人体内才可能有这种东西。

韩飞有种强烈的挫败感，他眼中的“土著”竟足以跟域外天骄一较长短，尤其是在此之前他还一直视此人为废人，这实在太可笑。

他眼底深处有不甘，更有冷厉，但他很好地掩饰着，这种事得上报，后患得尽早清除。

在这个世界上，谁能占据先机，夺到顶级资源，谁就能步步领先。

只是他如何才能逃走？这是一个大问题！

韩飞虽然内心不安，但还是心存侥幸，面露温和的笑容，说他们没有恶意，真的只是爱惜人才，想请楚风去精研场域。

依照他所说，天神生物占据的嵲山有秘册。

楚风没理会他说的话，而是直接问各种问题，比如他的父亲在哪里，来自域外哪个传承，实力有多强，等等。

韩飞答得不顺畅，因为有些事他也不清楚，便临时编造，出现一些漏洞，被敏锐的楚风当即揭穿。瞬息间，他的冷汗就流出来了。

“你这个私生子地位真不高啊。”楚风说道。

韩飞心有杀意，但是现在不敢显露出来。他尽量微笑，同时主动提及林诺依的种种，想拉近与楚风的关系。

然而，楚风怎会觉察不出他心中的杀意？在他惊恐的目光中，楚风出手了。

“我恨啊！”最后关头，韩飞的喉咙艰难地动着，发出低吼。身为降临者的后人，他一直以域外传人自居，以为自己以后会回归母星，会有耀眼的人生，结果就这么死在一个“土著”手中？

楚风看着他咽气。

该了解的都了解到了，楚风已经大体知道，韩飞的父亲可能在极地，也可能在所谓的麒麟巢穴附近，正在蛰伏。但是，不知道具体地点。

同时，他也意外了解到，林诺依身上有秘密，非常受那个道统重视，可能会被送到那个所谓的母星。

不久后，太极老宗师回来了，告诉楚风，他解决了两只禽王。连天上飞的王级生物都被他打下来了，这很惊人。

“你除掉了域外降临者的后代，不会惹来麻烦吧？”太极老宗师皱眉。

“无妨。”楚风摇头道。他并不担心，他已经了解清楚，这个韩飞是自作主张而来，都没跟别人说，不然他也不会对韩飞出手。

韩飞暗中潜入迷雾场域中，想神不知鬼不觉地掳走楚风，这倒也为楚风提供了方便，都不用想怎么善后了。

他只是有些遗憾，韩飞知道的事不多。

“唉，我有些后悔了。”楚风嘀咕着。

“怎么了？”太极老宗师问道。

“还不如让他们将我抓去嵲山参悟场域书籍呢。”凭他现在的实力，去嵲山都不用担心什么，毕竟韩飞的父亲还没出山呢。

“希望其他财团的人也来抓我，如果他们的山中好处多多，我绝不反抗。”

听他这么说，太极老宗师这样的厚道人还真不知道说什么好了。

如果是大黑牛、西伯利亚虎王在这里，一定会将楚风视为知己，非常乐意配合楚风。

就在当日，晚霞漫天时，又有人闯进来了。

“你们想抓走我？”楚风一脸期待之色。

这次闯进来的总共有三个强者，这三个强者看到他的眼神，都觉得不对劲，吓了一跳。

很快这三个强者就稳住了，其中一个女子脸上带着冷冷的笑，道：“笑话，要你何用，斩了就是！”

这三个强者来自南域海，不用想都知道，这次行动跟黑朧、黑螭的死有关，他们想要来复仇。

楚风当即脸一沉，开口道：“不是拥有场域秘本的人，不想掳走我，要你们何用！”

什么情况？这个楚风希望被抓走？三个强者都有点无语。

“动手！”三个强者向前扑击而来。其下场自然很可悲，被恼羞成怒，想被掳走而不成的楚风全部拍死，显出本体，被扔进玉瓶中。

经过八卦炉的熬炼后，玉瓶外表没什么变化，但内部空间大了很多，足有八百立方米了。楚风怀疑它有禁制，上次在紫旌山被破开一部分，所以内部空间变大了。

“怎么没有人来抓我？”在接下来的两日内，楚风期待的事依旧没发生，这里风平浪静。

一天后，菩提基因那个金身老僧千迦出现了。当初楚风在千普山上跟他见过，他掌握金身罗汉级呼吸法，如今实力更强了，已是绝顶王者。

“阿弥陀佛，善哉，善哉。”千迦皮肤呈淡金色，慈眉善目，脑后似乎都要出现佛光了。

千迦这是什么意思？楚风不解，但很快就知道了，他这是在邀功。

姜洛神跟在千迦身边，嫣然一笑，道：“楚风，你得感谢我们，千迦大师帮你击退了四批心怀不轨的人。”

“都是什么人？”楚风问道。

“别担心，估计他们只是想掳走你。”姜洛神微笑道。

楚风听闻，顿时不满了，原来他的“机缘”被千迦给挡了。他还真是有脾气没处发，他还想被人掳走呢，至于肽山什么时候都能来。

当然，如果有人知道他的想法，肯定会目瞪口呆。

“你要怎么谢我们？”姜洛神邀功。

楚风睨视她，心中不满，觉得被人阻了“机缘”，便直接将双手搭在她的肩头，假装深情地注视她，道：“你对我太好了，我知道你的心意。”

姜洛神受不了了，起了一身鸡皮疙瘩，打了个哆嗦，她知道这家伙是故意的，赶紧拍开他的手。

千迦装作没看见，口诵佛号，神色庄严。

远处，有人起哄。

楚风回头，发现来了很多人，各大势力准备充足，人马几乎都到齐了，要跟着他一同登临“封禅之地”。

林诺依也来了，就在不远处，她面容清丽，气质冷艳，正静静地看着这边。

楚风看到了林诺依，也看到了那个老妪，她竟然被人用软榻抬着来了，仰坐在那里，虽然被烧残了，但依旧精神矍铄。

楚风向林诺依和老妪等点头。三日前他除掉了眉心有一点殷红印记的韩飞，这些人不会有所察觉吧？目前看来，应该没什么问题。

肽山十分雄伟，天地剧变后，更是冲天而上，矗立于天地间，震撼人心。一路上，可见山崖发光，各处景物都显得很神圣。

这里跟以前完全不一样了，从山顶沿着崖壁向下流动着朦胧的光辉。

楚风他们登山，来到肽山之巅。迷雾依旧在，略显缥缈。天地剧变前，这里不大，而今，这里被雾气笼罩着，像是走不到尽头。

“绝世场域啊。”楚风叹道。

再次来到这里之后，他能够看出部分本质了，这片地带自然是开启了的折叠空间。更重要的是，这里遍布场域，整片地带太非凡了。他感受到这里有羽化飞仙、冲天而去的地势，甚至隐约间听到先民的祭祀音传来！

楚风双目发光，动用火眼金睛，顿时看透土层下的场域符号，一看之下，心绪激荡。这里的布置太玄奥了，简直是鬼斧神工。

楚风走走停停，有时掘开土石，很小心地观察，有时低头不语很长时间。这片地带极其非凡，地下的古代场域符号繁复得惊人。

最终，他们来到迷雾最深处，也就是最容易迷失方向的地方。这里花香飘溢，果香扑鼻，绝对有神秘空间，但他们找不到入口。

楚风开始推演，不时在磁石上刻写符号，将磁石排列组合，布置出各种小型场域，进行测试。

“不行，直着走进去可能会踏入失魂场域中，那是锁龙桩的升级版！”

“斜着走进去也不好，会步入太阳火精凝聚的坑穴中，瞬间化成飞灰。”

楚风反复研究，不断测试，感觉这片地带每隔不远就有场域，都是古人的心血结晶，看来古人对这祭天之地无比重视。

足足用了八日，楚风耗费了大量的磁石和玉石，这才有了惊人的进展，这么多的材料也只有各大财团才能供得起。

一条鹅卵石铺成的小路浮现出来，通向一个散发着朦胧光辉的空间。

“真的成功了！这是要提前开启肽山的无上造化吗？”人们吃惊不已，暗叹楚风造诣惊人。

自从天地剧变后，也不知道有多少强者来攻过肽山，虽然多次闯上来，但得到的东西很有限。

大家都知道，以后这里肯定了不得，随着名山自动敛去场域，露出本来面目，这里肯定会有各种圣树、异果出现。

谁都没有想到，楚风今天便开启了一条路，让众人进来了。

玉虚宫之主、八景宫之主也在人群中，脸色阴沉。这里被他们视作自己的道场，可是现在他们却要与人分享这里的机缘。他们很后悔，当日真不该放走楚风，如果将他留在玉虚宫，请他专攻场域，如今这里的机缘将专属于他们。

此时，许多人看楚风的眼神都变了，天下名山那么多，如果拥有楚风，那他们以后的进化之路将光明璀璨！这种人无论如何也要掌控在手！

在楚风的带领下，一群人沿着悬空的鹅卵石小路向前走去，周围尽是白雾，他们不敢大意，都很谨慎，唯恐坠落下去。

终于，他们到了空间入口处，这里有一片石台，可以承载群王。

“咦，那是……”楚风盯着前方，此时，他使出了火眼金睛，看得真切。

“你看到了什么？”姜洛神就在他旁边，询问道，同时碰了碰他的肩头。

“空间深处有一颗金色的卵，好大好圆。”楚风一脸郑重之色。

此时，迷雾被吹散，其他人也看到了空间深处的景物，只见那里有一些金色小树，当中一颗浑圆的金卵正流转着炫目的光辉，太神异了。所有人震惊，那是一颗神卵吗？

众人恨不得立刻闯进去将金卵抢到手中，但是，看了楚风一眼后，人们没敢乱动，怕这里有场域陷阱。

楚风琢磨了两个多小时，找到了安全的路径，走了进去。一群人顿时兴奋起来，跟着楚风向前走。

“前方，我有点看不透，谁去试试看？该不会是一颗龙蛋吧，谁能拿过来？”楚风撺掇众人。

一群人顿时激动不已，摩拳擦掌，想要出手。但是，这些人一个比一个精明，看楚风不动，愣是没人敢冲过去。

“先说好了，你们不出手，一会儿我捞到龙蛋，别跟我抢！”楚风开口。

“放心，楚兄弟立下这样的大功，本就应该先让你选造化。”一些人虚伪地说道。

这地方顿时乱糟糟的，一片热议声。

“韩飞找过你吗？”这时，林诺依来到楚风身边，悄然问道。

“没有！”楚风果断不承认。

（本册完）

《异人崛起8》即将上市！敬请关注！